소
령
아 1

소령아(素鈴兒) 1

초판 1쇄 찍은 날 § 2005년 10월 24일
초판 1쇄 펴낸 날 § 2005년 11월 4일

지은이 § 김인숙
펴낸이 § 서경석

편집장 § 문혜영
편집책임 § 이종민
편집 § 한지윤

펴낸곳 § 도서출판 청어람
등록번호 § 제1081-1-89호
등록일자 § 1999. 5. 31
어람번호 § 제5-0063호

주소 § 경기도 부천시 원미구 심곡1동 350-1 남성B/D 3F (우) 420-011
전화 § 032-656-4452 팩스 § 032-656-4453
http://www.chungeoram.com
E-mail § eoram99@chollian.net

ⓒ 김인숙, 2005

ISBN 89-5831-787-6 (SET)
ISBN 89-5831-788-4 03810

김인숙 지음

소령아 1

素鈴兒

도서출판
청어람

잿빛 강 끝에서 몰려온 바람은 숲처럼 버티고 선 갈밭에 이르자 순식간에 길을 잃은 듯 갈대보다 제가 먼저 흔들렸다. 흔들린 바람들은 갈 숲의 속살을 파고들어 가 고요한 갈대의 바다를 유영했다. 이 끝에서 저 끝으로 한달음에 밀려드는 갈대의 물결은 흡사 바다의 요동처럼 보였다. 시작도, 끝도 알 수 없는 일렁거림. 바람은 수없이 달려와 흔들어보지만 그 일렁임의 끝을 볼 수는 없다. 여린 갈이파리들은 바람에 쉬이 흔들리지만 바람이 멎으면 언제나 재빠르게 제자리로 돌아와 부르르 떨며 떠날 수 없는 자신의 뿌리를 슬프게 내려다보았다.

그 끝이 어디쯤인지 가늠할 수 없는 긴 둑길은 안개 속에 꼬리를 감추며 언덕 아래의 물결치는 갈대 속으로 사라졌다. 한 무리의 바람이 몰려와 요동치는 갈밭은 물빛과 달빛의 경계를 넘나들었다. 그곳이 처음부터 뻘이었는지, 아니면 강이었는지는 알 수 없지만 가을이 되면 흐드러지는 갈대 덕에 해마다 젊은 사람 서넛은 가슴이 무너진다고, 나이 지긋한 노인들은 그곳을 지날 때면 눈길도 주지 말라는 말을 했다. 유난히 키가 크고, 대가 굵은 그곳의 갈대는 밖에서 보면 부드러우나 안으로 들어서면 잎들이 거칠고 날카로워 살을 베이기 일쑤였다.

그래도 그곳을 드나드는 사람이 많은지 곳곳에 조그만 길들이 나 있었고, 둑길을 지날 때면 바람이 잠든 날에도 그곳에서는 여전히 바람 소리가 들렸다. 그것은 흡사 오랜 전설의 소리처럼 낮고, 고요하고, 뿌리 깊게 들렸다. 사람들은 그곳을 젊은 한때 누구는 사랑이 영글었고, 또 누구는 한 목숨 그저 가벼운 갈이파리처럼 꺾어버리기도 했던 곳이라고 했다. 달빛 부서지는 밤이나 비가 쏟아지는 날에는 그 소리가 둑을 거슬러 올라와 오랜 전설 같은 그들의 이야기들을 긴 둑길 위에 흩뿌리곤 했다.

8월도 한가위, 만월의 밤이다. 끝이 보이지 않을 만큼 길게 뻗은 둑길 아래로 한창 물이 오른 갈대들이 파도처럼 일렁이고 있었다. 풀벌레 소리 요란한 그곳을 조심스레 걸어 들어오는 그림자 하나가 있다. 달빛 아래에서도 반짝이는 비단 옷에 뽀얀 얼굴이 한눈에 대갓집 규수임을 짐작케 했다. 달빛은 쏟아질 듯 부서져 내리고 갈대들은 뻣뻣이 뻗은 몸을 드러내며 푸른 안개에 밑둥치를 담그고 있었다. 어느새 이슬이 내려앉았는지 손끝이 스치는 곳마다 차가운 물기가 묻어나왔다.

그녀는 제 키보다 한 뼘이나 큰 갈대들을 헤치며 들어서서 두리번거리더니 소리 죽여 누군가를 불렀다.

"희랑아! 희랑아, 어디 있어?"

그러나 여전히 풀벌레 소리만 요란하다.

"아이참! 분명히 오늘 온다고 했는데? 태성이 놈이 뭘 잘못 알았나?"

답답한 듯 발을 동동거려 보다가 다시 갈잎들을 헤치고 걸어 들어갔다.

"장난치지 마, 희랑아! 나 무섭단 말이야!"

그때 바람도 가라앉아 조용한 갈밭 저 멀리에서 작은 일렁임이 느껴졌다. 스르륵거리며 다가오는 그 소리에 그녀의 입가에 미소가 지어지더니 이내 그곳을 향해 달려가기 시작했다. 갈잎들이 얼굴을 스칠 때마다 따끔거렸지만 상관하지 않고 달렸다. 소리가 나는 쪽으로 가까이 다가가자 점점 일렁거림이 커지더니 갈대를 헤치고 커다란 사내 하나가 불쑥 고개를 내밀었다.

"소령아!"

"희랑아!"

희랑은 달려드는 소령의 허리를 부스러져라 안았고 소령은 그의 가슴에 얼굴을 묻었다.

"왜 이제 왔어!"

"흣, 많이 기다렸구나?"

내려다보니 달빛을 받은 소령의 눈에 이슬이 맺혀 반짝였다. 희랑은 투명한 그 얼굴을 두 손으로 감싸고 입술을 가만 대어본다. 그립고 그리웠던 소령의 향이다. 북녘의 칼바람을 헤치고 달려온 그의 가슴이 더워지는 순간이다. 후끈한 그의 입김이 끼쳐 오자 소령은 숨이 막히게 목을 안았다.

"보고 싶었어. 날마다, 밤마다 이 갈밭에서 너만 기다렸어."

새처럼 파고드는 그녀가 안쓰러워 희랑은 다시 큰 팔을 둘러 작은 몸을 감싸 안았다.

"나도 보고 싶었어. 늦어서 미안해, 미안하다."

아침 해가 뜬 지 오래지만 소령은 여전히 한밤중이었다. 그녀는 어제 초저녁부터 갈밭으로 나가 동동거리며 희랑을 기다렸다. 그리고 새벽이 되어서야 겨우 만나서 함께 있다가 먼 빛으로 집들이 모습을 드러낸 다음에야 들어와 잠이 들었다.

"아가씨! 아가씨!"

명아가 호들갑스럽게 방으로 뛰어들어 소령을 흔들었다.

"졸려, 깨우지 마."

"아이참, 아가씨!"

발을 동동 구르며 이불을 젖히자 소령은 귀찮다는 듯 눈도 뜨지 않은 채 다시 이불을 뒤집어썼다. 그냥 둬버릴까 싶다가 지금 깨우지 않으면 또 죽일 듯 볶아댈 것이 뻔하다는 걸 알기에 명아는 제법 목소리를 높이며 소령을 흔들었다.

"희랑 도련님 오셨어요!"

'희랑!'

순간 숨소리조차 잠깐 멎어버리는가 싶더니 이불을 걷으며 화들짝 일어났다.

"왜 이제야 얘기해! 큰일났네. 얼른 소셋물 가져와!"

일어나 폴짝폴짝 뛰는 소령을 보자 명아는 기가 차서 입도 다 물지 못하고 바라보았다. 그런 명아의 눈을 의식한 듯 눈이 샐쭉하니 돌아가던 소령이 빽 소리를 질렀다.

"뭘 보니!"

입을 가리고 웃던 명아가 뛰어나가자 소령은 얼른 거울 앞에 앉았다.

새벽에 헤어지며 옛집으로 가서 쉬겠다고 하더니 그새 참지 못하고 찾아왔나 싶어서 입가에 배시시 웃음을 흘리다가 아버지를 떠올리며 한숨을 푹 내어쉬었다. 먼 길을 오느라 피곤한 사람을 좀 쉬게 두시지 아버지는 무엇이 급해서 이른 아침부터 부르셨는지 모르겠다. 원망스러움에 의자에 털썩 앉으며 거울을 들여다보았다. 소령은 면경에 비친 제 모습을 보고 다시 한숨을 폭 내쉬었다.

'눈은 퉁퉁 부은 듯하고, 머리는 또 이게 뭐람? 아이참!'

사랑채에 붙은 서재 겸 손님맞이 방에 장유경과 희랑이 나란히 앉아 있었다. 석 달 만에 고려로 돌아온 희랑에 대한 반가움에 앞서 장유경은 강릉대군의 소식이 더 궁금한 듯 앉자마자 목소리를 낮추며 다그쳤다.

"그래, 어찌 되었느냐? 결심이 서셨더냐?"

"대군께서는 아직 때가 아니라 생각하고 계십니다."

"때가 아니다?"

"예, 덕녕공주께서 여전히 원의 신임을 받고 있으니 섣불리 나섰다가는 모든 것이 수포로 돌아갈 뿐 아니라 대군 나리의 위치마저 흔들리고 말 것이라 하셨습니다. 더구나 덕녕공주께서 대군 나리께 호의적이시니 그분의 힘도 어느 정도 기대하시는 듯하셨습니다. 대군께서는 우리 쪽에서 먼저 일을 벌이는 것은 미더워하시지 않으십니다. 당신께서 그곳 황실과 친분을 더 쌓을 때까지 자중 자애하라 하셨습니다."

장유경이 깊은 한숨을 내어쉬며 눈을 감았다. 눈앞에 잡힐 듯 말 듯한 꿈이 좀처럼 형체를 드러내지 않고 있다. 동지들의 마음은 점점 조급해지고 있는데 대군께서는 여전히 신중하라는 영뿐이었다. 대군은 스스로의 힘보다 황실의 힘으로 안전하게 왕위를 물려받기를 원하는 것 같았다. 그렇다면 이곳, 개경에서 할 일은 대군이 왕으로 등극하실 때까지 엎드려 기다리는 일밖에 없다는 뜻인가?

고려가 원에 복속된 지도 어언 구십여 년, 강화도에서 제주도로, 남해안으로 거점을 옮겨가며 원에 항쟁했던 삼별초군이 몰락한 이후 고려는 완전히 원의 속국이 되어버렸다. 조정은 친원파의 손에서 좌지우지되었고 왕실과 귀족들은 물론, 백성들 사이에서까지 몽고의 언어와 풍습이 만연하고 있었다. 이제 고려다운 고려는 어디에서도 찾아볼 수 없었다. 혈기왕성하던 젊은 시절, 원의 속박에서 벗어난 새로운 고려를 건설하고자 뜻을 모았던 벗들은 희망이 보이지 않는 세월에 지쳐 하나둘 떠나고 이제 장유경 한 사람만이 남았다. 그는 자신의 살아생전 꼭 그 일을 이루고 싶었다. 강릉대군과 함께라면 그 꿈은 쉬이 이루어질 것도 같았다.

젊은 시절 장유경은 우연한 연줄로 공원왕후 홍씨의 거처를 드나들게 되었다. 그 당시 공원왕후 홍씨는 덕비에 책봉되어 먼저 궐에 들어갔으나 충숙왕이 원나라 황실의 복국장공주와 혼인하게 되면서 대궐에서 밀려나 종실 정안공의 집에 거처하고 있었다. 그러나 충숙왕은 혼인 후에도 그녀를 잊지 못해 밤마다 정안공의 집에 가서 자곤 했는데 나중에는 아예 정안공의 사저로 거처를 옮겨 버렸다. 그리고 홍씨를 그 이웃집에 머물게 하면서 복국장공주의 눈을 피해 미행을 즐기곤 했다. 그때 젊은 무관 장유경을 특히나 신임하고 있던 홍씨는 왕자의 호위를 장유경에게 부탁했다. 충숙왕의 장남이자 선왕인 '정'은 그때 이미 세자로 책봉되어 있었으나 그는 한 나라를 통치할 인격을 갖추지 못했다. 성격은 포악하였고, 어린 나이에 이미 향락과 여색에 빠져 있었다.

충숙왕이 정치에 염증을 느껴 당시 겨우 십육 세였던 세자 '정'에게 왕위를 물려주자 그는 기다렸다는 듯이 어릴 적부터 잔소리꾼이라 부르며 늘 못마땅하게 여기던 장유경을 외지로 내몰았다. 그러나 이 년이나 계속된 충혜왕의 폐정으로 원나라에서는 다시 충숙왕을 복위시켰다. 그와 동시에 장유경은 덕비의 부름을 받고 다시 개경으로 돌아왔다. 그리고 그녀의 부탁으로 지금의 강릉대군인 '기'를 돌보게 되었다. 강릉대군은 어릴 적부터 그의 형인 충혜왕과는 달랐다. 그는 부왕의 총애를 한 몸에 받으면서도 왕후의 대접을 받지 못했던 어머니 덕비의 처지를 한탄하며 그 이유가 그녀가 고려인이고, 고려가 힘이 없는 탓이라 여겼다. 그리고 어느 날은 번득이는 눈으로 장유경을 바라보며 '그대는 고려의 무관으로 무얼 하고 있는가?'라는 질문으로 섬뜩하게 만들기도 했다. 십이 세의 어린 나이에 원나라 순조의 입조 요구에 따라 연경으로 떠나던 날 강릉대군은 장유경과 언젠가는 원의 속박에서 벗어난 새로운 고려의 건설이라는 무언의 약속을 했다.

그렇게 떠난 지 육 년, 장유경은 이제는 때가 왔다고 생각했다. 그동안 자신은 밀직사 원사로서의 자리를 공고히 다졌고 따르는 수하들 또한 만만찮았다. 무엇보다 그동안 쥐 죽은 듯하던 반원 세력들이 서서히 고개를 들고 있다는 것은 고무적인 현상이었다. 그러나 강릉대군은 또다시 때를 기다리라는 영을 희랑을 통해 전해왔다. 나이가 드니 마음이 자꾸 조급해지는 것인가? 장유경은 답답한 마음을 풀기 위해 다시 숨을 깊이 내쉬었다.

그때 마루를 쿵쿵거리며 뛰어오는 소리가 들리더니 소령이 문을 벌컥 열고 들어왔다.

"희랑아!"

반가운 마음에 아무 생각 없이 뛰어들어 왔던 소령은 엄한 눈을 하고 앉아 있는 장유경을 보자 움찔하며 입을 가렸다.

"쯧쯧쯧, 어찌 이리 조신하지 못할까! 다른 손님이라도 있으면 어쩌려고 그렇게 문을 불쑥 여는 게야? 헌데 아직도 희랑이라 부르는 게냐?"

입을 쏙 내밀고 고개를 숙이던 소령은 희랑이 주먹으로 입을 가리고 웃고 있는 것이 보이자 금방 용기가 나는 듯 다가와 공손히 머리를 숙였다.

"아버님, 아침 문후 여쭙니다."

"이제 일어난 게냐?"

장유경이 놀란 듯 쳐다보자 소령이 쩔쩔매며 고개를 외로 꼬았다.

"예? 그, 그것이 아니오라……."

소령은 두 손으로 입을 꼭 눌렀다.

'이놈의 주둥이!'

소령은 언제나 조심성없는 제 입이 원망스럽기만 하다. 의자에 앉아 소령이 하는 양을 지켜보고 있던 희랑이 재밌다는 듯 키득거리다가 장유경을 보며 한마디 거들었다.

"송구하옵니다, 나리. 실은 어제 돌아오는 길에 갈밭에서 소령이부터 보았습니다."

"또 새벽까지 갈밭에 있었던 게냐?"

두 사람을 바라보던 장유경은 긴 한숨을 내쉬었다. 친우인 효정이 떠난 지 어언 팔 년, 처음 남매처럼 자라던 아이들이 서로를 몹시도 아끼는구나 하는 것을 장유경이 느꼈을 때 이미 두 아이는 들어낼 수 없는 무게로 서로를 품고 있었다. 이런 걸 운명이라고 해야 할까?

희랑을 낳다 산욕으로 부인이 세상을 뜬 후 효정은 어린 희랑을 안고 종종 장유경의 집으로 찾아오곤 했다. 세 살배기 아이라고 하기에는 믿기지 않을 만큼 덩치가 컸던 희랑을 효정은 그다지 애틋해하지 않았다. 한 번은 술자리에서 '저 녀석의 장대한 기골이 제 어미를 잡아먹었다'라는 말까지 할 정도였다. 그가 부인을 애틋해했던 마음을 누구보다 잘 아는 장유경인지라 그 참담한 마음은 충분히 이해하였지만 희랑을 대하는 그의 태도는 언제나 눈에 거슬렸다. 어린것이 어미 없이 자라는 것이 애틋하지도 않은가 싶어 희랑을 보는 장유경의 눈은 언제나 각별했다.

그해 봄이었던가? 제법 날이 따듯해져서 문을 열어두고 술잔을 기울이던 장유경은 마당에서 놀던 희랑이 정원의 나무 아래에 있던 제법 큰 돌멩이들을 훌쩍훌쩍 던지며 놀고 있는 것을 보고 놀란 듯 혀를 내둘렀다.

"저 녀석이 필시 나라의 동량이 될 것이니 잘 키우게."

술잔을 가득 채우며 흐뭇한 얼굴로 희랑을 내다보는 장유경과 달리 정효정은 눈길 한번 힐끗 주었을 뿐 연거푸 술만 들이키고 있었다. 부부 금슬이 유난히 각별했던 그는 부인을 잃은 뒤 거의 날마다 술로 세월을 보내고 있었다. 그 탓인지 윤기가 흐르던 얼굴은 그을음이 앉은 듯 거무스름하니 변해 있었다. 정효정의 얼굴을 살피던 장유경은 다시 입으로 가져가는 술잔을 빼앗았다.

"그만 하게, 이미 취한 듯한데."

"이 정도로 취하진 않네."

그는 장유경의 손을 떼어내고 다시 단숨에 들이켰다.

"나라의 동량이라고 했는가? 나는 저 아이의 앞날이 두렵네. 썩어빠진 이 고려에서 동량이 된다 함은 무슨 뜻인가? 왕께 충성을 한다는 뜻인가, 아니면 그 반대에 선다는 뜻인가? 저 장대한 기골에서 넘쳐 나올 힘을 스스로 다스리지 못한다면 그 삶이 아주 힘겨울 것일세."

"어허! 그건 어린아이를 두고 할 말이 아닐세!"

화를 내며 나무라는 장유경을 보며 그는 다시 술을 들이켰다. 뜻을 모았던 벗들도 하나둘 떠나가고, 고려는 더 이상 희망이 보이지 않았다. 그것이 아내를 잃은 슬픔에 더해져 그에게 절망감을 주었다.

"우리들의 꿈을 벌써 잊었던가? 자네가 이리 나약한 사람인 줄 미처 몰랐네."

정효정마저 떠나고 나면 장유경의 곁에는 아무도 남지 않는다. 벗들이 하나둘 떠나갈 때마다 그의 의지도 한 풀씩 꺾이고 있었다.

"미안하이. 미안하네."

정효정도 스스로 술의 유혹을 이겨내기 위해 부단히도 노력했건만 그것은 결코 쉬운 일이 아니었다. 술은 조금씩 마시면 기분을 풀어주어 좋았지만 조금만 과하면 독이 되는 것이었다. 게다가 정효정은 이미 온몸에 퍼져 있는 그 독 앞에 반쯤은 무너져 있는 상태였다.

그때 갑자기 자지러지는 희랑의 울음소리가 들렸다. 순간 방금까지도 술기운에 젖어 있던 정효정이 번개 같은 몸놀림으로 마당으로 뛰어나갔다. 평소 희랑에게 애틋한 눈길 한번 주지 않던 그의 모습이라고는 상상이 가지 않았다. 돌멩이를 던지며 놀더니 발을 찧은 모양이었다. 그는 우는 희랑을 다독여 안고 방으로 들어왔다.

"되었다. 사내대장부가 그 정도도 참지 못하여 어찌 큰일을 할꼬!"

목소리는 엄했지만 다독이는 그의 손길은 따듯했다. 그러나 아직 말을 다 알아듣지 못하는 희랑은 울음을 그치지 않았다. 안주상을 들이던 장유경의 아내가 희랑에게 손을 뻗었다.

"이리 주시지요."

산달이 얼마 남지 않은 듯 힘겨워 보이는 그녀에게 정효정은 미안한 표정으로 희랑을 건네주었다. 아이는 놀랍게도 몇 번의 다독임만으로 울음을 뚝 그쳤다. 투박한 효정의 손길에 길들여진 희랑에게 그 부드러운 다독임은 낯설고도 따듯했을 것이다. 그녀의 손을 잡고 중문을 지나 안채로 사라지는 희랑을 바라보는 효정의 눈이 애틋했다.

"저 아이를 애틋해하는 마음이 어찌 내게도 없겠는가. 헌데도 저 아이만 보면 자꾸 답답하네."

"우리가 이루지 못하면 저 아이들이 우리의 꿈을 이어갈 걸세."

장유경은 아까 하던 얘기를 다시 이어갔다. 저 아이들이란 희랑과 아내의 뱃속에 든 자신의 아이를 두고 한 말이었다.

"산달이 다 된 것 같은데?"

"음, 건장한 사내 녀석이 태어나야 내 꿈을 이어갈 수 있을 텐데……."

태어날 아이에 대한 기대감으로 잠깐 상기되어 있던 장유경은 농담처럼 한마디를 던졌다.

"혹여라도 내가 여식아이를 낳으면 나중에 희랑이를 내 사위로 주게."

"그러지. 그럼 우린 벗에서 사돈이 되는 것인가?"

술기운에 붉어진 얼굴로 기분 좋은 웃음을 지어 보이던 효정의 얼굴이 아련하게 멀어져 갔다.

효정이 세상을 떠나고 난 후부터 줄곧 장유경의 집에서 자란 희랑은 이미 유경에게는 아들이나 다름없었다. 마냥 어린 줄 알았던 희랑은 이제 장정이 되었고, 소령은 막 피어나는 꽃 같은 나이가 되었다. 아무리 일이 급해도 저 두 아이를 언제까지 저렇게 둘 수만은 없을 것 같았다.

"안 되겠다. 너희들 혼인을 서둘러야겠어."

일순 소령의 얼굴이 꽃이 피듯 환해졌다. 그녀는 당장이라도 희랑을 안고 폴짝폴짝 뛰고 싶은 것을 꾹 참았다. 그러면서도 입가에 배시시 자꾸 새어나오는 웃음을 멈출 수가 없었다. 그러나 의자에 앉은 희랑의 얼굴은 의외로 덤덤했다. 그저 덤덤히 소령을 올려다보더니 다시 장유경을 보며 말도 안 되는 소리를 하는 것이었다.

"아닙니다, 나리. 일이 끝나면 그때 하겠습니다."

'일이 끝나면? 이 일이 뭐 시한을 정해놓고 하는 일이던가? 밑도 끝도 없는 그 시간을 마냥 기다리라면 나더러 어쩌라고……'

소령의 얼굴이 금세 울상으로 변하더니 희랑을 원망스럽게 흘겨보고는 휙 돌아서 나가 버렸다. 소령이 쿵쿵거리며 사라지는 마루 쪽을 보며 슬쩍 웃음을 흘리는 희랑의 얼굴이 나이에 비해 유난히 숙성해 보인다. 장유경은 웃고 있는 희랑의 얼굴에서 한순간 냉정하고 단단한 사내를 느낄 수 있었다.

"정녕 그리해도 괜찮겠느냐?"

"예, 아직은 때가 아니라 생각합니다."

"소령이가 저리 안달을 내니 걱정이지. 물론 혼인에 때가 있긴 하지만 내 생각엔 지금 혼인을 한다 해도 큰 문제는 없지 않을까 싶구나."

장유경은 다시 한 번 은근히 권하듯 말하며 희랑을 살폈다. 소령이 저렇게 안달을 내는 모습을 보는 것이 마음에 좋지 않았고, 공녀로 끌려가는 것이 두려워 모두들 일찍 혼인을 하는데 소령의 나이가 이미 혼기를 한참이나 넘기고 있는 것 또한 걱정이었다. 그러나 희랑은 여전히 고개를 흔들었다.

"아닙니다. 천천히 하지요."

그리고 잠시 말을 멈추었다가 다시 입을 열었다.

"제가 걷는 이 길이 얼마나 위험한 길인지 아시지 않습니까. 언제든 한순간에 목숨을 잃어버릴 수도 있습니다."

"희랑아!"

"나리! 아니, 아버님. 나리께서 제겐 아버님이나 마찬가지이듯 소령이도 이미 제 아내나 마찬가지입니다. 소중히 아끼고 아

껴서 가장 빛나는 순간에 데리고 가겠습니다. 그때까지 아버님
께서 돌봐주십시오."

그렇게 말하는 희랑의 얼굴에는 앞날에 대한 두려움보다는
희망과 설렘으로 넘쳐 있었다. 그 모습은 흡사 젊은 날의 효정
을 보는 것 같았다. 아내를 잃은 슬픔에 잠깐 휘청거렸지만 정
효정은 누구보다 의지가 굳은 사람이었다. 젊은 시절, 그들이
처음 뜻을 모을 때도 그의 노력이 없었다면 벗들의 마음을 한데
모으기도 힘들었을 것이다. 그는 강한 힘으로 벗들을 이끌었다.
모든 이들이 흩어져 버린 마지막 순간까지 그는 희망을 버리지
않았다. 희랑이 자라면 자신이 걷던 길을 잇게 해달라던 그의
마지막 부탁은 장유경이 오늘날까지 이 꿈을 놓지 않고 살 수
있게 한 원동력이라고 해도 과언이 아니었다. 희랑은 효정의 뜻
에 어긋남없이 훌륭하게 자라주었다. 게다가 희랑은 꺾여질 듯
강하기만 했던 효정에 비해 부드러운 말투로 사람의 마음을 움
직이게 하는 재주가 있었다. 나이만 먹었지 여전히 철이 없고
천방지축인 사내 같은 소령을 희랑은 언제나 애틋한 시선으로
바라보고 있었다. 모든 것이 제 아비를 닮았으니 제 가솔을 아
끼는 마음 또한 끔찍할 것이다. 장유경은 희랑의 듬직한 모습이
고맙고 자랑스러웠다.

사랑채를 나와 소령의 방으로 들어서려니 명아가 손가락으로
머리에 뿔을 만들며 소령이 몹시 화가 났음을 알려주었다. 희랑

은 고개를 끄덕이며 싱긋 웃어주고 방으로 들어섰다. 소령은 뾰로통한 얼굴로 침상 끝에 돌아앉아 있었다.

"화났어?"

"······."

희랑은 그 모습이 귀여운 듯 싱글싱글 웃으며 옆으로 돌아앉아 있는 소령의 팔을 당겼다. 그러자 소령은 그 손을 홱 뿌리치며 원망스런 눈으로 돌아보았다.

"나랑 혼인하고 싶지 않은 거지? 내 성격이 사내 같으니······."

눈에 눈물까지 가랑가랑 맺혀 있는 것이 정말 속이 많이 상한 모양이었다.

"왜 그래, 잘 알면서? 조금만 기다리면······."

"만날 조금만이래. 내가 호호 할머니가 되거든 데려갈래!"

눈을 흘기며 빽 지르는 그 소리에 희랑은 또 버릇처럼 싱긋 웃었다.

"왜 웃어? 난 속이 상해 죽을 것 같은데!"

속이 상해 죽겠는데 웃기만 하는 희랑 때문에 소령은 애가 달아서 이제는 아예 눈물이 뚝뚝 떨어졌다. 그런 소령을 보자 희랑도 마음이 좋지 않았다. 함께 있고 싶은 마음이라면 그도 소령 못지않았다. 아니, 오히려 소령보다 더할 것이다. 매운 바람을 맞으며 북으로 갈 때도 소령만 생각하면 그의 몸이 더워진다는 걸 소령은 알지 못할 것이다. 희랑은 싱긋 웃으며 소령의 어깨를 당겨 안았다.

"울지 마. 나도 빨리 혼인하고 싶어. 그러니까 이렇게 열심이 잖아. 그리고 네가 호호 할머니가 되어도 난 너만 바라볼 건데 뭘 걱정해."

"그 소리 하나도 안 반갑다! 호호 늙은 할머니가 뭐 좋다 고……."

볼멘소리를 하면서도 기분이 조금 풀린 듯 소령의 얼굴에 웃음기가 흘렀다.

"네가 자꾸 이러면 아버님도 속상해하셔. 그리고 난 정말 아무 걱정 없이 너랑 혼인하고 싶다."

희랑의 진지한 목소리에 소령은 그의 얼굴을 올려다보았다. 나이답지 않게 언제나 진지하기만 한 희랑이 가끔은 어렵기도 하지만 그것이 소령에게 믿음을 주었다. 이렇게 입으로 얘기하지 않아도 희랑은 언제나 그녀만 바라볼 남자임을 조금도 의심하지 않는다. 소령은 작게 한숨을 내쉬며 희랑의 가슴에 기댔다.

"아버님이 원망스러워."

"훌륭하신 분이야."

희랑의 품에 안긴 소령이 다시 태산 같은 한숨을 내쉬었다. 아버님이 훌륭하신 분이라는 것을 누가 모르나? 그래도 가끔 야속한 것은 어쩔 수 없다.

"오늘 저녁에도 갈밭으로 나올 거지?"

"그 갈대밭이 그렇게 좋아?"

"음."

그때 찻상을 들고 들어오던 명아가 안고 있는 두 사람을 보자 화들짝 놀라며 도망치듯 되돌아 나갔다. 덩달아 놀란 희랑도 얼른 제자리로 돌아갔다. 모처럼 희랑과의 시간을 방해받은 소령은 분해 못 견디겠다는 듯 씩씩거리며 발딱 일어났다.

"아이참, 저 계집애! 내가 혼내줄 테다!"

달려나가던 소령이 다시 희랑을 돌아보며 동그란 눈을 뜨고 말했다.

"아직 가지 마!"

그리고 쿵쿵거리며 마루를 뛰어갔다. 그 모습을 보는 희랑의 얼굴에 웃음이 번졌다. 유난히 철이 늦게 드는 것인지 소령은 아직 열다섯, 처음 사랑을 느꼈던 그때와 변함없어 보였다. 그러나 희랑에겐 그 모습이 그저 귀엽고 예쁘게만 보일 뿐이었다. 그러나 얼굴만은 열여덟, 한창 꽃이 피는 모습을 고스란히 보여주고 있었다. 지난번 연경으로 떠날 때 꽃봉오리 같았던 소령의 얼굴은 어느새 활짝 핀 꽃이 되어 희랑의 눈을 분홍빛으로 물들였다. 천방지축 사내 같은 저 모습이 얼마나 그리웠는지, 새침하게 흘겨보는 어린 저 눈이 얼마나 보고 싶었는지 모른다.

언제부터 저 애를 사랑했을까?

희랑의 첫 기억 속의 소령은 유모의 젖을 빨던 모습 같기도 하고, 아장아장 자신을 귀찮게 따라다니던 계집아이의 모습 같기도 하다. 뚜렷하지 않는 먼 그때부터 희랑의 모든 기억 속에는 소령이 있었다.

'오라버니'에서 '희랑아'로 호칭이 바뀌면서부터는 저 사내 같은 기질 때문에 희랑은 많이 도망 다녀야 했다. 소령의 사내 같은 기질은 타고난 부분도 많았지만 장유경이 소령이 여자라 하여 사내와 차별나게 크는 것을 원치 않았기 때문인 탓이 컸다. 희랑은 아버지까지 돌아가신 열두 살 때부터는 아예 이 댁으로 와서 살았다. 그리고 소령과 함께 글을 배우고, 함께 말을 타고, 무예를 익혔다. 그때 이미 덩치가 웬만한 어른만 했던 희랑은 무예를 가르치던 스승이 혀를 내두를 만큼 힘과 검술 실력을 갖추고 있었다. 그런 희랑이 웬일인지 소령의 앞에만 서면 제대로 칼을 휘둘러 보지도 못하고 넘어져 엉덩방아를 찧기 일쑤였다. 소령의 새침하게 흘겨보는 눈만 보면 희랑은 도대체 힘을 쓸 수가 없었다. 그래서 소령이 함께 검술 연습이라도 하자고 할까 봐 늘 뒤꼍을 돌아다녔다. 그렇지만 어떻게 알았는지 희랑이 다니는 길목을 귀신같이 알고 불쑥불쑥 튀어나오며 놀래키던 소령이 어느 날부터 보이지 않았다. 그때가 아마 소령은 열다섯, 자신은 열일곱 무렵이었을 것이다. 잘됐다 싶어 휘적휘적 활개를 치고 다니던 걸음이 며칠이 지나면서부터 자꾸 힘이 빠졌다. 뭘 하고 있을까? 어디가 아픈 건가? 궁금한 마음을 견디지 못하고 별채의 중문을 빼꼼히 열고 들여다보니 소령이 햇살이 쏟아지는 뜰에 약 먹은 병아리모양 쪼그리고 앉아 있었다.

"어디 아파?"

걱정스런 눈으로 다가와 묻는 희랑의 얼굴을 뚫어지게 바라보던 소령은 무엇이 그리도 답답한지 태산 같은 한숨을 폭 내어쉬었다.

"아니."

"그럼 검술 연습 한번 하자!"

희랑이 들고 있던 목검을 내밀자 그녀는 새침한 눈으로 쏘아붙였다.

"바보!"

그리고는 샐쭉하니 돌아서며 방으로 들어가 버렸다.

허참, 어이없다.

소령에게 어이없이 '바보' 소리를 들었던 그날, 희랑은 잠을 이루지 못했다. 소령의 '바보'란 한마디가 어찌 그를 이토록 견디지 못하게 하는지 알 수 없는 일이었다. 그 새침한 얼굴이 서책 속에서도, 검을 가르는 공기 속에서도 불쑥불쑥 튀어나와 그를 괴롭혔다. 잠도 오지 않았고, 가슴은 답답하여 필시 무슨 중한 병이 걸렸구나 싶은 생각이 들 정도였다.

그러다 사냥을 하고 돌아오던 날, 무작정 소령의 손을 잡아끌고 들어갔던 갈밭에서 그는 자신의 마음을 온전히 발견했다. 천방지축 사내 같던 소령에게 그는 어느덧 세상에서 가장 잘난 사내가 되었다. 신기하게도 소령만 가슴에 품고 있으면 그는 자신이 정말 세상에서 가장 잘난 사내가 된 기분이 들었다. 뭐든 자신이 있었고, 두려울 것도 없었다.

잠시 상념에 잠겨 있던 희랑은 갑자기 일어나 밖을 살폈다. 명아를 쫓아간 소령은 아직 보이지 않았다. 오늘은 바쁜 일이 많은데 얼른 가야지, 그렇지 않으면 하루 종일 달라붙어 있어야 할 것이다. 희랑은 도망치듯 뒷문으로 내뺐다.

관부 앞에 이른 희랑은 안에 연통을 넣어 이현에게 자신이 왔음을 알렸다. 잠시 후 나이 어린 관노 하나가 기방에 가서 기다리라는 전갈을 가지고 나왔다. 순간 난감해진 그는 잠시 망설이다 저잣거리나 돌아볼 요량으로 그쪽으로 발길을 돌렸다. 기방에 들락거린 지가 서너 해가 되건만 희랑은 여전히 그곳을 혼자 가기가 난감하다. 기생들의 앵앵거리는 콧소리가 도대체 그와는 맞지 않았다. 아침에 보았던 소령의 새침한 눈이 떠오르자 다시 그의 입가에 싱긋 웃음이 번졌다.

두어 달 만에 돌아온 개경인데 잠깐 둘러본 저잣거리는 한층 더 한산해진 것 같다. 그만큼 백성들의 살림살이가 하루하루 궁핍해지고 있음을 짐작할 수 있었다.

이곳저곳 전을 기웃거리는데 머리를 산발한 꼬마 아이 하나가 마른버짐이 핀 얼굴로 다가와 손을 내밀었다. 희랑은 소매 끝을 뒤져 엽전 몇 닢을 꺼내어 아이의 손에 쥐어주었다. 희랑에게는 몇 닢이었지만 작은 아이의 손에는 그것이 한 가득이 되어버렸다. 작은 손에 한 가득 쥐어주는 엽전을 바라보던 아이는 놀란 얼굴로 머리를 조아리며 골목으로 달려갔다.

그것이 저 아이에게는 몇 날의 주린 배를 채워주고도 남을 돈 임을 희랑은 알고 있었다. 온갖 화려한 보석들이 넘쳐 나던 연경의 저잣거리가 떠올라 희랑은 저도 모르게 입술을 꼭 깨물었다.

'강릉대군이 돌아오시면 이곳도 언젠가는 그렇게 되겠지! 저 아이의 주린 배도 채워줄 수 있겠지!'

그런 생각을 하자 저도 모르게 용기가 불끈 솟아올라 다시 저자를 휘적휘적 돌아다녔다. 가다 보니 노상에 차려진 방물전이 보였다. 연경에서 보던 것들보다 화려하진 않지만 알록달록한 색색의 물건들이 희랑의 눈길을 끌었다.

소령에게 면경이나 하나 사줄까 하며 들여다보니 빗도 눈에 들어오고, 알록달록 색을 넣은 가죽신도 눈에 들어온다. 그것들을 받고 좋아 어쩔 줄 모를 소령의 얼굴이 떠올라 싱긋 웃으며 소매를 뒤져 보니 엽전이 얼마 없었다. 발길을 돌리려다 보니 붉은빛을 띤 자잘한 방울들이 바르르 떨며 달려 있는 머리꽂이가 눈에 띄었다. 어찌 보니 소령의 새침한 눈망울 같기도 하고, 또 어찌 보니 사냥감을 놓치고 분함을 이기지 못해 파르르 떨리던 소령의 붉은 입술을 닮은 듯도 했다. 그는 그것을 손바닥 위에 올려놓고 들여다보다가 값을 치르고 흐뭇한 미소를 지으며 돌아섰다. 지금쯤이면 이현이 기방에 도착했을 것이다.

대문을 열고 들어서니 월향이 버선발로 달려나와 콧소리를 내며 옷소매에 매달렸다.

"희랑 도련니임!"

그 소리를 듣고 이현이 문을 열고 내다보았다.

"조심해라! 소령 아씨 귀에 들어가면 네년 목이 댕강 달아날 테니."

"이년 목이 댕강 달아나도 좋으니 희랑 도련님 사랑 한 번만 받아봤으면 좋겠소!"

안에 있던 기생들이 내다보며 까르르 웃었다. 월향의 손에 이끌려 어색한 듯 방으로 들어서는 희랑을 보며 이현은 반가운 듯 어깨를 툭 쳤다. 철이 든 이후 몇 년을 함께 기방을 들락거렸건 만 아직도 기생들에게 눈길 한번 제대로 주지 않는 희랑이 이현은 마냥 신기하고 존경스럽기까지 하다.

어느 정도 술이 거나해지자 이현은 기생들에게 나가라는 손 짓을 했다.

"내가 말했지 않느냐! 목이 달아나고 싶거든 옆에 붙어 있거라."

낯이 벌게진 희랑을 돌아보며 기녀들은 다시 입을 가리고 웃으며 나갔다.

"쿡쿡쿡, 다들 나가는 걸 보니 소령 아씨가 무섭긴 무서운가 보다?"

"그만 좀 해라."

희랑이 웃으며 핀잔을 주자 이현은 웃으며 술잔을 내밀었다. 목숨을 함께하자 맹세했건만 매번 희랑 혼자서 위험한 길을 나서는 것이 미안하고 고맙다. 문을 삐끔 열어보던 이현은 안심한 듯 다시 희랑을 돌아보았다.

"잘 다녀왔냐?"

"그래, 대군 나리도 뵈었다."

그 소리에 이현이 눈을 반짝이며 흥분했다.

"그래, 뭐라 하시더냐?"

"뭐라 하시긴, 좀 더 기다려야 할 것 같아."

이현의 얼굴에 실망의 빛이 역력했다

"어우, 답답해! 뭘 그렇게 망설이시는지 모르겠단 말이야. 그냥 화악 쓸어버리면 될 것을."

그러다 답답한지 술을 벌컥벌컥 마셨다. 그의 생각에는 강릉대군이나 희랑이나 돌다리를 지나치게 두드리는 것으로만 보였다. 뭘 그렇게들 망설이는지 이현의 성격으로는 알다가도 모를 일이다.

"여기는 어때?"

"원사 나리를 경계하는 무리들이 있어. 우리 밀직사의 군관들은 원사 나리의 사병 같은 존재들이니 이곳저곳에서 경계를 하고 있어. 우 원사의 경계도 심하고……. 서두르지 않으면 원사 나리께서 위험에 처하실 수도 있어."

희랑의 낯빛이 일순 어두워졌다. 서너 해 전, 군사기무를 가르친다는 명목으로 수하에 군관들을 두기 시작한 장유경은 어느새 밀직사 안에 젊은 군관들로만 이루어진 정예부대를 갖추어놓았다. 인원수는 몇 되지 않았지만 그들 한 사람 한 사람은 군사 전문가들로서 어떤 상황에서든 부대를 지휘할 수 있는 능력을 키우고 있었다. 그들이 군사 조직이라면 밀직사에 둘 수 없었지만 그들은 명목상으로 밀직사 소속의 하급 군관들이었다.

아직은 더 버텨줘야 하는데 만약 장유경이 잘못되는 날엔 젊은 동지들의 혼란을 감당하기 어려울 것이다. 그리고 희랑은 소령을 떠올렸다. 소령을 위해서라도 장유경은 오래오래 버텨주어야 할 사람이다. 그때 다시 이현이 눈을 빛내며 속삭였다.

"몇 달 전에 새로 들어온 그 교위 말이다. 정석이라고?"

'정석? 아! 눈에 빛을 내던 그 사람!'

몇 달 전 장유경의 친구로부터 추천서를 들고 집으로 찾아왔던 사나이가 있었다. 잠깐 스쳐보았지만 지금도 또렷이 기억날 만큼 그의 눈빛은 강렬했다.

"그래, 그 사람이 왜?"

"그 사람을 우리 쪽 사람으로 만들어야겠어. 뛰어난 지략을 가진 사람이야."

"믿을 수 있어?"

"겪어봤는데 믿을 만해. 의기는 오히려 우리보다 더 넘칠걸."

"그래?"

희랑의 눈이 기대와 의구심으로 반짝였다.

이현과의 얘기가 길어져 희랑이 갈밭을 향할 때는 달이 어느
덧 중천에 떠 있었다. 갈대밭을 향해 걸음을 옮기던 희랑은 안
개 자욱한 그곳에서 바람이 일자 풀 냄새가 확 하고 밀려와 코
끝을 스치는 것을 느낀다. 이것은 그가 의식하는 소령의 향내
다. 희랑은 입가에 싱긋 미소를 머금고 갈대를 헤치고 들어갔
다.

"소령아! 소령아!"

한 번만 부르면 개구리처럼 폴짝 뛰어나오는 소령인데 오늘
은 왠지 기척이 없다. 너무 늦게 와서 가버렸나, 아니면 또 지난
번처럼 졸고 앉았을까 생각하며 두리번거리는데 저만치 앞에서
갈잎들이 흔들거리더니 소령의 머리가 어렴풋이 보였다.

"소령아!"

"쉿!"

다가서는 희랑의 입을 손가락으로 막으며 눈으로 한쪽을 가
리켰다. 가리키는 갈잎에 조그만 풀개구리 한 마리가 앉아 있었
다.

"……?"

"저놈이 놀라 달아나겠다. 이제껏 쟤랑 얘기하고 있었어."

"개구리랑 얘기?"

고개를 까딱까딱하는 소령의 얼굴 위로 흰 달빛이 쏟아진다.

순간 희랑은 소령을 와락 안고 싶은 충동을 간신히 참았다. 그때 소령이 희랑의 얼굴로 코를 가져왔다.

"술 마셨네?"

"음, 이현이랑."

이현이란 소리가 나오자 입을 샐쭉하니 내밀고 주저앉으며 쏘아보았다.

"기방 갔구나?"

희랑이 히죽 웃으며 소령의 옆에 털썩 앉았다.

"기방 가도 나는 혼자서 술 부어 마신다. 아무도 내게는 술잔을 안 쳐줘."

"그래? 그 기생년들은 왜 그런데?"

기생들이 희랑에게 술을 안 쳐준다는 소리에 발끈하는 소령이 귀여워서 희랑은 또 싱긋 웃었다.

"왜 안 쳐주긴, 너한테 목이 댕강 잘릴까 봐 무서워서 그렇지."

그러면서 쿡쿡 웃자 소령의 얼굴이 금세 발개지더니 희랑의 가슴을 때렸다.

"너까지 나 놀릴래?"

몇 달 전, 이현으로부터 희랑이 기방에서 술에 취해 잠이 들었다는 소리를 들은 소령이 개경의 온 기방을 뒤진 적이 있었다. 그러다 희랑이 술을 마셨다는 그 기방을 찾아가 '다시 한 번 희랑을 재우면 네년들의 목을 댕강 잘라 버리겠다'고 으름장을 놓았던 일을 두고 웃는 것이다. 실은 그날 희랑은 술에 취해 집으로 일찍 갔고 함께 마시던 친구들이 그곳에서 잠이 들었었다. 장난기 많은 이현이 혼자 집으로 가버린 희랑에게 은근히 심술이 났는지 소령을 찾아와 장난을 친 것이었다. 그 후 그 일이 입소문을 타고 온 개경에 번져 버렸던 것이다.

"그 소문 때문에 너 이제 다른 데로는 절대 시집 못 간다."

계속 쿡쿡 웃는 희랑의 어깨를 때리던 소령은 소리를 빽 질렀다.

"그만 안 해! 그리고 나는 다른 데로는 죽어도 시집 안 갈 거란 말이야!"

희랑은 어깨를 때리는 소령의 손을 움켜잡았다. 그리고 약간은 상기된 듯한 얼굴로 소령을 내려다보았다.

"대군 나리께서 왕으로 등극하시면 그때 우리 혼인하자."

소령의 눈이 금세 울어버릴 것처럼 희랑을 원망스럽게 올려다보았다.

"그때가 언젠데! 나 다 늙어버리면? 난 두려워, 네가 원으로 갈 때마다 다시는 돌아오지 않을 것 같아서 무섭단 말이야!"

"왜 그런 생각 해? 하지 마! 난 네가 어디에 있던 냄새 맡고 찾아온다."

진지하고 믿음직스런 눈으로 내려다보는 희랑을 보며 소령은 자꾸만 불쑥불쑥 고개를 내미는 불안을 안으로 밀어 넣었다. 그녀는 세상 누구보다 희랑을 믿었다. 설령 이 불안이 현실로 나

타난다 하더라도 그가 어디서든 그녀를 찾아올 것이라는 것을
조금도 의심하지 않았다. 소령은 코끝을 스치는 희랑의 술 냄새
가 좋아서 자꾸만 가슴을 파고들었다.

소령을 안고 있던 희랑은 문득 생각이 난 듯 그녀를 떼어내고
소매를 뒤졌다. 그리고 작은 보자기에 싸인 머리꽂이를 소령의
손에 올려주었다. 휘영청 밝은 달빛 아래에서 자잘한 방울들이
바르르 떨리는 모습이 보였다.

"뭐야?"

소령은 눈을 빛내며 그것을 눈앞으로 바짝 가져갔다. 희랑은
원에서 돌아오면 언제나 품속에서 무언가를 꺼내어 소령에게
주었었는데 이번에도 잊지 않은 모양이다. 눈을 반짝이는 소령
을 보며 희랑은 기분이 좋은 듯 싱긋 웃었다.

"이번에는 연경에서 아무것도 사 오질 못했어. 그래서 아까
저자에서 샀다. 다음엔 더 예쁜 걸로 사다 줄게."

희랑은 자신이 건네주는 작은 물건 하나에도 감탄하며 행복
해하는 소령이 고맙고 애틋하다. 반짝이는 눈으로 그것을 들여
다보던 소령은 희랑의 손에 머리꽂이를 들려주며 얼른 돌아앉
았다.

"꽂아줘."

희랑은 돌아앉은 소령의 머리에 이미 꽂힌 머리꽂이를 뽑아
내고 자신이 사 온 머리꽂이를 꽂아주었다. 조금만 움직여도 자
잘한 방울들이 쉼없이 바르르 떨리는 모습이 부서지는 달빛과

어우러져 더욱 아름다워 보였다.

"예쁘다."

소령은 예쁘다며 싱긋 웃는 희랑의 가슴에 다시 안겼다.

자꾸만 새처럼 품을 파고드는 소령을 안아주는 희랑의 얼굴 위에 자욱한 밤 안개가 내려앉았다. 풀벌레 소리 요란한 갈밭에 어느새 푸른 새벽빛이 서리고 있었다. 이렇게 그들은 그날도 고스란히 밤을 새우고 말았다. 낮이 되면 병든 병아리마냥 기운을 못 차리겠지만 그와 함께 있는 고요하고 맑은 이 갈밭이 소령은 너무나 좋았다. 희랑과 함께 있는 이 순간의 갈밭은 그냥 갈밭이 아니었다. 희랑이 다시 원으로 가버리고 나면 하나하나 꺼내어 곱씹으며 지치지 않고 그를 기다릴 힘이 되어줄 것이다.

새벽녘이 되어 아버지께 들키지 않기 위해 조심조심 들어와 잠깐 눈을 붙이고 일어난 소령은 오랜만에 사냥이나 갈 생각으로 옷을 챙겨 입었다. 희랑이 다시 떠나기 전에 기운을 북돋아 주어야 할 것 같았다. 곧 겨울이 올 것이다. 북녘의 바람은 살을 에는 바람이라고 하던 태성의 말이 떠올랐다.

대문을 나오다 이현을 만나 잠깐 인사를 나누며 장난스럽게 눈을 흘겨주고는 태성이 몰고 나온 말에 훌쩍 올라탔다. 또 무슨 중요한 얘기들을 나누려는 모양이다. 아버지와 희랑이 하는 일에 대해 소령은 자세히 알지 못했다. 그저 막연히 고려를 위해 위험한 길을 걷고 있다는 것뿐. 그 일은 결코 아무나 할 수 있는 쉬운 일이 아니라는 것과 언젠가는 희랑이 그 일을 마무리

지을 것이라는 믿음만 있었다.

　서재에 들어선 이현은 졸린 눈으로 앉아 있는 희랑의 어깨를 톡 쳤다. 또 소령과 갈밭에서 밤을 꼬박 새운 모양이었다. 이현은 이들의 모습이 신기할 따름이었다. 서로의 몸을 탐하는 것도 아니면서 그 오랜 시간을 아무도 없는 갈밭에서 뭘 하면서 시간을 보낼까 궁금했다. 가끔 장난스럽게 물으면 희랑은 그저 싱긋 웃을 뿐이었다. 그렇게 오랜 시간을 둘만이서 보냈으면서 아직도 총각이라고 말하는 희랑의 말이 신기하기까지 했다. 이현의 눈에는 이런 두 사람의 모습이 너무나 부럽고 아름다웠다.
　'수련' 그녀가 있었다면 자신도 아마 희랑의 얼굴에 번지는 저 웃음을 그리며 살고 있었을 것이다. 이현은 의자에 앉으며 어제부터 묻고 싶었던 말을 어렵게 꺼냈다.
　"저, 수련 아가씨 말이야……."
　희랑은 의자에 기대어 있던 몸을 고쳐 앉았다. 많은 얘기를 나누면서도 수련 아가씨에 대한 말은 꺼내기가 힘들어 망설이고 있었는데 이현이 먼저 물어주니 오히려 고마웠다.
　"황실에는 안 계신 듯해. 황실 쪽 사람들을 몇 만나 알아봤는데 정황이 비슷한 여인은 없었어. 대군 나리 따라 황궁에도 두어 번 들어가 찾아봤지만 안 계시고…… 미안하다."
　"쉽게 찾을 수 있을 거라고는 생각하지 않아. 그래도 내 생이 다하는 날까지 수련 아가씨 찾는 일은 포기 안 한다."

찻잔을 잡은 이현의 주먹이 떨렸다.

그날, 원나라 사신이 떠나던 길목을 지나지만 않았었어도 수
련을 잃어버리는 일은 없었을 것이다. 함께 물놀이를 가자고 불
러낸 것이 화근이었다. 사신이 오는 시기에는 집 안에 있는 암
탉들까지 몸을 숨긴다는데 감히 무슨 용기로 불러내었던 건지
모르겠다. 이현은 지금도 그날의 자신이 죽이고 싶도록 원망스
러울 뿐이다.

혼인 날을 잡아두고 사신이 온다고 알려지면서 금혼령이 내
려졌다. 잠시 몸을 숨기자는 장인의 의견이 있었지만 듣지 않았
다. '이미 혼약이 되어 있는 사람인데 무엇이 걱정인가? 하루에
도 두어 번은 보아야 마음이 놓이는 사람인데 한 달을 보지 않
고 어찌 견딜 것인가?' 그런 마음이었다. 혼약을 맺고 나니 더
욱더 안달이 난 마음에 조심성이 없어져 버린 것이었다. 그들이
언제 혼약한 처녀라고 봐주는 법이 있었던가. 관료들의 여식까
지 서슴지 않고 잡아가는 그들이었다.

그날, 이현은 곧 원으로 떠날 희랑과 시간을 보내기 위해 수
련을 불러내었다. 소령은 그 성격상 집안에 가두어둔다고 해서
갇혀 있을 사람도 아니었고, 평소에 남장을 하고 말을 타고 다
니니 크게 걱정하지 않았지만 수련은 혼자 다니긴 위험하니 그
가 갈 때까지 기다리라고 했다. 사냥은 수련이 싫어하니 할 수
가 없었고, 그래서 벽란도 가는 길목의 흐드러진 갈대밭을 지나

흐르는 예성강에서 뱃놀이를 하자는 의견이 모아졌던 것이다.

　그날따라 왜 그렇게 일이 바빴던 건지 데리러 가겠다는 시각을 넘기고도 이현은 관청을 나가지 못하고 마음만 동동거리고 있었다. 하던 일을 마무리 짓고 한참이나 늦어버린 시각에 관청을 나서려는데 수련의 집 노복 놈이 눈물 바람으로 달려와 바닥에 뒹굴며 울부짖는 것이 아닌가! 이놈이 내 앞에서 미친놈처럼 뒹굴 때는 필시 수련에게 무슨 일이 생긴 것이었다.

　"무슨 일이냐? 말해라! 말해 봐!"

　노복의 입에서 나오는 말이 거짓이기를 바랐다. 이놈이 잠깐 정신이 나간 게지. 그렇지 않고서야 어찌 내게 이런 말도 안 되는 소리를 지껄이는가? 수련 아가씨를 왜! 이미 내 아내인 수련 아가씨를 누가 잡아간단 말인가? 정신없이 북으로 말을 달려 정동행성에 다다랐을 때 사신 일행은 이미 그곳을 지난 지 만 하루가 넘었다는 것을 알았다.

　그것이 벌써 일 년 전의 일이다. 공녀로 잡혀간 고려 여인들이 어떤 생활을 하고 있는지는 이미 알려질 대로 알려져 있는지라 이현은 밤마다 고통에 시달려 왔다. 그녀가 궁인이나 시녀로 허드렛일을 하며 산다면 그나마 나을지도 모르겠다. 비록 몸은 힘들겠지만 마음은 편할 테니까. 그러나 혹시라도 황족들이나 고관대작들의 처첩이 되었다면 어쩔 것인가? 그녀가 과연 그 고통을 이겨내어 줄지 이현은 그것이 두려웠다. 어떤 식으로든 살아만 있어준다면 그로서는 그런 것쯤 아무 상관이 없다 생각했다.

"그쪽 사람들이 계속 찾아봐 주겠다고 했으니까 기다려 보자. 연경에서 못 찾으면 지방으로 가서라도……."

그러다 희랑은 입을 다물어 버렸다. 그 넓은 원나라 땅 어디에서 수련을 찾겠다는 말인지. 함께 의기를 투합하며 형제의 의를 다짐했건만 이현의 아픔을 다 헤아려 주지 못하는 것 같아 늘 마음이 안타깝다.

몸이 좋지 않아 일찍 퇴청해 자리에 누워 있던 장유경은 희랑과 이현이 기다린다는 말을 듣고 힘겹게 몸을 일으켜 서재로 나왔다. 아직은 누워선 안 되는데 요즘 들어 왜 자꾸 힘이 빠지고 자리에 눕는 날이 잦은지 모르겠다. 아마 몸도, 마음도 많이 지친 탓이리라. 잠시도 긴장을 풀지 않고 지낸 지가 이 년이 넘었으니 병이 날 만도 하다.

장유경은 탁자에 앉으며 지난번 희랑에게 묻지 못한 말이 있어 그 얘기부터 먼저 꺼내었다.

"강릉대군께서 원의 공주와 혼담이 오가고 있다던데 그 얘기는 들었느냐?"

"예, 곧 그리될 것이라 들었습니다."

"도저히 피할 수 없는 일이라더냐?"

"저들의 경계를 피하려면 어쩔 수 없는 일이 아닐는지요. 그리고 황제의 신임을 얻기 위해서도 황실의 힘은 꼭 필요합니다."

"그럴 테지. 헌데 어떤 분인지 알아봤느냐?"

"원나라 종실 위안의 여식이라 들었습니다. 심성이 고우신 분으로 알려져 있습니다. 그리고 대군께서도 그리 호락호락한 분이 아니시니 크게 걱정을 안 하셔도 될 줄 압니다."

그때 명아가 다과를 내어오자 뒤를 살피던 장유경이 의아한 듯 물었다.

"소령이는 어디 간 게냐? 어찌 보이지 않아?"

평소 같으면 벌써 두어 번은 쿵쿵거리며 들락거렸을 텐데 정말 이상한 일이다. 이현은 아침에 보았을 때 자신에게 눈을 흘기고 나가던 소령을 생각하며 키득 웃었다. 어젯밤, 희랑을 기방에 데리고 간 것을 두고 그러는 것일 텐데 그나마 그에게는 목을 댕강 자르겠다는 소리를 안 하니 얼마나 다행인가?

"아가씨는 노복들 몇 데리고 사냥 가셨습니다."

"사냥?"

장유경이 어이없는 듯 한숨을 내어쉬었다. 요즘이 어느 시기라고 저렇게 천방지축 돌아다니는지 모르겠다. 어느 집 할 것 없이 공녀로 잡혀가는 것이 무서워 어린 나이에 혼인을 시켜 버리니 소령의 나이 또래의 처녀는 찾아볼 수도 없고, 또 있다고 해도 집 안에 숨어 지내는데 어찌 저렇게 겁도 없고 무모한지 모르겠다.

"도대체 언제 철이 들려는지……. 쯧쯧쯧."

장유경이 자신도 모르게 혀를 차며 희랑을 살피니 그는 이미 산등성이 어딘가를 말을 타고 달리는 소령을 떠올리는 듯 찻잔을 내려다보며 싱긋 웃고 있었다.

"네가 만날 그리 실실 웃기만 하니 소령이가 더 기고만장하는 것 아니냐? 내가 아무래도 그 앨 잘못 키운 게야. 이젠 네가 좀 잡아보거라."

"……두십시오."

사람 좋은 웃음을 흘리며 두라고 말하는 희랑을 옆에서 웃고 있던 이현이 거들었다.

"희랑인 소령 아가씨가 어찌해도 다 예쁘다 합니다."

"너만 예쁘다고 될 일이더냐!"

여전히 혼자 실실 웃기만 하는 희랑을 나무라면서도 소령을 예뻐하는 희랑이 고마웠다. 오랜 벗 효정이 어린 희랑을 부탁하며 눈을 감을 때 장유경은 이미 두 아이의 장래를 생각했었다. 효정과 술자리에서 농담처럼 나눈 말도 있었지만 어릴 때부터 희랑에 대한 장유경의 정이 각별해서이기도 했다. 바라던 대로 두 아이는 서로를 아끼며 아름답게 자라주었다.

잠깐 흐뭇한 미소를 짓던 장유경은 이른 시간에 희랑과 이현이 찾아온 이유를 물었다. 희랑이 말씀드리라는 눈짓을 보이자 이현이 얼굴에 긴장을 깔며 목소리를 낮추었다.

"나리, 그 교위 말입니다."

"……?"

"지난번 희랑에게도 말했지만 정석이라는 자를 우리 쪽 사람으로 들여오면 어떨까 싶습니다."

"정석이를?"

그래, 그 아이를 잊고 있었다. 그는 장유경의 죽마고우로 지금은 초야에 묻혀 지내는 좌명의 제자였다. 장유경과 희랑의 아버지 정효정, 그리고 정석의 스승 석좌명은 동문수학을 했던 죽마고우였다. 그들은 비슷한 시기에 벼슬길에 올라 한때는 썩어가는 고려를 다시 일으키자며 뜻을 모으기도 했었다. 그러나 건강이 좋지 않았던 효정이 일찍 세상을 떠났고, 좌명도 조정에 환멸을 느끼며 초야에 묻혀 버렸다. 그 후, 십 년이 훨씬 지나서 좌명의 추천서를 들고 정석이 찾아왔을 때 장유경의 기쁨은 이루 말할 수가 없었다. 그의 제자라면 누구보다도 믿을 수 있을 것이다.

"그래, 내 언제 기회를 보아 자리를 한번 마련해 줄 테니 자네들이 나서보게."

얼굴이 환해지는 이현에 비해 희랑의 얼굴은 그리 밝아 보이지 않았다. 아직 잘 모르는 정석이라는 자에 대한 기대를 미리 하지 않겠다는 생각과 함께 유난히 빛나던 그의 눈에서 뿜어나오던 열기가 알 수 없는 불안을 가져다 주었다. 어느 누구든 정확한 검증 없이 이 일에 끌어들인다는 것은 수십의 목숨을 저울질하는 것이나 마찬가지다. 낯선 사람을 만날 때면 늘 그래 왔듯이 희랑은 스스로의 마음에 경계선을 만들었다.

오전 내내 천수산 자락에서부터 훑어 올라갔지만 겨우 토끼 몇 마리밖에 잡지 못했다. 큰 욕심은 안 부려도 기운 찬 노루 한 마리나 잡아서 희랑이 다시 떠나기 전에 고아 먹이리라 작정하고 나왔던 길인지라 소령의 실망은 이만저만이 아니었다. 이럴 줄 알았으면 아침부터 집으로 온 희랑의 곁에나 있을 걸, 이현이 또 희랑을 꼬드겨 기방에라도 가지나 않을까 은근히 걱정이 되었다. 이번에 또 꼬드겨 데리고 가는 날에는 정말 의리고 뭐고 다 버리고 다시는 우리 집에 발길조차 못하게 해버려야지 싶다가 수련을 잃은 그 마음이 얼마나 허전하고 아플까 싶어서 마음이 짠해졌다. 소령은 그 일만 생각하면 지금도 혼자서라도 칼을 빼어 들고 연경으로 달려가고 싶은 기분이었다.

'짐승 같은 원나라 놈들! 남의 나라 여인을 개돼지 몰듯이 끌고 가 욕정을 푼다니 그곳에는 여인네가 그리도 귀한가? 내가 사내로 태어나지 못한 것이 천추의 한이다! 내가 사내라면 당장이라도 군사를 몰고 가 그놈들의 목을 댕강 잘라 버릴 텐데……'

그런 철없는 생각들이 불쑥 치민 적이 한두 번이 아니었다. 확실히는 모르지만 희랑이 하고자 하는 일이 바로 이런 것이라는 것을 소령은 알고 있었다. 그래서 희랑이 더욱 자랑스럽고, 잘나 보이는 건지 모르겠다.

오늘은 그만 접고 내려갈까 생각하고 있는데 왼편 산비탈 덤불 사이에서 쏜살같이 솟구치며 치달리는 노루 한 마리가 눈에 띄었다. 순간 소령이 가장 먼저 방향을 돌리며 말을 몰아 달렸다.

"핫!"

소령의 힘찬 발길에 잘 훈련된 말이 비호처럼 산비탈을 달려 올라갔다. 노루를 쫓는 소령의 눈이 이슬 먹은 나뭇잎에 내려앉은 햇살처럼 반짝 빛이 났다. 바람처럼 달리던 그녀의 이마가 나뭇가지에 스치면서 머리를 묶고 있던 끈이 풀려 바람에 날려갔다. 순간 검은 머리카락이 출렁 물결치며 허리로 쏟아져 내렸다. 그러나 그녀는 이미 그런 것쯤은 상관없다는 듯 만만찮게 도망가는 노루를 놓치지 않으려 말의 배를 박차며 더욱 속력을 내었다. 어느새 이마에 땀이 송골송골 맺히고 그녀의 얼굴에 미소가 번졌다. 저놈처럼 힘차게 도망치는 노루를 잡는 것은 언제나 재미있다. 나무 사이를 거침없이 내달리던 노루가 덤불을 찾아드는 것이 보였다.

'됐다!'

거리를 맞춰 화살을 재어 쏘는 순간, 노루는 덤불 사이로 몸을 솟구치며 둔탁하게 떨어져 내렸다. 소령의 몸도 동시에 말에서 뛰어내려 달렸다. 나무의 잔가지를 헤치며 덤불로 들어서는데 어디선가 바람처럼 훌쩍 뛰어든 사나이가 노루를 집어 드는 것이 아닌가! 순간 소령의 눈에 불꽃이 일었다.

"누구냐? 남의 노루를 왜 들고 가!"

팩 쏘아붙이는 소령의 목소리에 돌아보는 사나이의 눈이 날카롭게 빛이 났다. 섬광처럼 빛이 나는 사내의 눈을 보고 움찔하던 소령은 다시 얼굴에 칼바람을 일으키며 쏘아붙였다.

"어찌 남이 잡은 노루를 탐하느냐!"

노루를 들고 있던 그 사나이도 만만찮은 눈으로 소령을 쏘아보았다.

"이게 어찌 그쪽 노루라 하시는 게요?"

"거기 내가 쏜 화살이……."

노루의 복부에 꽂힌 화살을 보던 소령은 화들짝 놀랐다. 그것은 소령의 화살이 아니었다. 소령의 화살은 희랑이 꿩의 깃털에 색을 넣어 예쁘게 장식해 만들어준 것이라 어디서든 한눈에 알아볼 수 있었다.

"내가 분명 맞혔는데……?"

"이 화살을 말하는 것이오?"

사내가 덤불 사이에서 집어 들어 보이는 화살을 보던 소령은 새파란 얼굴로 다가가 그것을 획 빼앗아 들었다.

'이게 왜 그곳에 있담! 분명히 노루의 복부를 향해 재어 쏘았는데? 분명 저놈의 살이 날아와 이걸 쳐낸 것이지! 그렇지 않고서야 내 살이 빗나갈 리가 없다!'

분해 죽겠다는 표정으로 쏘아보는 소령의 눈을 그 사내는 피하지도 않고 무언가에 홀린 듯 뚫어지게 바라보았다.

"아가씨!"

그제야 태성과 노복들이 숨을 헐떡이며 비탈을 달려 올라왔다. 소령은 사내를 노려보다 입술을 깨물고 휑하니 돌아섰다.

"가자!"

"아가씨, 노루는 어찌 되었습니까?"

"그 노루 새끼는 도둑맞았으니 다른 놈을 찾아보자."

몇 발짝 내디디는 소령의 등 뒤에서 사내의 굵고 단호한 목소리가 들렸다.

"도둑이라 함은 듣기 거북하오!"

그 소리에 되돌아온 소령이 그 사내를 빤히 올려다보았다. 소령은 머리카락이 바람에 흩날리며 땀에 젖은 이마에 달라붙는 것이 성가신 듯 손으로 머리를 걷어 올리더니 입가에 제법 비웃음까지 흘리며 사내 같은 목소리로 한마디 툭 던졌다.

"남이 몰아놓은 노루를 활을 쏘아 잡아가니 도둑이 아니고 뭐요?"

"흠……. 제가 저 아래서부터 이놈을 먼저 쫓아온 걸 진정 못 보셨단 말이오?"

'저 아래서부터? 그럼 이자는 노루와 나의 놀음을 처음부터 다 보고 있었다는 말인가? 이자가 몰고 있는 노루를 내가 바보처럼 따라왔단 말인가?'

순간 소령의 얼굴이 새파래지더니 입술을 깨물고 휑하니 돌아서 버렸다. 말에 오른 소령은 분한 마음에 눈물까지 핑 돌았다. 소매 끝에서 댕기를 꺼내어 머리를 질끈 동이고는 사내를 다시 돌아보다 말의 배를 힘차게 찼다.

"이럇!"

소령이 사라져 간 쪽을 멍하니 바라보는 사내의 눈이 반짝이
더니 나뭇등걸같이 딱딱하던 얼굴에 작고 어색한 미소가 흘렀
다.

"아직도 분한 맘이 안 풀린 거야?"

며칠 전의 사냥 일로 한동안 기분이 좋지 않은 소령을 달래보
려고 희랑이 대낮부터 별채를 어슬렁거리며 들여다보았다. 돌
에 앉아 있던 소령이 발딱 일어나며 연못 속으로 작은 돌멩이를
휙 던졌다.

"그자는 나를 보았는데 나는 왜 그자를 못 봤을까?"

"그야 네가 너무 노루에 정신을 판 탓이지."

그러자 소령은 아직까지 분한 듯 작은 손으로 가슴을 치기까
지 한다. 희랑과의 목검 대련에서조차 지는 걸 싫어하는 소령의
성격에 그런 일을 당했으니 아마 한동안은 이 분함이 그녀에게
서 사라지지 않을 것이다. 소령의 모든 행동 하나하나가 희랑에
게는 웃음을 짓게 만드는 것들이라 소령이 눈을 흘기든 말든 그
는 입가에 번진 미소를 거두지 못하고 있었다.

"잊어버려. 다음에 나랑 사냥 가자."

소령은 함께 사냥 가자는 희랑의 따뜻한 목소리에 그새 맘이
풀렸는 듯 얼굴이 밝아지며 팔에 착 달라붙었다.

"오늘밤 갈밭에 가고 싶어."

"오늘은 안 돼. 누굴 좀 만나기로 했거든."

"누구?"

"응, 너 모르는 사람."

그 말을 하는 희랑의 얼굴에 약간 긴장의 빛이 감돌았다. 또 비밀스런 일과 연관된 사람인가 보다. 가끔 이럴 때면 희랑이 너무 먼 사람같이 느껴진다. 그냥 희랑아, 희랑아 부르며 매달리기가 어색해서 소령은 잡고 있던 옷자락을 슬며시 놓아버렸다.

"아직 얘기가 끝나지 않았느냐?"

저녁 내내 부엌을 서성이던 소령은 뒷방으로 술상을 내다주고 오는 명아를 불러 세웠다.

"예."

도대체 누굴까? 숨기면 더 궁금해 못 견디는 게 소령의 성격이었다. 안 가르쳐 주면 내가 직접 들여다보는 수밖에 없지! 희랑과 일을 도모하는 사람이라면 자신도 얼굴을 익혀두는 게 좋을 거라는 판단에서 소령은 다시 상을 들고 나오는 명아를 불러 세웠다.

"얘! 그 안주상 이리 다오."

그리고는 명아가 들고 있던 안주상을 빼앗았다.

"아가씨!"

소령은 인상을 쓰며 부르는 명아를 무시하고 뒷방으로 갔다.

그리고 방이 가까워지자 급한 마음에 살금살금 다가가 귀를 대어보았다. 희랑과 이현의 목소리와 낮지만 또렷한 낯선 목소리가 섞여 들렸다. 누군지는 모르지만 희랑이 일부러 술자리까지 마련할 정도면 꽤 중요한 사람인 모양이다. 소령은 조금 더 가까이 다가가 귀를 대어보았다. 순간 날카로운 소리와 함께 문이 벌컥 열렸다.

"누구냐!"

"엄마!"

소령은 너무 놀란 나머지 들고 있던 안주상을 떨어뜨려 버렸다.

"소령아!"

소령은 놀란 희랑과 이현의 얼굴 너머 자신을 쏘아보는 또 한 사나이와 눈과 마주쳤다.

소령을 쏘아보는 그 사나이는 눈이 빛나던 그…… 노루도둑이다!

네 사람의 눈이 공중에서 부딪쳤다. 난감해하는 소령과 희랑을 보며 이현이 얼른 사태를 수습하려는 듯 나섰다.

"아니, 아가씨! 뭐 하시고 계셨습니까?"

"예? 아, 안주……."

엎질러진 안주상을 손가락으로 가리키며 울상을 짓는 소령의 표정에 희랑과 이현의 얼굴에 웃음이 번졌다. 희랑의 손님 앞에서 이게 무슨 꼴인가? 더구나 저 노루도둑의 눈은 그때나 지금이나 몸을 자꾸 움츠리게 만들어서 기분이 나쁘다. 소령은 고개를 돌려 그 노루도둑을 보았다. 순간 빛나는 눈이 화살처럼 날아와 박히는 듯하다. 소령은 놀라며 얼른 그 눈길을 피해 버렸다.

"다시 가져오겠습니다."

주섬주섬 엎질러진 안주들을 주워 담는 소령의 귀에 노루도둑의 말이 들렸다.

"안주는 이것으로도 충분할 것 같습니다만……."

무뚝뚝한 목소리에 무안당한 소령의 얼굴이 달아올랐다. 희랑이 다가와 소령이 치우던 안주들을 다시 그릇에 주워 담으며 달아오른 소령의 얼굴을 바라보았다. 그녀는 금방이라도 폭발할 듯한 얼굴에 눈물까지 터져 버릴 것 같은 표정이었다. 희랑은 안주를 쏟은 일이 뭐가 이토록 분할까 싶어 의아했다.

"그래, 안주는 이것으로 됐어. 가서 쉬어."

"내가 뭐 피곤하댔어!"

팩 하니 쏘아붙이고 가버리는 소령을 바라보던 희랑은 다시 싱긋 웃으며 자리로 와서 앉았다. 이현은 그런 희랑의 모습을 부러운 듯 바라보며 입가에 장난스런 웃음을 흘렸다.

"어째 오늘은 조용히 물러가신다?"

평소의 소령이었다면 자신의 실수는 금세 잊어버리고 희랑과 함께 있는 낯선 사람이 궁금해서라도 자리에 끼어보려고 온갖 애를 썼을 것이다. 희랑은 날카로운 눈을 반짝이는 정석을 바라보았다.

"불쾌했다면 대신 사과하리다."

"아, 아니오!"

정석의 표정이 소령을 꽤나 궁금해하는 것 같아 희랑이 다시 싱긋 웃으며 정석의 표정에 답했다.

"내 아내요."

순간 정석의 얼굴에 실망의 빛이 서리는 것을 아무도 보지 못했다. 그것은 정석 스스로도 느끼지 못한 일이었다. 어려 보이고 사내 같은 저 여인과 나이답지 않게 진중하기가 쇳덩이 같은 이 사내가 부부라니 정석은 의외라는 생각을 하며 희랑을 유심히 보았다.

평소에 존경해 마지않는 장유경의 부름을 받고 설레는 마음으로 이곳으로 왔더니 뜻밖에도 관청에서 가끔 만나 안면이 있는 이현과 얼굴 가득 사람 좋은 웃음을 흘리고 있는 희랑이 기다리고 있었다. 정희랑이라는 이자. 어지간한 보통의 사내들보다는 한 뼘이나 큰 키에 얼굴 가득 흐르는 웃음으로 상대방의 마음을 저절로 풀어지게 만드는 재주가 있었다. 한없이 낮고 부드러운 목소리에 행동마저 느릿느릿한 것이, 이현의 친구라면 자신보다 네 살은 아래일 텐데 전혀 어린 티가 나지 않았다. 게다가 중요한 얘기에 다다를 때면 감히 반론을 펴기 힘들 정도의 논리로 상대방을 압도했다. 그의 얘기를 듣고 있자면 그가 얼마나 방대한 양의 서책을 탐독했는지 느껴졌다. 정석은 처음 장유경의 부름을 받았을 때 이미 자신을 보고자 한 이유를 어렴풋이 짐작했기에 금방 그들과 마음이 통해 버렸고, 그래서 그들은 새벽이 다 되도록 주거니 받거니 술잔을 기울였다. 정희랑이라는 인물이 주는 매력은 소령으로 인해 잠깐 미묘했던 감정을 금방 잊어버리게 하는 듯했다.

안주상을 엎질렀던 날부터 소령은 뾰로통하니 입을 내민 채 보이는 사람마다 쏘아붙이기 일쑤였다. 게다가 금방 달려와 달래줄 줄 알았던 희랑은 바쁘다는 이유로 얼굴조차 비추지 않으니 점점 짜증만 늘었다. 그 노루도둑만 생각하면 분해 죽겠기에 희랑이 그자와 친해지는 것이 싫었다. 희랑과 친해지면 자신도 그자를 자주 봐야 할 테고, 그때마다 그 쏘아보는 눈빛을 대해야 한다고 생각하니 괜히 불안하고 짜증이 났다. 그러다 보니 곁에 있는 명아만 죽을 지경이었다. 오늘도 명아는 아침부터 소령의 투정을 받아주느라 별채와 뒤채를 쥐방울처럼 뛰어다니고 있었다.

"……도련님."

빽 소리 지르는 소령의 성화에 놀라 다시 뒤채로 달려온 명아는 조용한 문 앞에서 떨어지지 않는 입을 겨우 움직여 희랑을 불렀다. 원을 오가며 희랑이 명목상 하는 게 장사 일이니 지난번 다녀온 결산을 마냥 미룰 수는 없는지라 그는 이틀째 그 일에 매달려 있었다. 요 며칠은 이현과 정석과 술자리가 잦았고,

어제오늘은 이걸 붙들고 있었으니 소령의 얼굴조차 볼 틈이 없었다. 희랑은 마지막 장부를 덮으며 문을 열었다. 울상이 된 명아가 마당에서 동동거리고 서 있는 걸 보니 소령이 또 어지간히 닦달한 모양이다.

"아가씨는 별채에 계시느냐?"

"예. 사흘째 별채에서 꼼짝도 않으셨습니다."

"사흘이나? 어디 아픈 건 아니냐?"

"그런 게 아니오라……."

정말 소령이 화난 이유를 모르는 건지, 알고도 모른 척하는 건지 희랑은 기지개를 켜며 마당으로 나오더니 깊은 생각에 잠긴 듯 뒷짐을 지고 어슬렁어슬렁 걸어다녔다.

"도련님! 이년은 아무래도 아가씨 등쌀에 머지않아 말라죽을 것입니다!"

답답한 마음에 명아가 볼멘소리를 해보지만 그는 그저 싱긋 웃을 뿐 여전히 말이 없었다.

희랑은 자신들의 비밀스런 계획이 밀직사의 젊은 군관들 사이에 지나치게 노출되어 버린 것이 아닌가 걱정하고 있었다. 젊은 군관들도 몇몇을 제외하고는 아직 직접적으로 만난 적이 없는 희랑이었다.

하지만 그날, 정석은 희랑이 말을 꺼내기도 전에 이미 그를 부른 뜻을 짐작하고 있었다. 그가 아무리 눈치 빠른 사람이라

하더라도 스스로 그런 낌새를 느꼈다면 다른 사람들도 느끼고 있다고 봐야 한다. 이현은 희랑의 지나친 조심성을 타박하고 있었지만 그는 오히려 급하고 조심성없는 이현의 성격이 늘 걱정되던 바였다. 어쨌든 정석을 만난 것은 하늘의 뜻이란 생각이 들 정도로 그가 마음에 들었다. 며칠 새에 정석과는 이미 마음을 터버린 사이였다.

정석은 그 열정과 의기로 희랑을 사로잡았다. 때로 지나치리만치 냉철함이 불편할 때도 있지만 그것은 오히려 희랑에게 풀어지는 긴장을 다잡아주는 것 같아 좋았다.

'후, 잘되겠지?'

희랑은 고개를 들어 하늘을 보았다. 눈이 시릴 만큼 맑고 높은 하늘이다.

"명아야!"

"예, 도련님!"

반갑게 쪼르르 다가오는 명아에게 희랑은 다정히 웃어주었다. 그래도 명아가 소령의 곁에 있어 한결 마음이 놓인다.

"네가 조금만 더 고생을 해줘야겠다. 지금 내가 급히 가볼 데가 있으니 소령이더러 저녁에 갈밭으로 나오라고 해라."

"도련님! 부풀어 오른 밤송이 같습니다!"

"뭐가 말이냐?"

"아가씨가요."

빨리 소령에게 가지 않는 희랑에 대한 원망과 함께 나중에 만나면 밤송이처럼 부풀어 오른 소령에게 찔리지 않게 조심하라는 언질이다. 희랑은 다시 한 번 싱긋 웃어주고 바쁜 걸음으로 뒷문을 열고 나갔다.

명아는 희랑이 빠져나간 뒷문 쪽을 멀거니 바라보았다. 저렇게 의젓하고 잘난 도련님이 천방지축 철없는 소령에게 꼼짝 못하고 잡혀 있는 것이 그녀는 도무지 이해가 가지 않을 뿐이다.

갈밭으로 가기 위해 둑길을 휘적휘적 걷던 희랑은 바다처럼 펼쳐진 갈밭이 휘영청 밝은 달빛 아래에서 넘실넘실 춤을 추는 모습이 보이자 숨이 막힐 것 같아 그 자리에 멈추어 서서 한참동안 건너다보았다. 이미 여름의 물기가 말라가는 갈밭에서 바람이 부서지는 소리가 들렸다.

'가을이구나!'

희랑은 바람 소리로 계절을 느끼며 소령을 찾아 들어갔다. 발아래에서 갈대들이 바스락거리며 쓰러졌다.

"소령아! 소령아!"

늘 만나던 그곳에 다다르자 무릎에 턱을 고인 채 소령이 앉아있었다.

"소령아!"

반가운 마음에 다가가 불러보지만 소령은 고개조차 들지 않았다. 명아의 말대로 정말 화가 단단히 났나 보다. 싱긋 웃으며 다가간 희랑은 어깨에 손을 얹으며 옆에 앉았다.

"화 많이 났어?"

그러나 고개 숙여 들여다본 소령의 얼굴은 그다지 화난 얼굴이 아니었다.

"아냐, 화 안 났어."

그리고 희랑의 얼굴을 빤히 바라보더니 한숨을 푹 내어쉬었다. 언제나 반짝거리던 눈은 기운이 빠진 듯 풀어져 있었다.

"어디 아픈 거야?"

이마를 짚어보려는 희랑의 손을 슬쩍 피하기까지 한다.

"왜 그래?"

"마음이 허해."

허하다는 소령의 말이 희랑의 마음을 덜컥하게 만들었다. 가을을 느끼는가? 아직은 그러지 않으면 좋겠는데. 희랑은 소령의 마음이 아직은 좀 더 어리기를, 자라지 않기를 바랐다. 그래서 그가 위험한 길을 떠나더라도 걱정도, 두려움도 그저 막연하게 느끼는 것에 그치기를 바랐다. 다시 보니 소령은 하염없이 달을 바라보고 있었다. 어느새 오동통하던 볼살이 이렇게 빠져버렸는지 갸름해진 얼굴이 제법 물 오른 여인을 닮아 있었다. 갑자기 고개를 돌린 소령의 입에서 볼멘소리가 나왔다.

"넌 어느새 건장한 사내가 되어 있는데 난 여전히 천방지축 철이 없는 것 같아 속상해."

"갑자기 왜 그래?"

"너, 기생년들 안아봤니?"

"무슨 소리야! 다들 나만 보면 벌벌 똥을 싸고 도망가는데 어떻게 안아봐?"

희랑이 정색을 하며 농담 섞인 말을 해보지만 소령의 얼굴은 여전히 심각했다.

"그년들은 사과알만해? 배알만해?"

"……?"

"내 건 아무리 봐도 자두알만하다."

그러더니 속상한 듯 고개를 떨구어 버렸다. 뭐가 사과알만하고, 배알만한지, 자두알만하다는 소령의 것은 또 무언지. 그것이 쉽게 떠오르지 않아 희랑은 고개를 갸웃거렸다.

"생각해 봤는데 네가 왜 날 한 번도 안고 싶어하지 않는지 이제 알겠어. 넌…… 내가 아직 성숙한 여인네로 안 보이는 거지? 천방지축 철없는 계집애일 뿐이야. 그렇지?"

새침하게 돌아가는 소령의 눈을 희랑은 놀란 눈으로 바라보았다.

'내가 꿈속에서 날마다 너의 옷을 벗기고, 널 안느라 몇 날이나 밤잠을 설쳤는지 안다면 아마도 죽이려고 덤벼들 테지? 후훗.'

희랑은 새침한 소령의 얼굴을 보며 뜨거워지는 가슴을 억눌렀다. 그리고 달빛에 비친 하얀 박꽃 같은 소령의 얼굴을 만지며 싱긋 웃었다.

"갑자기 왜 그래? 내가 죽어서도, 살아서도 안고 싶은 여자는 너뿐이라고 말해 줬잖아. 우리 혼인하면 읍……!"

소령이 갑자기 희랑의 목을 안으며 입을 맞추었다. 수십 번, 수백 번 맞추어온 입이었지만 이렇게 강하게 눌러오는 입술은 처음이다. 희랑은 움찔하며 물러나다 강하게 빨라들이는 소령의 입놀림에 혀끝이 잡혀 버렸다. 잠깐 고개를 흔들어보지만 그녀는 놓으려 하지 않았다. 오히려 목을 안은 손에 더욱 힘을 주며 가슴까지 밀착해 왔다. 소령의 봉긋한 가슴이 느껴지자 희랑은 자신도 모르게 가슴이 후끈 달아올랐다. 그때까지 뒤로 엉덩방아 찧듯 땅을 짚고 있던 희랑의 손이 올라가며 소령의 허리를 꺾어지게 당겨 안았다. 그리고 사정없이 빨고 있는 소령의 혀를 살살 달래며 부드럽게 감았다. 그러자 뜨겁고 달콤한 희랑의 입김이 소령의 목을 타고 넘어왔다. 소령은 가슴 밑바닥에서 보글보글 거품이 끓어올랐다. 이어 건장한 사내의 커다란 손이 자두알만하다 생각되는 그녀의 가슴을 한 손에 움켜잡는 것이 느껴졌다. 쿵쿵 울려대는 가슴의 두근거림이 머리 속에서 울려 퍼졌다. 너무나 부드럽고, 따듯하고, 달콤하기까지 한 희랑의 입김이 여전히 목 안으로 꼴깍꼴깍 넘어왔다. 숨도 쉴 수 없었고, 가슴은 터질 듯이 답답하고 머리도 어지러운데 소령의 몸은 자꾸만 거품처럼 부풀어 둥둥 떠오르는 것 같았다.

'답답해. 숨을 쉴 수가 없네. 희랑아, 희랑……!'

순간 몸이 기우뚱하더니 묵직한 희랑의 몸이 가슴 위에서 느껴졌다. 눈앞의 하늘에서는 금방이라도 퍽 쏟아질 듯한 별들이 반짝였고, 갈대들이 달빛에 일렁이며 춤을 추었다.

희랑은 감당하기 힘들도록 달구어져 버린 가슴을 어쩌지 못하고 소령을 안아 갈밭에 뉘었다. 손 안 가득 움켜잡은 말캉말캉한 소령의 가슴이 바짝 긴장하며 도드라지는 것이 느껴지자 가슴이 사납게 뛰어대기 시작했다.

"소령아……."

뜨거운 희랑의 입김이 귓속을 파고들었다. 싸늘한 밤공기에 차가워진 목덜미 위로 희랑의 뜨거운 입술이 삼킬 듯이 따끔거리며 스쳐 내려갔다. 쇄골을 지나 소령의 앞가슴까지 이르자 코끝을 자극하는 소령의 향내에 희랑은 현기증이 일었다.

소령은 너무 갑갑하고, 떨리고 두려웠지만 가슴 위에서 느껴지는 희랑의 묵직한 무게는 거부할 수 없도록 좋았다. 희랑의 뜨거운 입술이 금방이라도 가슴을 파고들어 오는 것 같았다.

'무서운데 네 온기가 너무 좋다, 희랑아.'

그러나 금방이라도 옷을 헤집고 들어올 것 같던 그의 입술은 오래오래 옷고름 위에 멈추어 꼼짝하지 않았다. 차가운 바람이 일어 머리를 식혀줄 때까지 희랑은 소령의 가슴만 조몰락거렸다.

"……뭐 해? 희랑아."

소령은 흥분에 떨며 부끄러운 듯 작은 목소리로 희랑을 불렀다. 어서 그가 자신을 여인으로 만들어주기를 갈망하고 있었다. 구름에 가렸던 휘영청 밝은 달이 얼굴을 내밀고 소령의 눈을 빤히 내려다보았다. 부끄러워 죽겠다, 정말!

그때 희랑이 가슴 위에서 킥킥 웃는 소리가 들렸다.

"자두알보다는 더 크다. 사과알만한가? 아니, 배알만한 것 같은데?"

그러면서 소령의 가슴을 계속 조몰락거렸다. 순간 소령의 눈앞에서 갈대 사이로 얼굴을 내민 달이 훤하게 알몸으로 빛났다. 얼굴이 화끈해지며 찬바람이 그녀의 머리 속을 뚫고 들어오는 것 같았다. 소령은 희랑의 등을 후려치며 확 밀치고 벌떡 일어났다. 그리고 갈대를 서너 대 꺾으며 홱 돌아서 걸었다.

'나쁜 놈! 바보!'

천방지축, 철부지, 덤벙이에 이젠 음탕한 여자까지 돼버렸다. 소령은 부끄럽고 약이 올라 눈물이 왈칵 쏟아질 것 같았다. 갈밭을 헤치고 언덕으로 뛰어올라 오자 뒤에서 급하게 따라오는 희랑의 발자국 소리가 들렸다.

"소령아! 잠깐만, 소령아!"

소령은 홱 돌아서며 꺾어온 갈대 이파리를 허공에 대고 후려쳤다. 그러곤 그것이 희랑의 목덜미에 빨갛게 줄을 그은 것도 모른 채 소리를 빽 질렀다.

"나쁜 놈! 바보!"

그리고 분한 마음에 눈물까지 후둑 떨어뜨리고 다시 돌아섰다. 소령이 저만치 뛰어가고서야 흐트러진 정신을 바로잡은 희랑은 소령을 부르며 달려갔다.

"소령아! 천천히 가! 넘어지겠다!"

"남이야 넘어지든 말든! 코가 깨지든 말든 무슨 상관이야!"

"저긴 춥단 말이야! 너 거기서 옷 벗으면 고뿔 걸릴지도 모르고, 갈이파리들이 네 등을 아프게 했을 거야. 난 그게 걱정되어 널 제대로 안지도 못하고 일어나고 말았을 거다."

소령의 걸음이 조금씩 느려지고 있었다.

"그런 식으로 널 안는 거 싫어!"

어느새 희랑이 등 뒤에까지 따라왔다.

"소령아…… 소령아!"

소령은 어깨를 돌리는 희랑의 품에 얼굴을 묻으며 소리 내어 울고 말았다.

'정말 창피해 죽겠다. 저 달한테도, 갈밭에도, 숨어서 울어대는 풀벌레에게도, 그리고 너한테도…….'

희랑은 엉엉 소리 내어 우는 소령을 꼭 안았다. 그리고 조금 전, 갈밭에서 죽을힘을 다해 참아버린 자신이 원망스러웠다.

"미안해. 후, 정말 내가 바보다. 울지 마, 응? 모레 사냥 가자, 나랑 사냥 가자. 알았지?"

꼭 안아 다독이는 희랑의 손길에 소령의 울음소리가 잦아들고 있었다.

함께 사냥 가기로 약속한 날, 아침부터 부산하게 서두르던 소령은 마당으로 내려서는 희랑에게 다가와 다시 한 번 허리끈을 단단하게 조여 매어주고 조금 떨어져서 살폈다. 둘만 오붓하게 가고 싶었는데 이현은 물론 그 노루도둑도 함께 간다고 하니 희랑을 더 잘나게 차려입히고 싶었다. 훤칠한 키와 길쭉길쭉한 그의 모습은 언제 보아도 시원하다. 희랑을 이리저리 살피던 소령의 입가에 미소가 지어졌다. 언제 봐도 희랑은 잘났다. 소령의 얼굴에 만족스런 미소가 번지자 희랑은 싱긋 웃으며 태성에게 말을 가져오라고 했다. 단단히 차려입고 활통을 찬 소령의 모습이 갈색 말 위에서 햇살을 받아 빛이 났다. 희랑은 소령을 앞세운 채 노복들을 이끌고 산으로 올랐다.

"태성아! 아가씨 옆에 꼭 붙어 있어!"

태성에게 당부한 뒤 희랑은 이현과 정석의 곁으로 말을 몰아 다가갔다. 앞서거니 뒤서거니 힘차게 말을 몰아 산을 오르는 세 사나이의 모습은 바위산처럼 탄탄해 보였다. 물같이 유유한 희랑과 바람같이 자유롭게 흔들리는 이현, 그리고 불처럼 뜨거운 정석. 이렇게 세 사람은 모든 것이 달랐지만 그들이 꿈꾸는 세상은 하나였기에 어느새 서로에게 형제 같은 애틋한 정을 느끼고 있었다.

가을 산은 울긋불긋 물이 들어 꽃처럼 화려했다. 산 아래에서부터 짐승을 몰아가는 노복들의 노랫가락 소리가 지는 낙엽처럼 산자락을 울렸다.

"저기!"

정석이 가리키는 손가락을 따라 힘차게 솟구쳐 달아나는 노루가 보이자 그들은 동시에 말의 배를 박차며 치달아 올랐다.

"이럇!"

"하!"

희랑과 이현이 노루의 뒤를 쫓으며 치달아 가자 정석은 비탈을 따라 옆으로 돌아 말을 몰았다. 뒤에서 노복들이 소리를 지르며 노루를 모는 소리가 요란하게 들렸다.

정석이 비탈길을 한참 달리다 옆을 보니 어느새 소령의 말이 노루의 뒤꽁무니를 쫓고 있었다. 소령은 앙다문 입술 사이로 다시 웃음을 흘렸다. 저렇게 힘차게 솟아오르는 노루를 쫓는 일은 언제나 신이 난다.

소령을 피해 비탈길로 도망쳐 가던 노루가 갑자기 방향을 틀어 올라왔다. 고개를 돌려보니 옆 숲 사이로 노루를 쫓는 정석의 말이 보였다. 소령은 아랫입술을 깨물며 노루를 쫓았다. 힐끔힐끔 돌아보니 말을 모는 정석의 모습이 비호같았다. 비탈길을 치달아 오른 노루가 굴참나무 숲으로 들어서자 정석은 재던 활을 내렸다. 앞을 가리는 장애가 너무 많아 여기선 무리다 싶은데 활을 재며 달리는 소령의 모습이 눈에 들어왔다. 순간 뭐라 말릴 틈도 없이 소령의 말이 썩은 나뭇등걸에 걸려 솟구쳤다. 그리고 두어 바퀴 돌아 바닥으로 떨어져 내리는 소령의 모습이 보였다.

잠깐 정신을 놓았다 반짝 뜨는 소령의 눈에 까마득히 높은 하늘이 들어왔다.

"괜찮소?"

낯선 냄새가 소령의 코끝을 스쳤다. 소령은 누군가 자신의 상
체를 안고 발목을 문지르고 있다는 것을 느끼며 정신을 차리려
고 애를 썼다. 발목을 문지르는 손의 놀림이 다부진 것이 부드
럽게 물처럼 흘러가는 희랑의 손이 아니다.

소령은 다시 눈을 떠 흐린 눈앞을 살폈다. 그 다부지고 낯선
손의 주인은…… 노루도둑이다! 소령은 자신도 모르게 벌떡 일
어나 앉으며 그 손을 뿌리치고 일어서려고 애를 썼다.

"발목이 접질렸습니다. 그만하길 천만 다행이오."

그 말은 듣지도 않고 다시 일어서 보려 애쓰는 소령을 보다
정석은 발목을 잡았다.

"가만…… 한번 봅시다."

그러나 소령은 그 손을 잡아 홱 하니 뿌리치며 소리 높여 희
랑을 불렀다.

"희랑아! 희랑아!"

태성이 먼저 달려오고 잠시 후 희랑과 이현의 말이 나무 사이
로 보이는가 싶더니 세우지도 않은 말 위에서 뛰어내린 희랑이
번개처럼 달려왔다. 그것은 평소 항상 느릿느릿하던 그의 모습
이 아니었다.

"소령아!"

땀에 젖은 얼굴로 달려와 소령의 접질려진 발목을 살피던 그
는 순식간에 잡아 밀어 넣었다.

"악!"

까무러치듯 소리 지르는 소령의 눈에 눈물이 맺혔다.

"아파? 많이 아파?"

희랑의 손이 얼굴로 다가가자 손등으로 눈물방울이 툭 하고 떨어졌다. 희랑은 긴 손가락으로 눈물을 닦아주고 소령을 번쩍 안았다. 걱정스러운 듯 정석의 눈이 그들의 뒤를 따라갔다. 소령은 정석의 따가운 눈빛을 느끼며 희랑의 목을 당겨 안았다. 그리고 희랑의 넓은 가슴에 얼굴을 묻어버렸다.

"좀 자."

의원이 놓았던 침을 다 뽑고 나가자 희랑이 이불을 당겨 덮어주고 나가려니 소령이 손을 급하게 잡았다.

"가지 마!"

"……?"

"가지 마. 잠들면 나가."

희랑이 의자를 당겨 침상 가까이 다가앉았다. 많이 놀란 모양이다. 소령의 눈동자가 불안해 보였다. 놀라기는 희랑도 마찬가지였다. 정석이 비탈을 돌아 노루를 쫓아가는 것을 보며 희랑은 이현과 할 이야기가 있어서 뒤로 처졌었다. 이현은 무관들의 불만이 날로 쌓여가고 있다며 희랑에게 그들을 한번 만나보기를 권했다. 그것은 얼마 전부터 밀직사 군관들이 요구해 오던 일이었다. 그들은 이현의 뒤에 그림자처럼 숨어 있는 희랑의 존재와 또 그 뒤에 더 큰 그림자로 숨어 있는 강릉대군에 대해 확실한 믿음을 가지고 있지 못했다. 그렇기에 희랑의 존재를 확인하여 강릉대군에 대한 믿음을 다지고 싶어했다. 그러나 희랑은 여전히 그들 앞에 자신의 존재를 드러내는 것에 대해 조심스러웠다. 이제쯤 드러내도 되지 않겠느냐는 이현과 아직은 이르다는 희랑의 의견이 팽팽해 있을 즈음 위쪽 등성이에서 태성의 다급한 외침이 들렸다. 단숨에 말을 몰아 달려갔을 때 소령이 울상을 지으며 그를 찾고 있었다.

"그러게 욕심은 왜 부려."

"내가 무슨 욕심을 부렸다고."

"거긴 아름드리 나무가 우거져서 화살을 재기가 어려운 곳이었어."

"그건……."

뭐라고 말하려던 소령은 입을 다물어 버렸다. 그 노루도둑에게 지난번의 빚 갚음을 하고 싶었다. 그자가 보는 앞에서 보란 듯이 노루를 잡아 지난번 자신의 화살이 빗나갔던 것은 순전히 실수였음을 보여주고 싶은 오기도 있었다. 이제껏 말을 타며 처음 배울 때 몇 번 외에는 떨어진 기억이 없었는데…… 하여튼 그 노루도둑은 재수가 없다.

"그만 자. 옆에 있을게."

"응."

'응'이라고 대답하고도 소령은 길쭉하고 부드럽게 생긴 희랑의 얼굴을 오래도록 살폈다. 부드러움이 물처럼 그의 모든 것을 감싸고 있다. 눈도, 코도, 입도, 그리고 그 웃음까지 뭐든 길쭉 길쭉하다, 희랑은. 그의 길고 부드러운 손길이 이마를 스치자 소령은 눈을 감았다. 너무나 익숙한 희랑의 손길이 느껴지자 소령은 숲에서의 그 다부졌던 정석의 손을 다시 한 번 떼어내어 획 던져 버렸다.

二. 젊은 그들

장유경의 집 뒤채 구석
진 방에서는 밤늦도록 불이 켜진 채 젊은 사내들의 두런거리는
소리가 들려왔다. 희랑과 이현, 정석, 그리고 밀직사의 젊은 무
관들. 그들의 얼굴은 상기되어 있었고, 은근한 열기가 방 안 가
득 흘렀다.

그들은 이미 안면이 있는 자들도 있었지만 희랑으로서는 생
소한 얼굴들도 많았다. 여전히 조심스러운 희랑은 굳이 그런 자
리를 마련해야 하느냐고 불만스러워했지만 이현으로서도 어쩔
수 없었던 모양이었다. 젊은 그들은 피가 뜨거웠고, 그래서 조
급했다. 그들은 직접 대면하지 못한 강릉대군이나 대군의 가장

측근인 희랑에 대해서도 못미더워했다. 이현이 전해주는 그림자 같은 애기만으로 그들을 다스리기는 역부족이었다.

그들은 첫 대면한 희랑의 어리고 조용한 모습에 의외라는 표정들이었다. 불같은 열정을 가지고 자신들을 압도할 사람쯤으로 생각들을 한 모양이었다. 그러나 희랑은 위압적인 눈도 아니었고, 불타는 의기도 드러나 보이지 않았다. 젊은 무관들이 열띤 토의를 할 때도 그는 벽에 기댄 채 조용히 그들을 지켜보았다.

그들은 대부분 희랑과 비슷한 나이 또래이거나 한두 살 위로 보였다. 그러나 희랑이 바라보는 그들은 너무 젊었다. 젊다는 것은 순수하다는 것이고, 생각이 한줄기로밖에 흐르지 못할 가능성이 있었다. 그들은 엎드려 기다리는 진득함이 부족해 보였다. 누군가 그들을 눌러줄 힘이 필요했다. 희랑은 그들 틈에 앉은 이현을 보았다. 이현의 주위에는 언제나 사람이 들끓었다. 그러나 이현은 자신의 의지로 이끌고 가기보다 그들과 휩쓸려 두루두루 지내는 쪽이었다. 무엇보다 그는 정에 약하여 맺고 끊음이 분명하지 못했다. 건너편에 앉은 정석은 희랑과 마찬가지로 조용히 벽에 기대어 간간이 한 마디씩 하곤 했다. 정석은 이들 중 가장 나이가 많았다. 그리고 말수가 적어서인지 젊은 무관들과도 그다지 편안해 보이지 않았다. 그리고 조금은 냉정해 보이기도 하고 딱딱해 보이기도 했다. 희랑은 그를 보며 마음속으로 회심의 미소를 지었다. 정석이라면 저 젊은 무관들을 충분히 눌러줄 수 있을 것 같았다.

　그들은 원에 빌붙은 조정 중신들을 성토했고 날마다 피폐해져 가는 백성들의 삶에 대해 분노했다. 병약한 어린 왕을 성토했다. 벽에 기대어 조용히 지켜보고 있던 희랑은 낮은 음성으로 그들의 입을 막았다.

　"속에 둔 말들을 모두 토하진 마시기 바라오. 이제 서로의 얼굴이 이렇게 드러난 이상, 그대들의 한마디는 여기 있는 우리 모두가 내뱉은 공동의 말이 되는 것이오. 어디서든 조심해서 나쁠 것은 없지 않겠소?"

　희랑의 차분한 목소리에 들떠 있던 열기가 일순간 가라앉았다. 그제야 모두들 분위기에 휩쓸려 들떠 있었던 스스로를 추스르는 모습들이었다.

　"지금까지 하시는 말씀들은 잘 들었소. 새겨두었다가 그대들의 의기와 충심을 대군 나리께 다 전달해 드리겠소. 허나 방금 나누신 모든 문제는 대군께서 등극하신 다음으로 미룹시다. 우선은 대군께서 등극하시는 게 급한 일이오."

　"대군께서 등극하신다고 해서 무엇이 달라질까, 나는 그것이 의문이오."

　젊은 무관 하나가 퉁명스럽게 내뱉는 말은 불충하기 그지없었다. 순간 희랑의 눈이 날카롭게 변하며 목소리가 굵어졌다.

　"그대는 강릉대군에 대해 무엇을 알고 있는가!"

　희랑의 입을 통해서만 전해 들었을 뿐 그들 중 누구도 강릉대군을 직접 대면한 사람이 없으니 뭐라 말을 할 수가 없었다. 희랑은 혈기로 넘쳐 터질 듯한 그들의 얼굴을 찬찬히 살폈다. 이들은 나이 든 관료들처럼 계산적이지도 않았고, 무조건적으로 따르지도 않을 사람들이다. 다들 젊은 나이에 이 위험한 일에 스스로 뛰어들 만큼 자의식이 강한 사람들이었다. 이들은 오랜 기간 원에서 생활한 강릉대군을 그들의 꿈을 이루어줄 주군으로 완벽하게 믿지 못하는 듯했다. 이것은 곤란한 문제였다. 희랑은 가장 어려운 문제에 부딪친 느낌이었다. 이들에게 무조건적인 믿음을 요구할 수는 없다. 희랑은 차분한 목소리로 진심을 다해 그들에게 부탁의 말을 했다.

"의심하지 마시오. 대군 나리는 누구보다 의지가 굳으신 분이오. 대군께서 고려를 떠나신 나이가 십이 세였소. 그분은 그때 이미 가슴 골골이 고려를 새기셨다고 하셨소. 지금도 그분의 마음속에는 고려뿐이란 걸 조금도 의심하지 마시오. 그리고 무엇보다 급히 서두르다가 우리들의 꿈이 물거품이 되어버릴 수도 있다는 것을 명심하시오. 중요한 것은 대군께서 오셨을 때 그분을 뒷받침할 세력이 얼마나 있느냐 하는 것이오. 조심 또 조심하여 단 한 사람도 흩어지지 말고 단단히 결속들 해주기 바라오. 둑이 터지는 것은 언제나 한낱 작은 구멍에서 비롯된다는 것을 명심하시오."

얼굴은 부드러웠지만 단호하고 뚜렷한 희랑의 목소리는 순식간에 좌중을 압도했다. 희랑은 그들 한 사람 한 사람과 눈을 맞추고 손을 잡으며 의지를 다졌다. 맞잡은 그들의 손은 뜨거웠다. 뜨거워서 흔들렸다. 희랑은 다시 한 번 정석을 건너다보았다. 그는 믿음직스러워 보였다. 그를 알게 된 것은 정말 하늘의 도움 같았다.

한 사람씩 차례로 빠져나가고 방 안에는 이현과 정석만 남았다.

"너무 급해. 급하고 들떠 있어."

"무관들?"

"그래. 누군가 저들을 눌러줄 사람이 필요한데……."

희랑의 중얼거림에 이현의 얼굴도 어두워졌다. 사실 그동안 이현은 그들을 이끄는 데 버거움을 느끼고 있었다. 희랑은 말없이 앉은 정석을 바라보았다.

"정 교위께서 저들을 이끌어보시겠소?"

"제가요?"

정석은 무슨 생각에 잠겨 있었는지 놀란 듯 희랑을 바라보았다.

"교위께서 가장 연장자시니 저들을 다루기가 쉬울 듯합니다."

희랑의 눈은 강한 믿음의 뜻을 비쳤다. 정석은 어색한 미소로써 답했다.

"좋소, 해봅시다. 허나 아시다시피 내 성정이 그리 다감하지 못하고 딱딱하여 저들과 자주 부딪칠 수도 있소."

"그건 이현이 도와드릴 수 있을 겁니다."

희랑은 다소 미안한 얼굴로 이현을 보며 도움의 뜻을 비쳤다. 자신의 책임을 정석에게 넘겨 버리는 것이 희랑이 결코 자신을 가볍게 보아서임이 아님을 이현은 안다. 희랑은 부드러운 사람이지만 누구보다 철저하고 냉철했다. 그의 판단은 언제나 옳았다. 이번에도 젊은 무관들을 이끌기에 이현보다는 정석이 적격임을 그는 한번에 꿰뚫어 보고 있었다. 정석의 딱딱함은 이현이 덮어주면 될 것이다. 이현은 걱정 말라는 듯 싱긋 웃으며 어깨를 쳤다. 언제나 시원시원한 이현의 모습이 희랑은 좋았다.

"우리도 그만 일어납시다."

이현이 먼저 자리를 털고 일어났다. 밖으로 나오니 제법 쌀쌀하고 마른 바람이 볼을 스쳤다.

"이놈의 날씨! 왜 벌써부터 이렇게 춥지?"

이현은 한번 몸서리를 치고 투덜거리며 앞서 걸었다.

"참! 부인께서는 좀 어떠시오?"

"……?"

대문을 나서려던 정석이 희랑을 돌아보며 걱정스러운 듯 물었다.

"지난번 접질리신 발목 말이오."

무슨 말인가 의아하던 희랑이 싱긋 웃으며 그제야 알아듣고 고개를 끄덕였다.

"아, 괜찮소. 많이 나았소."

그러면서 재미있다는 듯 싱긋 웃자 앞서 가던 이현도 키득 웃었다. 정석은 두 사람의 웃음이 의아해 고개를 갸웃거렸다. 그 모습에 이현이 다시 킥킥 웃으며 정석을 바라보았다.

"교위께서는 꽤나 순진하시오?"

"……?"

"희랑아, 너 혼인 서둘러라!"

웃는 두 사람을 바라보던 정석은 그제야 미심쩍은 듯 다시 희랑에게 물었다.

"부인이 아니오?"

"아니라고 할 수도 없고…… 맞다고 할 수도 없고……."

이현이 다시 키득거리며 묘한 소리로 희랑을 놀렸다. 뒤에서 말없이 따라오던 희랑이 그 의문을 풀어주었다.

"곧 혼인할 사이오."

"그럼 아직 혼인하신 것은 아니다?"

"예."

순간 어둠 속에서 정석의 눈이 반짝 빛이 났다. 그는 자신의 손을 홱 집어 던지던 모습이 지나치다 싶었던 소령의 거부감이 주는 그 묘한 느낌에 한동안 마음이 허둥대었다. 걱정스러움에 그녀를 따라가던 그의 눈을 보고 도망치듯 정희랑의 가슴으로 얼굴을 묻어버리던 그녀.

정석은 어둠 속에서 쓸쓸한 미소를 입가에 흘렸다. 이미 정희랑의 아내나 마찬가지인 그녀에게 왜 이런 마음이 드는 건지 모르겠다. 정희랑은 목숨을 함께하기로 맹세한 동지, 그리고 그녀는 그의 아내! 첫눈에 느꼈던 그 짜릿한 흥분만 간직한 채 그녀에 대한 추억은 그만 접어야 할 것 같았다. 더 이상 아무 의미도 두지 않으리라. 정석은 스스로에게 다짐을 하며 칠흑 같은 어둠 속으로 눈을 던졌다.

그들이 가고 나자 희랑은 뒤채로 가려던 발길을 돌려 소령에게로 향했다. 요 며칠 소령을 보지 못했다. 그는 바빴고 하루에도 수십 번씩 뒤채를 들락거리던 소령은 웬일인지 별채에서 꼼짝도 하지 않았다. 혹시 몸이라도 좋지 않은가 싶어 은근히 걱정이 되었다.

"소령아, 자?"

조심스럽게 문을 열어보던 희랑은 침상 끝에 오도카니 앉아 있는 소령을 보고 싱긋 웃으며 들어갔다. 그러나 소령은 무슨 생각에 빠졌는지 희랑이 들어서는 것도 모르고 있었다.

"무슨 생각을 그리 골똘히 해?"

희랑의 목소리에 화들짝 놀라며 돌아보는 소령의 얼굴이 수척해 보인다.

"아직 아파?"

희랑이 걱정스러운 듯 다가앉자 소령이 말없이 빤히 바라보았다.

"희랑아……."

"왜 그래?"

"우리 빨리 혼인하자."

"갑자기 왜 또 그래? 조금만 기다리면……."

"빨리 하자!"

애원하듯 보채는 소령이 이상하다.

"무슨 일 있어?"

자세히 보니 소령의 눈에 두려움이 잔뜩 들어 있었다. 순간 희랑은 가슴이 찌릿해졌다. 다시 그가 원으로 가야 할 날짜가 다가오고 있었다. 소령의 두려움은 거기에서 비롯된 것이리라. 희랑은 말없이 그녀를 안아 등을 다독여 주었다.

"왜 자꾸 두려워해? 난 늘 네 곁에만 있을 건데. 네가 이곳에 있는 한 난 어딜 가도 늘 네 곁에 있는 거야. 내 몸에 작은 상처조차 내 마음대로 낼 수 없다는 거 알잖아. 언제나 네 곁으로 무사히 돌아왔잖아."

"몰라, 왜 이런지 나도 모르겠어. 자꾸 두려워. 여태껏 이랬던 적은 한 번도 없었는데……."

소령은 새처럼 희랑의 가슴을 파고들며 있는 힘껏 허리를 안았다. 정말 알 수가 없다. 그가 원을 왕래한 것이 두 해가 넘었는데 이번처럼 이렇게 두려웠던 적은 없었다. 그의 냄새가, 그의 가슴이, 그의 뜨거운 입술이 이토록 그리웠던 적도 없었다. 소령은 희랑의 가슴에 얼굴을 묻은 채 허리를 안은 손을 놓지 않았다. 그동안 눌러왔던 그리움의 봇물이 한꺼번에 터져 버린 듯 이렇게 안고 있는 순간에도 그녀는 희랑이 그리웠다. 찬바람이 일면 그는 다시 원으로 갈 것이고 그리고 서너 달, 짧지만 불안하고 긴긴 기다림이 그녀의 애간장을 태울 것이다.

"네가 늘 내 곁에 있다고 느끼게 해줘."

"난 늘 네 곁에 있어."

"그런 것 말고."

올려다보는 소령의 눈에는 감당할 수 없는 그리움이 서려 있었다. 두어 달 짧은 만남과 서너 달의 긴긴 헤어짐이 희랑 못지않게 소령에게도 고통스러웠던 모양이다. 그러나 단 한 번도 그런 표현을 하지 않았던 소령인지라 희랑은 당황스러웠다. 소령은 희랑의 가슴에 기댄 채 귓전으로 들려오는 그의 심장 소리를 들으며 다시 중얼거렸다.

"이렇게 말이야. 잠결에도 손만 뻗으면 네가 곁에 있다는 걸 느껴보고 싶어. 넌 언제나 내 곁에 있지만 또 너무 멀리 있기도 하잖아."

소령의 중얼거림에 희랑은 아무런 말도 할 수 없었다. 자신이 하는 일은 보통의 여인들이라면 견뎌내기 힘들 것이다. 그것이 소령이기에 가능하다고 생각했다. 자신은 지금 소령의 희생과 기다림의 길 위를 걷고 있는 것이다. 그러기에 이 일이 혼자만의 꿈과 노력이라고 생각하지 않았다. 자신의 꿈은 곧 소령이 이루어내고 있는 것이라고 생각했다. 그러나 소령은 어느새 목마른 여인이 되어 그를 기다리고 있었다.

"소령아."

희랑은 안타까운 눈으로 소령을 내려다보았다. 한낱 필부가 되어 살아갈 수 없는 자신의 운명 속에 소령을 들여놓으며 가장 두려웠던 부분이 이것이었다. 소령이 그 긴긴 세월을 견뎌낼 수 있을까? 그러나 이토록 두려워하는 소령을 보니 혼인을 더 이상 미루어서는 안 될 것 같았다. 희랑은 마른침을 꿀꺽 삼키며 소령을 떼어내었다.

"생각해 보자, 우리 혼인 말이야. 아버님께 의논해 보자."

희랑은 그날 밤을 꼬박 새웠다. 과연 어느 쪽이 소령을 위하는 길일까를 생각했다. 강릉대군께서 왕으로 등극하시는 날, 화려하게 소령을 데려오고 싶었다. 세상 어떤 여인보다도 화려하고 행복하게. 그러나 그 길은 기약할 수 없는 먼 길일 수도 있다. 삼 년이 될지, 사 년이 될지, 아니면 십 년이 될지……. 언제인지 모를 그때까지 소령을 기다리라고만 할 수는 없다. 게다가 소령은 이미 혼기가 꽉 찬 여인이었고 희랑은 피 뜨거운 건장한 사내였다.

소령의 가슴을 손 안 가득 담아보았던 그날 밤 이후, 그는 하루에도 서너 번은 뜨거워지는 가슴을 쓸어 내리고 있었다. 이 뜨겁고 두근거리는 가슴으로 소령을 품어보고 싶다는 열망이 꿈틀거리고 있었다. 소령을 안고 싶다. 풀 냄새 나는 소령의 온몸에 나의 입술로 화인을 찍어두고 싶다. 그는 다시 가슴이 두근거리고 아랫도리가 뻐근해져 왔다. 목숨에 대한 위협은 언제나 있어왔다. 혼인을 하고 나면 희랑에게 소령은 무거움이 아니라 단단함을 가져다 줄 것이다. 소령은 더 단단하고 견고하게 그의 의지를 일으켜 세워줄 여인이라는 것을 의심하지 않는다. 결국 희랑은 새벽같이 장유경의 방을 찾았다.

그날 저녁, 희랑은 정석과 이현을 불렀다. 무슨 일인가 궁금해하는 그들에게 희랑은 멋쩍은 웃음을 흘리며 이렇게 말했다.

"술이나 한잔하자고……."

술상을 봐달라 부탁하는 희랑의 눈이 유난히 뜨겁다 생각하며 소령은 기분이 한껏 부풀어 올랐다. 희랑이 특별히 부탁하는 술상이다 보니 소령의 호들갑이 여간 아니다. 덩달아 고달파진 명아의 입이 한 발은 나와 있었다.

"명아야, 뒤꼍에 묻어놓은 더덕 좀 내어와!"

"그건 안 됩니다, 아가씨! 나리 드리려고 묻어둔 겁니다."

펄쩍 뛰는 명아에게 소령은 윽박지르듯 주먹을 들며 눈을 흘겼다. 명아는 한숨을 푹 내어쉬며 고개를 절레절레 흔들고 뒤꼍으로 갔다. 희랑이라면 원사 나리조차 눈에 안 보이는 소령을 누가 말리겠는가? 저녁 내내 달달 볶인 명아는 얼른 이 저녁이 갔으면 싶은 생각뿐이었다.

"도련님, 술상입니다!"

술상을 든 명아를 뒤에 세우고 소령이 방으로 들어섰다. 차려진 술상을 본 이현의 눈이 동그래지며 짐짓 호들갑을 떨었다.

"와! 이걸 다 아가씨께서 준비하신 겁니까?"

그 소리에 소령이 얼굴을 바짝 들고 미소 짓자 명아는 입을 삐쭉거렸다. 소령이 정작 한 일이라고는 사람을 콩 볶듯이 볶아댄 일밖에 없다는 것을 아는지 모르는지 희랑까지 소령을 대견한 듯 바라보고 있는 것이 아닌가! 명아는 혀끝까지 올라온 말을 꿀꺽 삼키며 그 방을 나왔다.

앞쪽에 앉은 정석을 힐끗 보던 소령의 눈은 다시 희랑에게로 향했다. 눈이 마주치자 희랑이 의자를 당겨 앉으라고 했다.

"같이 있어."

이현과 있을 때 외에는 아무리 친한 손님이 와도 좀처럼 옆에 있지 못하게 하던 희랑이 오늘은 의외였다. 잠깐 망설이던 소령은 냉큼 의자에 앉았다. 희랑은 정석과 이현의 술잔을 채워주고 소령의 앞으로도 술잔을 내밀었다.

"한 잔 마셔."

희랑이 싱긋 웃으며 부어주는 술을 소령은 단숨에 홀짝 마셔 버렸다. 그러자 맞은편에 앉아 있던 정석이 놀란 눈으로 쳐다보았다. 그 눈을 흘낏 보던 소령은 다시 희랑의 앞에 술잔을 내밀었다. 희랑이 웃으며 다시 술을 부어주자 소령은 정석의 빛나는 눈을 술잔으로 가리며 또다시 단숨에 마셔 버렸다. 놀란 정석의 눈이 바짝 앞으로 다가와 있는 것 같았다. 저 노루도둑이 의외로 순진한 구석이 있는 사람이구나 생각하며 소령은 혼자 은근히 웃음을 지었다.

"교위께서는 어찌 그 나이가 되도록 혼자 계시오?"

말없이 앉은 정석에게 이현이 말을 걸었다.

"어쩌다 보니 그리되었습니다."

대답하며 술잔을 내리는 정석의 눈이 소령에게 꽂힌다. 그 눈길에 얼굴마저 따가운 것이 소령은 은근히 재미가 있어서 다시 미소를 지으며 희랑에게 술잔을 내밀었다. 희랑은 웃으며 다시 술을 따라주었다. 그리고 올라가려는 소령의 술잔을 가만 잡았다가 놓는다.

"천천히 마셔."

소령의 주량이 석 잔, 넉 잔을 넘지 못하는데 오늘은 왠지 너무 급하게 마시는 것 같았다. 술이 과하여 소령이 실수를 할지 모른다는 생각에 희랑은 은근히 걱정되었다.

"아가씨께서는 술을 꽤나 잘하시나 보오?"

이현이 키득 웃으며 농을 건네자 샐쭉하니 돌아보는 소령의 눈이 매웠다. 지난번 실수를 아직 잊지 않고 있나 싶어 소령은 은근히 부아가 났다. 이현은 소령이 저렇게 볼 때가 제일 무섭다. 저 입에서 무슨 말이 튀어나와 벌처럼 쏘아버릴지 모를 일이다.

"이 주사께서는 어찌 나를 놀리는 듯하오?"

"아닙니다! 아닙니다, 아가씨!"

손사래를 치는 이현을 보다 소령은 그만 웃고 말았다. 수련을 잃은 아픔을 저 좋은 성격으로 다 덮고 사는 사람이다. 소령은 자신이 좀 더 따뜻하게 챙겨주지 못하는 것이 늘 미안하다.

"제 술도 한 잔 받으시지요."

이현을 보며 웃는 소령의 모습이 막 피어나는 산국화 같다는 생각을 하며 정석은 소령에게 술잔을 내밀었다. 정석을 빤히 쳐다보던 소령의 눈이 희랑에게 향하자 희랑이 허락한다는 듯 고개를 끄덕였다. 그제야 소령은 정석의 앞으로 술잔을 내밀었다. 정석은 술을 넘칠 듯 찰랑찰랑 부었다. 그것을 흘리지 않으려 조심스럽게 들고 간 소령은 또 단숨에 홀짝 마셔 버렸다. 정석의 눈에 놀라움과 호기심이 가득하다. 그제야 희랑이 미소 지으며 소령의 손을 잡고 앞에 앉은 두 사람을 진지하게 바라보았다.

"혼인을 서두르려고 해."

소령의 손이 놀라 경직되는 것이 느껴지자 그는 힘을 주어 꼭 잡았다. 정석의 눈은 술상 가운데로 꽂히고, 이현의 얼굴에는 웃음이 번진다.

"잘 생각했어! 그래, 정말 잘됐어!"

이현은 마치 제 일인 양 목소리를 높이며 입이 벌어졌다. 이현과 정석이 함께 있다는 것도 잊은 채 희랑을 바라보는 소령의 눈에 이슬이 맺혔다.

자신들의 존재조차 잊은 채 희랑을 향한 소령의 이슬 맺힌 눈을 보던 정석의 눈에서 순식간에 반짝임이 사라졌다. 그녀의 온몸이, 눈에 보이지 않는 솜털마저 무서울 정도로 희랑에게로 향해 있다는 것이 느껴졌다. 그 어떤 것도 그녀를 흔들지 못하리라는 것을 정석은 직감했다.

늦은 밤까지 술잔을 기울이던 정석와 이현이 가고 나자 희랑은 제법 취기가 올라 몸이 흔들리는 소령을 부축해 방으로 데려다 주었다. 술기운이 오른 소령의 얼굴은 발갛게 달아 있었고 얼굴에서는 웃음이 떠나지 않았다. 혼인하잔 소리에 소령이 이렇게 좋아하는 걸 보면서 희랑은 그동안 왜 빨리 결정을 내리지 않고 미적거렸는지 후회가 되었다.

방으로 들어온 소령은 여전히 희랑의 허리에 두른 손을 풀지 않았다.

"희랑아, 우리 정말 혼인하는 거지?"

그녀는 같은 말을 묻고 또 물었다.

"그래, 혼인해."

소령은 여전히 희랑의 허리를 안은 채 올려다보았다. 술기운 탓인지 희랑의 얼굴이 까마득히 높은 곳에 있었다. 그의 눈을 처음으로 자세히 보았던 열다섯 무렵에는 그녀의 눈과 같은 위치에 있었던 희랑의 눈. 몇 년 사이 희랑은 몸도, 마음도 장대하게 커져 버렸다. 소령은 다리에 힘이 풀려 자꾸만 허물어지려는 몸을 곧추세우고 손을 뻗어 그의 얼굴을 당겨 입술을 가져갔다.

"이렇게 쉽게 결정할 거면서 여태껏 남의 애간장은 왜 그렇게 태웠어."

살짝 닿은 소령의 입에서 알싸한 술 내음이 건너왔다.

"미안해."

희랑은 소령의 입에서 건너오는 알싸한 술 내음을 받아 삼켰다. 소령의 따듯한 혀끝에서는 그녀 특유의 향내가 났다. 매끈한 치아가 주는 부드러움에 속살이 떨렸다. 희랑은 그녀의 허리를 꺾듯이 당겨 안고 처음으로 소령의 입속을 온전히 탐험하고 있었다. 소령의 술기운이 건너온 듯 희랑의 몸도 몽롱하게 흔들렸다. 휘청거리는 소령도, 희랑도 그대로 침상으로 쓰러질 것처럼 보였다.

너무나 뜨거워져 버린 희랑은 커다란 손으로 소령의 가슴을 더듬으며 신음 소리를 내었다. 그는 오늘밤 이대로 소령을 안은 채 침상으로 쓰러질 작정이었다. 희랑의 손이 옷고름을 헤치고 들어가는 순간 소령은 화들짝 놀라며 희랑을 밀쳐 내었다. 그리고는 무어라 말할 틈도 없이 밖으로 뛰어나갔다. 연못가로 뛰어간 소령은 뒤틀리는 속을 감당하지 못하고 토하기 시작했다. 놀라 따라 나온 희랑이 어이없는 눈으로 그 모습을 바라보다가 다가와 등을 다독였다.

"많이 거북해?"

"어…… 으음……."

소령은 견디기 힘든 듯 희랑의 손을 당겨 등을 두드리라는 시늉을 했다. 술을 많이 마시지도 못하면서 처음 시작은 늘 거창하게 하는 소령의 버릇이 오늘은 좀 과했던 모양이다. 등을 두드리는 사이 싸늘한 바람이 옷섶을 파고들어 희랑의 뜨거웠던 가슴을 식혀주었다. 저녁에 먹은 것을 다 게워내고도 소령은 헛구역질을 한참이나 하고서야 겨우 일어났다. 온몸에 기운이 다 빠져 버린 듯 다리가 풀려 버린 소령을 희랑이 번쩍 안아 방으로 들어갔다.

희랑에게 안겨 침상에 올려진 소령은 여전히 그의 가슴에 기댄 채 안은 목을 놓아주지 않았다. 소령은 자신이 정말 취하긴 취한 모양이라고 생각했다. 이렇게 따뜻하게 안고 다독여 주는 희랑이 조금 전에 이상한 신음 소리를 내며 그녀를 이 침상에 눕히려 했다는 생각이 자꾸 드는 것이다. 점잖은 희랑이 혼인하잔 소리를 한 바로 그날에 여자를 취할 사내가 못 된다는 걸 알기에 그녀는 애매한 술 탓만을 했다.

"아직도 거북해?"

등을 다독이던 희랑이 고개 숙여 소령을 들여다보며 물었다.

"아니, 괜찮아. 졸려."

그녀는 다시 희랑의 목을 당겨 안으며 스르르 눈을 감았다. 마음 같아서는 이대로 희랑을 안고 쓰러져 놓아주고 싶지 않았지만 뒤틀린 속을 게워낸 뒤끝이라 지금 그녀는 아무 힘이 없었다.

희랑은 가슴에 기댄 채 눈을 감은 소령을 내려다보았다. 잠이 드는 순간에도 그녀의 모든 것은 온통 그에게로 쏠려 있었다. 희랑은 술기운에 발그레 물든 소령의 얼굴을 애잔하게 내려다보았다.

아무것도 아닌 내가 소령을 만나 무엇이 된 지 십여 년, 생각해 보니 그녀의 모든 것에게 그는 무엇이 되고 싶었던 것 같다. 지금 그가 꾸고 있는 꿈도, 희망도 모두 소령에게서 비롯되어 나온다는 생각이 들었다. 혼인하고 얼마 안 있어 내가 다시 원으로 가고 나면 소령은 또다시 마음을 졸이며 갈밭을 서성이겠지. 희랑은 애잔한 마음에 가슴에 기대어 잠든 소령의 얼굴을 쓰다듬었다.

보통의 여인이었다면 이미 아이를 두었을 나이다. 아이를 낳고, 그 재롱에 행복해하고, 지아비의 사랑을 받으며 꽃처럼 행복하게 살고 있을 나이다. 그것을 자신은 한 가지도 해주지 못했다. 세상 어떤 여인보다 행복하게 해주리라 다짐했건만 소령에게 그가 준 것은 불안한 기다림과 가슴 졸임밖에 없었다. 그런 자신을 소령은 넘치도록 사랑해 주었다.

달리던 말을 둑길에 세워두고 무작정 소령의 손을 잡아끌고 갈밭으로 들어갔던 열일곱의 그날, 그는 노루처럼 뛰어대는 가슴을 주체하지 못하고 소령을 울컥 안았다. 소령이 화들짝 놀라며 등에, 가슴에 주먹질을 해대었지만 그는 놓아주지 않았다. 그리고 더 힘껏 당겨 안으며 자신이 며칠 밤을 잠도 못 자고, 밥맛도 떨어지고, 불안했던 것이 마치 소령의 탓인 양 퉁명스런 말을 내뱉었다.

"가만 있어. 너만 생각하면 자다가도 벌떡벌떡 일어나고 가슴이 불안하게 방망이질을 해대니 살 수가 없다."

얼마나 흘렀을까? 몸을 비틀며 빠져나가려고 안간힘을 쓰던 소령이 어느새 얌전해졌다. 세상이 온통 멈추어 버린 듯했다. 아무 소리도 들리지 않았고, 보이지도 않았다. 간간이 바람이 일어 키 큰 갈대들이 서걱서걱 소리를 내며 몸을 부대꼈다. 품에 안긴 소령은 숨소리마저 죽인 채 꼼짝도 하지 않았다. 가슴께에서 소령의 콧김이 옷깃을 파고들었다. 그 따듯한 기운에 이마에서도, 등에서도 땀이 바짝 쏟아져 나왔다. 그러면서도 희랑은 아프도록 안은 팔을 놓지 않았다. 노루처럼 날뛰어대던 가슴이 어느 순간 평안해졌고, 가슴에는 알 수 없는 무언가가 꽉 찬 느낌이 들었다. 희랑은 그제야 긴 한숨을 내쉬었다. 그렇게 답답하던 가슴이 순식간에 그 한숨에 쓸려 나가 버렸다. 안고 있던 팔에서도 조금씩 힘이 빠져나갔다. 이제 이 팔을 풀고 소령을 어찌 보나 하는 생각에 바짝 긴장하여 마른침을 꿀꺽 삼켰다.

그런데 그때껏 얌전하게 있던 소령이 먼저 희랑의 가슴을 밀치며 떨어져 나갔다. 희랑은 머리를 매만지고 있는 소령을 힐끗힐끗 살폈다. 소령은 화가 난 것 같기도 하고 열이 올라 있는 것 같기도 했다. 이제 언제쯤 소리를 빽 지를까 싶어 불안한 얼굴로 기다렸지만 소령에게서는 아무 소리도 들리지 않았다. 괜히 대 굵은 갈대만 꺾어대던 희랑이 다시 고개를 돌렸을 때, 소령은 낯선 눈길로 자신을 빤히 바라보고 있었다. 그 눈은 마치 그를 생전 처음 보는 듯 희랑의 얼굴을 찬찬히 훑었다. 그 눈길이 너무 따가워 고개를 돌리려 했지만 그는 고개를 돌릴 수 없었다. 소령의 눈에 눈물이 맺혀 있었던 것이다. 희랑은 당황하며 소령을 달래보려 했다.

"미, 미안해. 난 그저……."

당황해서 어쩔 줄 모르고 허둥대는 희랑에게 평소 소령답지 않은 여린 목소리가 들려왔다.

"나 혼자 그런 줄 알았어. 나 혼자…… 몹쓸 병에라도 걸린 줄 알았어. 잠도 잘 수 없고, 밥도 먹을 수 없고…… 보고 싶어 죽겠는데 넌 서책만 들여다보고 있고, 기껏 와서 한다는 말이 검술 연습이나 하자 하고…… 속상해 죽는 줄 알았단 말이야."

그 말과 함께 맺혀 있던 눈물이 후두둑 떨어졌다.

"소령아!"

놀라 동그래진 희랑의 눈을 보며 소령은 희랑의 가슴에 얼굴을 묻었다. 천방지축 사내같이 무섭기만 하던 소령이 작은 여자가 되어 그의 가슴에 기대었다. 아버지가 돌아가시고 이제 세상에 오직 혼자인 줄만 알았는데 소령이 그렇게 그의 반쪽이 되어 텅 빈 듯했던 가슴을 채워주었다.

술기운이 가시는 듯 발그레하던 얼굴이 조금씩 제 빛으로 돌아오고 있었다. 희랑은 여린 꽃잎처럼 붉고 투명한 소령의 입술을 만져 보았다.

'사랑한다, 소령아. 행복하게 해줄게. 세상 누구보다 행복한 여인으로 만들어줄게. 내 목숨 다하는 날까지 너만 사랑하고 아껴줄게. 조금만 기다려.'

그는 밤새 그렇게 잠든 소령을 안고 있다가 희뿌옇게 날이 샌 다음에야 침상에 눕히고 나왔다.

혼인 날이 잡히자 한결 밝아진 소령은 노복들이야 키득키득 웃든 말든 이제 내놓고 희랑만 졸졸 따라다녔다. 오늘도 종일 희랑의 곁에서 맴돌더니 저녁이 되었는데도 책을 읽고 있는 희랑의 옆에 앉아 얼굴을 뚫어져라 들여다보고 있었다.

"오늘도 갈밭에 못 가?"

"응."

희랑의 눈은 여전히 책만 향하고 있었다.

"벌써 보름이나 못 갔다!"

"바쁘잖아."

"피, 뭐가 바쁜지 하나도 모르겠네? 만날 책만 보면서."

"안 본 게 있으니까 그렇지."

희랑이 여전히 고개도 돌리지 않은 채 책만 들여다보고 있자 소령은 은근히 부아가 나서 쏘아붙였다.

"책하고 혼인해라!"

"그러잖아도 그럴까 생각 중이다."

순간 발딱 일어난 소령의 눈이 샐쭉해지며 나가 버렸다. 그제야 희랑은 싱긋 웃으며 책 속에 끼워진 서찰을 꺼내어 읽었다. 그리고 붓을 꺼내어 빠른 손놀림으로 다시 서찰을 써 내려갔다.

"태성아!"

희랑의 부름이 들리자 아까부터 문밖에서 기다리고 있던 태성이 들어왔다.

"이 서찰을 정동행성에 있는 최 별감에게 전하고 오너라. 그리고 답신을 꼭 받아오너라. 조심해."

"염려 마십시오."

뒷문으로 사라지는 태성을 오래도록 내다보던 희랑은 문득 하늘을 올려다보았다. 별이 유난히 많은 밤이다. 이런 날 갈밭은 쏟아져 내린 별빛에 숨이 막힐 것이다.

방으로 들어가 옷을 하나 더 껴입고 소령에게로 향했다.

"소령아."

그러나 대답이 없었다. 정말 화났나 생각하며 다시 불렀다.

"소령아, 갈밭 가자!"

그제야 문이 빼꼼히 열리며 소령이 나왔다. 소령은 아직도 얼굴에 묻은 화를 떨치지 못하고 있었다. 희랑이 다가가 싱긋 웃자 소령은 작은 주먹으로 가슴을 탁 때려주고 돌아서 걸었다. 희랑은 소령의 뒤를 따라가며 혼자서 작은 소리까지 내며 웃었다. 그의 눈에는 쏘아보는 눈길도, 횅하니 돌아서 걷는 것도 마냥 예쁘기만 하다.

"자꾸 웃지 마!"

휙 돌아서며 눈을 흘기고 쏘아붙였다.

"알았어."

그러고 희랑은 또 웃는다. 갈밭 가는 둑길에서 돌아서다 걷다, 돌아서다 걷다 하는 소령을 느린 걸음으로 따라가는 희랑의 그림자가 달빛을 받아 길게 뻗어 바람에 흔들렸다. 늘 함께 앉아 얘기 나누던 그 자리에 이르자 희랑은 팔베개를 하고 벌렁 누웠다.

"별이 참 많다."

그 소리에 하늘을 보니 정말 별이 퍽 쏟아져 내릴 것 같았다. 소령은 갈잎을 꺾어 눈 감은 희랑의 코밑을 살살 간질였다. 혼인이 코앞으로 다가왔는데도 도대체 희랑은 그녀를 보아도 마음조차 흔들리지 않나 보다. 갈밭 가자고 며칠을 조를 때는 소령이 나름대로 은근히 기대하는 것이 있어서였는데 희랑은 오자마자 벌렁 누워 눈을 감아버리는 것이 아닌가.

"간지러워. 하지 마."

희랑은 눈도 뜨지 않은 채 갈잎을 손으로 치웠다.

"잠이나 자려고 갈밭 가자 했니!"

갈이파리를 희랑의 얼굴로 던지며 소령은 소리를 빽 질렀다. 답답해 죽겠다, 정말. 소령은 무릎에 얼굴을 묻어버렸다. 늘 혼자서만 안달복달하는 것 같아서 속도 상하고 부끄럽기까지 했다. 이럴 거면 뭐 하러 혼인은 하자 했을까? 희랑이 그녀를 좋아하기는 하는 것인지 의심이 들 지경이었다.

조용한 갈밭에 풀벌레 소리가 울려 귀가 쟁쟁해 올 즈음 소령은 허리를 감아오는 뜨거운 손길에 놀라 움찔하며 고개를 들었다.

"소령아……."

길고 부드러운 희랑의 손이 소령의 허리를 감으며 등에 얼굴을 기대었다. 한숨인지 신음인지 모를 뜨겁고 긴 입김을 토하더니 목덜미에 입술을 묻으며 커다란 손으로 가슴을 움켜잡았다.

"네가 참자고 하면 참아볼게."

그러나 희랑은 이미 숨소리가 거칠어져 목소리가 갈라졌고 가슴을 만지던 손에 힘이 가해지고 있었다. 그리고 뜨거운 입술로 목덜미를 더듬었다.

'바보니! 내가 참게?'

얼마나 안고 싶었는데 희랑은 이런 소리를 하나 싶어서 소령은 툭 튀어나오려는 그 말을 목구멍으로 밀어 넣으며 손을 뒤로 돌려 희랑의 얼굴을 더듬어 당겼다. 소령의 이끌림에 희랑은 얼른 소령의 몸을 돌려 무릎에 올려 안았다. 그리고 싱긋 웃으며 커다란 손으로 얼굴을 감싸고 입술을 가져갔다. 처음에는 부드럽던 입술이 점점 거칠어지며 혀끝을 밀고 들어왔다. 그것은 지금까지의 부드럽고 따뜻하던 희랑의 입술이 아니다. 거칠고, 너무 뜨거워서 두렵기는 했지만 싫지 않았다.

가슴을 더듬던 손에 힘을 주며 희랑은 소령을 갈밭에 뉘었다. 서걱이며 부서져 눕는 갈잎에 얼굴이 따갑다. 묵직하게 눌러오는 희랑의 무게와 쏟아져 내릴 것 같은 별들이 소령의 의식을 들뜨게 만들었다. 희랑의 뜨거운 숨결이 귓불을 스치며 목을 타고 내려가자 소령은 자신도 모르게 신음 소리가 새어나왔다. 바람 소리에 후두둑 풀 개구리들이 뛰어 달아나고 갈잎들이 눕는다. 저고리를 벗기고 치마를 벗겨 내리는 희랑의 손길이 떨리고 있었다. 어깨에 스치는 찬바람에 온몸이 오싹해 온다. 소령은 갑자기 두려워졌다.

"희, 희랑아!"

"왜?"

희랑은 치마를 걷어내며 다시 소령의 가슴을 지그시 누르고 내려다보았다. 그 눈이 능글능글 낯설기까지 하다. 입가에 웃음을 흘리며 허리를 배회하고 있는 희랑의 손이 움직일 때마다 마치 부드러운 벌레 한 마리가 스멀스멀 몸을 기어다니는 기분이었다. 소령은 오싹해지는 차가운 공기와 달팽이처럼 허리를 스쳐 가슴으로 기어오르는 희랑의 손길 때문에 오금이 저리고 몸이 뒤틀렸다.

"가, 간지러워. 기분이 이상하다고……."

"처음이라 그래. 조금만 지나면 괜찮을 거야."

희랑의 손가락이 말캉한 가슴을 배회하자 소령은 뱃속에서 몽글몽글 연기가 피어오르는 것 같았다. 그것이 가슴을 뚫고 올라와 목구멍을 타고 입 밖으로 뜨거운 열이 터져 나왔다.

'속이 뜨거워서 숨을 쉴 수가 없어. 답답해 죽겠다. 답답하다,

희랑아.'

"하아!"

소령은 뜨거운 열을 토해내며 갈잎에 이는 찬바람을 한입 가
득 들이켰다. 잠깐 시원해진 가슴이 금방 다시 뜨겁게 달아올랐
다.

"답답하다, 희랑아. 하아! 속이 더워 죽겠어."

그러나 희랑은 그 소리를 들었는지 못 들었는지 달빛에 드러
난 소령의 가슴을 커다란 손으로 어루만졌다.

"자두알보다는 크다. 사과알만해. 사과알처럼 너무 예쁘다."

그리고는 사과알 같은 소령의 가슴을 한입 가득 베어 물었다.

"혁!"

소령의 입 안에 머물러 있던 달아오른 열이 순식간에 입 밖으
로 터져 나왔다. 희랑의 혀끝이 유두를 간질이다 다시 강한 힘
으로 빨아들이기도 한다. 난생처음 느끼는 알싸한 아픔이 온몸
으로 번져 나갔다. 몸 안 이곳저곳에서 몽우리져 있던 수줍음들
이 터져 나왔다. 희랑은 자꾸만 오그라지는 소령의 몸을 부드럽
게 쓸어 내렸다. 그리고 소령의 온몸에 별이 떨어지듯 뜨겁고
부드러운 입술로 자신을 새겨 넣었다.

온몸을 스쳐 올라온 희랑의 입술이 다시 소령의 입술을 찾았
다. 뜨겁고, 달콤하고, 부드럽고, 따뜻했던 희랑의 입술. 그것이
소령의 마음을 나른하게 녹여 내린 것 같다. 바짝 긴장해 있던
몸이 풀리면서 소령은 희랑의 목을 끌어안았다.

"희랑아."

보드라운 소령의 피부가 가슴에 닿았다. 목에, 얼굴에, 심장에 닿았다. 희랑은 잠시 소령의 가슴에 얼굴을 묻고 움직이지 못했다. 코끝을 스치는 소령의 체취는 잠시 그의 정신을 마비시키는 듯했다. 아기 살처럼 부드러운 소령의 피부가 그의 손끝에서 경직되고, 부풀고, 꽃을 피웠다. 희랑은 아래로 손을 가져가 소령의 그곳이 촉촉이 젖어 있는 것을 확인하고 그녀의 눈을 내려다보았다. 부끄러운 듯, 그러나 호기심이 가득한 소령의 눈을 보니 저절로 입가에 웃음이 번진다.

"아프면 어떡하지?"

"아파?"

"몰라. 아마 아플 거야."

"너 정말 한 번도 안 해봤니? 기생년들 한 번도 안 안아봤어?"

"안 안아봤어."

"바보구나, 너. 기방에 들락거리는 사내대장부가 여태 기생년 마음 하나 휘어잡지 못했어?"

"내가 휘어잡지 못한 건가? 기생들이 네가 무서워 날 쳐다보지도 못한 거지."

희랑은 장난스런 웃음을 흘리며 반짝이는 소령의 눈을 내려다보았다. 희랑이 아무리 기방을 들락거려도 도대체 어느 기생도 여자로 보이지 않았다는 걸 소령은 모를 것이다. 그는 정말 소령 외에는 어떤 여자에게서도 여인을 느낀 적이 없었다. 가슴조차 두근거려 본 기억이 없었다. 희랑은 도톰한 소령의 입술에 다시 입을 맞추었다.

"기방에 들락거린다고 다 기생 안나? 그리고 뭐 여자 잘 안는 게 사내대장부야? 큰일을 하고, 제 여자 아껴줄 줄 아는 게 사내대장부야."

소령은 입가에 배실배실 흘러나오는 웃음을 감추지 못하고 있었다. 역시 우리 희랑이는 몸도, 마음도 잘났다. 희랑의 머리 위에서 흔들리는 갈대와 쏟아지는 별들을 보며 소령은 그의 얼굴을 어루만졌다. 그를 안으며 느끼는 아픔 따위는 아무것도 아닐 것이다. 오히려 바라는 것은 영원히 잊혀지지 않을 만큼 황홀하게 아파보았으면 하는 것이었다.

"괜찮아. 아파도 참을 수 있어. 오늘밤 날 가져. 내 마음 다 가져갔으니 이제 몸도 가져가."

그 소리와 함께 불덩이처럼 뜨겁고 딱딱한 것이 아랫도리에 다가왔다. 엉덩이를 약간 들어 올린 희랑이 조심스럽게 소령에게로 들어왔다. 순간 소령은 화들짝 놀라며 눈을 동그랗게 떴다. 생각했던 것보다 훨씬 크다! 이게 어떻게 내 속에 들어오나? 생각하는 순간 짜릿한 통증과 함께 어느새 그녀 속에 가득 들어와 있는 희랑이 느껴진다. 그리고 그것이 조금씩 움직이기 시작했다.

"아, 아프다! 아파, 희랑아!"

"어, 알았어."

그러나 희랑은 움직임을 멈추지 않았다. 바람이 불었고 갈대들이 흔들렸다. 서걱이는 갈대 소리와 찌륵찌륵 울어대는 풀벌레 소리와 희랑의 거친 숨소리가 갈밭에 퍼졌다.

"하! 희랑아, 희랑아……."

"아파? 많이 아파?"

"아니, 아니……."

소령은 고개를 흔들며 희랑의 어깨를 당겼다. 별도 쏟아지고, 달빛도 덮어오고, 저기 흔들리는 갈대도, 바람도 한꺼번에 다 가슴으로 쏟아져 들어와 터질 것 같다. 가빠오는 호흡과 몽롱한 의식 속에서 소령은 희랑의 이름을 애타게 불렀다.

"희랑아……."

희랑의 땀방울들이 소령의 가슴으로 뚝뚝 떨어져 내렸다.

희랑은 호흡도 멈춘 채 절정으로 치달아 오른 몸을 부르르 떨며 소령의 어깨에 얼굴을 묻었다. 자신 속의 모든 것이 한순간에 빠져나가 소령에게로 스며드는 느낌이다. 한몸이 된다는 것은 아마도 이런 느낌일 것이다. 소령은 몸속으로 따뜻한 물이 흘러들어 오는 것을 느끼며 희랑의 목을 강하게 안고 다시 한 번 격정에 몸을 떨었다. 희랑은 소령을 꼭 안은 채 몸을 돌려 내렸다. 이제 소령은 몸도, 마음도 온전한 내 여인이 된 것이다. 그 생각이 가슴을 부풀게 해서 품에 안은 소령을 놓을 수가 없었다.

한참 만에 고개를 든 소령은 기대에 차 내려다보는 희랑의 눈을 몽롱한 눈으로 올려다보았다.

"머리 속에서 별들이 반짝거려."

"뭐?"

"반짝반짝 그런다고. 가슴속에서도 반짝거리는 것 같아. 몸에 쥐가 났나 봐."

힘없이 가슴을 파고드는 소령을 희랑은 견딜 수 없는 마음으로 당겨 안았다. 벗어놓은 옷을 당겨 소령의 몸을 감싸는 희랑의 입가에 쉴 새 없이 웃음이 번졌다. 오늘은 벌레 소리도, 흐드러진 갈대도, 이 바람도 다 느껴지지 않는다. 너 외엔 아무것도 내 가슴을 흔들지 못하리라.

며칠 앞으로 다가온 혼인 준비에 노복들의 손길이 바빴다. 안방 마님이 안 계신 집이니 여러 가지로 부족할 수밖에 없는 준비였지만 나름대로 최선을 다하려 노력하고 있었다. 천방지축철없는 그들의 주인 아가씨가 드디어 믿음직하고 건장한 정희랑과 혼인을 한다니 얼마나 반가운 소린가!

소령은 아침 일찍 장유경의 부름을 받고 사랑으로 향했다. 들어서는 소령의 얼굴이 며칠 새 수척해진 듯했다. 딴에 긴장이 되는 모양이다. 장유경은 소령이 천방지축 사내 같지만 누구보다 속이 깊다는 것을 잘 알고 있었다.

"마음이 어떠냐?"

"담담합니다."

"나는 기쁘다. 네가 혼인이 늦어지는 게 늘 마음에 걸렸는데 이제야 가는구나."

일찍 어미를 잃고 아비 손에 자라 저 아이가 저리 천방지축인가 싶기도 하고, 또 희랑과 함께할 소령의 앞날을 생각하니 막막함에 코끝이 시큰해졌다.

"널 부른 것은 네게 한 번 더 일러줄 말이 있어서다. 너도 잘 알겠지만 희랑인 가벼운 몸이 아니다. 혼자 가솔만 지키며 살 수 없다는 뜻이다."

"알고 있습니다."

"그 아이 앞길에 네가 짐이 되어서는 안 된다는 것도 알고 있겠지?"

언제나 그녀에게는 희랑이 가장 먼저이지만, 희랑에게는 그녀가 가장 먼저가 될 수 없다는 것을 소령은 잘 안다. 그저 희랑의 곁에서 힘이 되어주고, 그를 웃게 해주고, 그의 가슴에 기대어 잠들 수 있다면 그것으로 족하리라. 소령은 힘겹게 입을 열어 대답을 했다.

"……예."

장유경은 고개 숙인 딸의 얼굴을 안타깝게 바라보았다. 딸을 시집보내는 마당에 딸의 앞날보다 희랑의 앞날을 더 염려하는 자신이 야속하기까지 했다. 제 어미가 있었으면 결코 허락하지 않았을 혼사였을 것이다.

"어떤 어려움이 닥쳐도 감당할 수 있겠느냐?"

'어떤 어려움이 닥쳐도?'

희랑을 잃는 일만 아니라면 어떤 일이 닥쳐도 어려울 것도, 두려울 것도 없었다. 소령은 얼굴을 들어 다부진 눈으로 장유경을 바라보았다.

"예."

"그래, 그럼 됐다. 나가보거라."

방을 나온 소령은 한숨을 폭 내어쉬며 하늘을 올려다보았다. 푸른 물이 뚝뚝 떨어져 내릴 것 같은 맑고 높은 하늘이다.

'희랑은 또다시 원으로 가겠지? 언제쯤이면 그 일이 끝나게 될까?'

생각하면 그 일은 언제나 막막하기만 하다. 눈에 보이지는 않지만 사방에 위험이 도사리고 있다는 것도 알고 있다. 그러나 소령은 희랑을 말리고 싶은 생각이 없었다. 말린다고 들을 희랑도 아니었지만 사내로 태어나 나라를 구하고자 하는 일에 당당히 나선 희랑이 자랑스러웠다.

혼인 준비를 맡아하고 있는 명아 어멈이 부산하게 마당을 가로질러 나가는 것이 보이자 얼른 불러 세웠다.

"명아 어멈!"

"예, 아가씨."

"저자에 가는가?"

"예! 옷감 좀 보러 갑니다. 나리께서 뭐든 넉넉하게 하라시니 옷을 두어 벌 더 지을 참입니다, 아가씨."

"그럼, 누구 데리고 나가서 솜 좀 구해오게."

"예? 그 귀한 솜을……."

소령은 며칠 전부터 소맷자락에 넣어 다니던 금가락지를 꺼내어 쥐어주며 다시 당부했다.

"되도록 좋은 걸로 넉넉히 구해오게."

"예, 아가씨."

이 가을이 가고 나면 다시 혹독한 겨울이 올 테지. 머잖아 다시 원으로 떠날 희랑을 위해 솜옷을 만들어야겠다. 이 멍텅구리 같은 것이 왜 진작 그 생각을 못했을까? 찬바람 분다고 하늘만 원망할 줄 알았지 솜옷을 지어줄 생각은 한 번도 하지 못했다. 희랑에게 따뜻한 솜옷을 만들어줄 생각을 하며 소령은 입가에 배시시 웃음을 흘렸다.

책을 들여다보던 희랑은 글자 사이로 생글생글 얼굴을 내미는 소령이 때문에 그만 책을 덮고 말았다. 마음이 어찌 이리 간사한가! 천년만년 얼굴만 보아도 살 것 같던 소령이었는데 한번 안아버린 소령의 체취는 희랑에게 소령 이외의 다른 모든 감각을 무디게 만들어 버린 건지 장부도, 책도 눈에 들어오지 않았다. 오늘 저녁만 해도 벌써 마음으로는 소령을 열 번은 더 안은 것 같다. 그동안 이걸 어찌 참고 견뎠을까 싶은 생각에 스스로도 쑥스러워져서 피식 웃음을 흘렸다.

그런데 소령은 그날 이후 자꾸만 희랑을 피하고 있었다. 오늘 낮엔 잠깐 눈을 마주쳤는데도 얼굴이 발개져 돌아서 버렸다. 소령에게 그런 면이 있었다는 것이 놀랍고, 한편으로는 전에 느낄 수 없었던 두근거림까지 느끼게 했다. 사실 희랑에게 소령은 두근거림이라기보다는 편안하고 따뜻함 같은 것이었다.

'다시 갈밭으로 가자 해볼까? 두 밤만 자고 나면 혼인 날인데 참고 기다릴까?'

그때 바깥에서 스산한 바람 소리와 함께 심하게 짖어대는 개 소리가 들렸다. 순간 희랑의 눈은 날카롭게 빛났다. 뒤곁에서 무언가 둔탁하게 떨어지는 소리가 들리자 그는 번개처럼 몸을 일으켜 뒷문으로 뛰쳐나갔다. 담벼락에 기대에 있던 검은 물체가 스르르 옆으로 넘어가는 모습이 보인다. 태성이었다.

"태성아!"

어깨를 안아 일으키는데 뜨끈하고 축축한 물이 손 안 가득 느껴졌다. 비릿한 냄새를 풍기는 것이 피다! 태성은 어깨를 움켜잡고 겨우 입을 달싹였다.

"빨리…… 피하십시오……."

"무슨 일이냐!"

"최 별감이…… 최 별감이 배신을……."

말을 채 끝맺지도 못하고 그는 정신을 놓고 말았다. 요란한 개 짖는 소리와 함께 웅성거리는 사내들의 발자국 소리가 들려오자 희랑은 재빠르게 태성을 들쳐 메고 뒷방으로 들어갔다.

태성은 새파랗게 질린 입술을 달달 떨고 있었다. 아직 정신을 완전히 놓은 게 아니었나 보다. 옷자락이 온통 피투성이라 어느 곳에 상처가 났는지 알 수가 없었다. 희랑은 찢듯이 옷을 벗기고 태성의 몸을 살폈다. 왼쪽 옆구리와 어깨에서 아직까지 피가 배어나오고 있었다. 희랑은 이불보를 손으로 찢어 상처를 동여매었다. 옆구리 쪽은 상처가 깊었다. 살아날 수 있을까? 십여 년을 피붙이처럼, 수족처럼 부려온 태성이다. 처음엔 입술만 새파랗더니 이젠 얼굴까지 푸른 빛을 띠고 있었다. 이대로 두어서는 안 되겠다. 의원을 불러와야겠다 생각하며 문을 열고 나오니 이현이 뒷문으로 뛰어들고 있었다. 그는 이미 모든 것을 알고 있는 듯 파랗게 질린 얼굴이었다. 사랑으로 들어서니 장유경이 비통한 얼굴로 앉아 있었다.

"송구하옵니다."

희랑은 고개를 들 수 없었다. 조심, 또 조심이라고 스스로 그렇게 되뇌었던 말인데 자신이 끌어들였던 최 별감이 배신을 해버렸다. 그나마 그가 이현과 희랑 외에는 아는 이가 없다는 것을 다행으로 여겨야 할까?

"우선 원으로 피신해라."

"하오나, 나리!"

"이런저런 생각 하지 말거라! 넌 네 책임의 막중함만을 생각하면 된다."

냉정한 장유경의 목소리가 희랑을 일깨웠다.

"가서 대군 나리께 몸을 의탁해라. 내가 어떻게든 그쪽 황실에 줄을 대어볼 테니 넌 대군 나리께 불똥이 튀지 않도록 우선은 몸을 숨겨라."

"최 별감이 배신했다면 그 뒤엔 기철이 있을 테고, 그러면 나리께서도 안전하다 할 수 없습니다!"

"내 걱정은 말거라! 아무리 기철이라 하나 아무 증거도 없이 밀직사의 원사를 함부로 어쩌진 못한다."

입술을 깨물고 있던 희랑의 눈동자가 심하게 흔들렸다.

'소령이!'

마음이 혼란한 바람처럼 회를 치고 오른다.

"나리……."

"소령이는 걱정하지 마라! 어린애 같아도 속이 단단한 아이니 잘 견딜 거다."

"보고 가겠습니다."

"지체할 시간이 없다. 지금 바로 가거라! 넌 혼자 몸이 아니다. 이제껏 우리가 계획했던 모든 일이 너를 통하고 있다는 것을 잊었느냐!"

매섭게 질책하는 장유경의 눈을 거역할 수 없었다. 자신만 믿고 있는 동지들과 강릉대군의 존재가 들어낼 수 없는 무게로 마음을 짓눌러 왔다.

"희랑아!"

재촉하는 이현의 목소리가 다시 들렸다. 더 이상 망설일 수가 없었다. 희랑은 입술을 깨물고 돌아섰다. 그때 장유경의 목소리가 다시 들렸다.

"희랑아, 갈밭에서 기다리거라!"

장유경은 뛰어나가는 희랑을 보며 눈을 감아버렸다. 언제든 이런 일을 염두에 두고 있었지만 하필 혼인을 며칠 앞둔 시점에서 이런 일이 터져 버리다니 소령이가 잘 견뎌낼 수 있을지 걱정이었다. 희랑에게는 잘 견딜 수 있을 것이라고 말했지만 소령이는 아직 어렸다.

달빛조차 얼어붙은 듯 정지하고 있었다. 멀리서 한줄기 바람이 인다. 사각사각 갈잎 부서지는 소리가 빠른 속도로 다가왔다. 달빛을 가르며 달려오는 소령의 소리였다. 바람에 갈잎들이 스러져 눕는다. 바람처럼 달려온 소령이 넘어뜨릴 듯 강하게 희랑의 목을 안았다.

"싫어! 싫어!"

소령을 부서지듯 안은 희랑의 눈가에는 눈물이 번졌다.

"기다려!"

"싫어!"

소령은 희랑의 목에 매달렸다.

"함께 가!"

"기다려! 곧 올게!"

억지로 떼어낸 소령의 두 팔을 꼭 잡으며 눈을 맞추었다. 그러나 소령은 막무가내로 고개를 흔들었다.

"함께 가!"

눈물을 가득 담은 채 애원하는 그 눈을 보며 희랑은 무슨 말을 해야 할지 말문이 막혀 버렸다.

"나 믿지?"

그러나 소령은 고개를 젓는다. 아무 것도 믿을 수 없다. 눈에 보이는 건 떠나는 희랑의 모습뿐이었다.

"난 언제나 네 곁에 있을 거야! 네가 힘들면 나도 힘들 거고, 네가 울면서 지내면 나도 울면서 지낸다. 그러니까 아무 걱정 말고 기다려! 금방 온다! 금방 올 거야!"

"함께 가! 힘들게 하지 않을게. 귀찮게 안 할게!"

안개처럼 깔려 있던 두려움이 한꺼번에 고개를 들고 일어나는 느낌에 소령은 이성을 잃듯 희랑에게 매달리고 있었다. 도저히 떼어낼 방법이 없다는 생각이 들자 희랑의 눈이 날카로워졌다.

"위험한 길이야. 널 데리고 가면 내가 위험해져!"

어깨를 잡고 단호하게 말하는 희랑을 보자 소령의 눈에서 눈물이 후두둑 떨어졌다. 희랑의 앞길에 짐이 되어서는 안 된다고 수없이 다짐했건만 지금 이 순간 소령의 머리 속은 하얗게 연기가 차 올라서 마음을 다스릴 수 있는 생각이 아무것도 떠오르지 않았다. 희랑은 할 말을 잃은 채 눈물만 흘리고 서 있는 소령의 어깨를 다시 한 번 강하게 움켜잡았다.

"위험한 길이야. 하지만 난 수없이 그 길을 다녔던 사람이다. 어느 곳에 위험이 도사리고 있는지, 어느 쪽으로 가면 안전할지 눈을 감고도 다 알 수 있어. 그러니 아무 걱정 하지 마. 날 믿어."

단호하고 확신에 찬 희랑의 얼굴을 보면서도 소령은 여전히 고개를 끄덕일 수 없었다. 이대로 영원히 그를 잃어버릴 것 같은 두려움이 그녀를 집어삼킬 것만 같았다. 희랑을 잃어버린다면 나 또한 살 수 없다. 소령은 참을 수 없는 두려움에 눈물을 쏟으며 희랑을 끌어안았다.

언제나 목이 말랐던 내 사랑.

잠깐 다녀가는 짧은 기간 동안 나를 퍼내고, 너를 채우고 그것이 너무 숨이 가빠서 내 속에서 자란 너를 다 보여주지 못했다. 한번…… 마음껏 안아보지도 못했다.

아프도록 목을 안는 소령의 힘을 느끼며 희랑은 온몸이 바스러지도록 당겨 안았다.

"소령아……."

감당할 수 없는 감정이 그를 흔들었다. 이대로 소령과 헤어져 기약없는 길을 떠나야 하는가? 정말 다시 돌아올 수 있을까? 확산할 수 있는 것은 아무것도 없다. 순간 희랑은 다시 한 번 소령의 몸을 으스러져라 안았다. 숨죽인 소령의 울음소리가 가슴을 파고들었다. 그러나 차가운 밤바람이 그의 가슴을 일깨웠다. 자신의 소명, 꿈, 희망, 그리고 동지들과 고려의 미래. 그에게 젊어지러워진 짐은 무겁고도 무거웠다. 그는 다시 한 번 전율처럼 몸을 떨며 소령을 안고는 목까지 차 오른 감정 덩어리를 아프도록 밀어 넣었다. 그리고 소령의 어깨를 강하게 움켜쥐고 몸을 흔들어 자신의 눈을 마주 보게 했다. 그렇한 눈으로 바라본 희랑의 눈은 강한 의지로 불을 뿜고 있었다.

"네 믿음이 지금의 나를 만들었어. 아무리 힘들고 어려웠어도 날 믿고 기다리는 네가 있어서 난 거든히 이겨냈어. 지금도 그래. 네 믿음이 나를 살린다."

부릅뜬 희랑의 눈에는 한 치의 두려움도 느껴지지 않았다. 어떤 폭풍우도 그를 무너뜨리지 못할 것처럼 보였다.

"날 믿어. 반드시 돌아올 거야. 털끝 하나 상하지 않고 무사히 네 곁으로 돌아올 거야."

희랑의 입가에는 어느새 여유로운 미소까지 지어졌다. 그리고 그는 문득 생각난 듯 목에 걸고 있던 가죽 목걸이를 뺐다. 그것은 희랑이 어릴 적부터 늘 목에 걸고 다니던 초승달 모양의 장식이 달린 목걸이였다.

"이건 우리 어머님의 유품이다. 내가 어릴 적, 아버님께서 잃어버리지 말라며 가죽 끈에 매달아주셨어. 혼인하면 네게 주려고 했던 건데……."

희랑은 그것을 소령의 목에 걸어주었다.

"이건 네가 내 아내라는 증표다. 비록 혼례는 치르지 못했지만 넌 이미 나의 아내고, 난 너의 지아비다."

소령의 얼굴을 만지는 희랑의 손끝이 떨렸다. 혼례를 치르고 나면 그 밤에 나는 세상에서 가장 뜨거운 사내가 되어 너를 안아주리라 생각했었다. 뜨겁게 안고 내 속에 가득 찬 너를 다 보여주리라. 하루에도 수십 번 너로 인해 날뛰어대는 내 심장 소리도 들려주리라. 이렇게…… 뜨거운 입술로 네 몸 구석구석 나를 새겨두리라 생각했었지. 짭짤한 눈물이 입속으로 스며들었다.

"사랑한다, 소령아."

울음 섞인 희랑의 목소리가 입술 위에서 들려왔다. 그가 건네는 마지막 입술은 잔인하도록 달콤했다. 이대로 모든 것이 멈추어 버렸으면 좋겠다.

"희랑아, 서둘러!"

이현의 재촉하는 소리가 갈잎 사이로 들려오자 희랑은 정신이 든 듯 소령을 떼어내었다. 떨어지지 않으려 매달리던 소령의 눈에 멀리서 일렁이는 횃불이 보인다. 횃불을 보다가 희랑을 돌아보는 소령의 눈이 절망하듯 무너져 내렸다. 여기서 잡히면 희랑은 목숨을 잃고 말 것이다. 횃불들이 점점 숫자를 더하며 다가오고 있었다. 선택의 여지가 없었다. 소령은 입술을 깨물며 희랑을 돌아보았다.

희랑의 의지에 찬 눈과 그를 감싼 부드러움과 단호함을 사랑한다. 강함은 바람에 꺾이지만 부드러움은 바람에 누웠다가 다시 일어나는 지혜를 가지고 있다. 소령은 희랑이 바로 그런 사람이라고 생각했다. 그는 이렇게 잠시 바람에 누웠다가 다시 제자리로 돌아올 것이다.

입으로 말을 하지 않았지만 그가 자신을 사랑한다는 것을 알았듯이, 기약없는 길을 떠나지만 그가 다시 돌아올 것이라는 것도 알고 있다. 소령은 흐려지는 눈을 깜박이며 희랑을 위해 웃음을 보여주었다.

"기다릴게, 언제까지나. 네가 돌아올 거라는 거 믿어. 널 믿어!"

눈물이 흘렀지만 웃고 있는 소령의 얼굴을 보며 희랑도 눈물을 감추고 입가에 미소를 지어주었다.

"그래, 날 믿어!"

소령은 희랑이 걸어준 목걸이 끝의 초승달을 움켜쥐고 울먹이다 문득 급하게 무언가를 찾았다. 그러다 지난번 희랑이 사서 꽂아준 머리꽂이를 뽑아 손에 건넸다.

"나인 듯 생각해. 언제나 너만 믿는 내가 곁에 있다고 생각해."

희랑은 소령이 손바닥에 들려주는 머리꽂이를 강하게 움켜쥐었다. 그들은 눈물을 숨긴 서로의 얼굴을 보며 웃어주었다. 그 사이 횃불이 점점 다가오고 있었다. 희랑의 손 안에 들어 있던 소령의 작은 손이 빠져나갔다. 마른 갈잎이 얼굴을 스치듯 가늘고 미세한 칼날이 심장에 줄을 긋고 지나갔다.

"가! 빨리 가!"

소령의 외침과 함께 희랑은 소령의 손을 놓았다. 그리고 갈밭을 헤치고 어둠을 뚫고 달렸다. 바람에 흩날린 눈물이 이슬처럼 갈잎에 뿌려졌다.

三. 이슬처럼 젖어들다

희랑과 이현이 떠나고 얼마 지나지 않아 한 무리의 군사들이 장유경의 집으로 몰려왔다. 그리고 그때 이미 그곳을 지키고 있던 젊은 무관들과 작은 실랑이가 있었다. 그들은 자신들이 덕성부원군 기철의 사병들이며 '정희랑'을 잡으러 왔다는 말로 무작정 밀고 들어오려 했지만 무관들이 길을 열어주지 않았다. 이곳은 밀직사 원사의 사저이고 기철의 개인 사병들이 함부로 들어올 수 없는 곳이라며 단호히 막아섰다. 실랑이가 오래 계속되자 장유경은 반대하는 무관들을 무시하고 문을 열어주었다. 그러나 집 안 어디에도 희랑의 흔적은 찾아볼 수 없었다. 그때 소령은 별채에 있는 작은 광에서 희랑의 옷가지와 서책들 사이에 몸을 파묻고 소리 죽여 울고 있었다.

정석의 지시에 따라 노복들에 의해 순식간에 광으로 옮겨진 희랑의 물건들은 마치 불쏘시개처럼 아무렇게나 던져져 쌓였다. 소령은 그것이 희랑의 앞길에 닥칠 혼란 같아서 암흑 같은 어둠 속에서도 절박한 마음으로 그것들을 챙겼다. 챙겨도, 챙겨도 끝이 없는 서책들을 만지다가 결국 울음을 터뜨리고 말았다.

"책하고 혼인해라!"

그렇게 철없는 말로 쏘아붙였던 것이 후회되었다. 사실은 책 속에 파묻힌 희랑의 모습을 얼마나 좋아했는지 모른다. 언제나 서책으로 마음을 키우고, 자신의 나태를 경계했던 희랑이었다. 소령은 눈물을 닦아내고 다시 책들을 챙겼다. 고이고이 모셔두었다가 희랑이 돌아오면 다 돌려줄 참이었다.

아무 수확 없이 돌아갔던 기철의 사병들은 그 후에도 두어 번이나 찾아와 무례하게 집 안을 뒤졌다. 왕을 기만하고 황제에 불충했다는 것이 그들이 말하는 정희랑의 죄목이었다. 그러나 장유경의 집에서는 더 이상 희랑의 흔적을 찾을 수 없다 생각했는지 한동안 계속되던 감시의 눈길도 뜸해졌다. 그렇게 그 사건은 그저 '정희랑'이라는 한 사람의 작은 분란으로 묻히는 듯했다.

정석은 흥분 상태에 있는 무관들을 만나 다독이고 저녁에는 장유경을 만나 앞으로의 일을 의논하다가 새벽녘이 되어서야 집으로 돌아가고 있었다. 그는 바른 길을 두고 멀리 돌아 희랑과 이현이 떠나간 갈밭 길을 걷고 있었다. 갑자기 전쟁터에 고립된 부대의 수장이 된 듯 책임감과 두려움이 밀려와 온몸이 오싹해졌다. 정석은 스스로에게 용기를 불어넣기 위해 어깨를 펴고 하늘을 올려다보았다. 별들이 금방이라도 쏟아져 내릴 것 같았다. 생각에 잠겨 걷고 있는데 어디선가 도란도란거리는 소리가 들렸다. 바람인가? 고개를 갸웃거리며 귀를 기울였다. 그것은 아주 가까운 곳에서 들리는 소리였다.

　"넌 어찌 생각해? 몇 달? 아님 한 해? 두 해? 세 해?"

　정석은 소리나는 쪽으로 살금살금 다가갔다.

　"세 해는 너무 길어. 그리되면 난 이미 반은 늙어버릴걸."

　갈잎을 헤치며 기어간다.

　"보여? 내 가슴은 새까맣게 타버렸다."

　갈잎 사이로 언뜻 비치는 그림자는 작은 여자다. 그녀는 어둠을 향해 중얼거리고 있었다.

　"새까맣게 타서 숯이 다 됐겠다. 넌 알지?"

　그 여자는 마치 눈앞의 갈잎에 자신의 말을 알아듣는 무엇이 있는 듯 그곳을 뚫어지게 바라보며 낮게 중얼거렸다.

　"그 말 한번 못해봤다. 꼭 숨이 끊어질 것 같아."

　그 여자의 입술이 어둠 속에서도 떨린다는 것을 느낄 수가 있었다.

"네가 대신 들어줄래? ……사랑해."

손을 들어 갈잎을 만지자 풀 개구리 한 마리가 정석의 눈앞으로 폴짝 뛰어 지나갔다. 정석은 눈을 가리고 있는 갈잎을 손가락으로 치웠다. 인기척에 돌아보는 그 여자는 소령이다!

정석을 보자 소령의 눈썹 끝에 간신히 매달려 있던 눈물방울이 툭 떨어졌다. 달빛이 정석의 놀란 듯 동그란 눈을 환하게 비추어 더욱 반짝이게 했다. 소령은 화들짝 일어나며 소리쳤다.

"어찌 도둑괭이같이 남의 말을 엿듣는 게요!"

"아니, 그게 아니라……."

저 노루도둑 앞에서 이 무슨 약하고 못난 꼴인가? 무엇보다 희랑에게조차 해보지 못했던 말을 개구리에게 해버린 것이 부끄럽고, 창피하고, 속이 상해서 얼른 이 자리를 떠나 달아나고 싶었다. 소령은 눈물이 찔끔 나오려는 것을 입술을 깨물어 참고 돌아섰다. 휙 돌아서 갈대를 헤치고 나가는 소령의 귀에 정석의 다급한 목소리가 들렸다.

"너무 걱정 마시오. 희랑 도령은 무사할 것이오!"

잠깐 멈칫하던 소령이 재빨리 둑길로 올라서더니 뒤도 돌아보지 않고 달려갔다. 달그림자에 보일 듯 말 듯한 소령의 모습이 사라질 때까지 정석은 움직일 수 없었다. 방금 보았던 소령의 눈썹 끝에 달려 툭 떨어지던 그 눈물방울이 자꾸 정석의 가슴에서 툭툭 소리를 내며 떨어지는 것 같았다.

희랑이 떠난 직후, 정신없이 장유경의 집을 들락거리면서 본 소령의 모습이 너무나 의연했기 때문에 방금 본 그녀의 눈물은 의외였다. 어려 보이기는 했지만 결코 나약한 사람으로는 보이지 않았는데, 사내처럼 술을 단숨에 홀짝 받아넘기던 그녀의 눈에서 떨어지는 눈물은 정석을 당황스럽게 했다.

태성의 상처는 생각보다 깊지 않아서 금방 자리를 털고 일어났다. 그는 자신이 신중하지 못하여 최 별감의 변심을 일찍 눈치채지 못한 것 같아 담벼락에 머리라도 박아 죽고 싶은 심정이었다.

태성에게 희랑은 상전 이상의 의미를 가지고 있었다. 태성은 희랑이 아장아장 걸을 때부터 업고 이 집을 드나들었다. 희랑은 노비인 자신을 피붙이처럼 아껴주고 따랐다. 그래서 부모를 잃고 장유경의 집으로 가는 어린 희랑을 따라오면서 목숨이 다하는 날까지 지켜주리라 결심했었다. 늘 하나처럼 붙어다니던 소령과 희랑 둘을 지켜보면서 태성도 행복했었다. 희랑이 소령을 사랑하듯, 소령이 희랑을 사랑하듯 태성의 마음도 두 사람에게 그런 것이었다. 너무나 예뻤던 두 꼬마 아이를 사랑했었다.

소령은 지금 열흘이 넘도록 두문불출하고 있었다. 태성은 소령의 얼굴을 어찌 대할까 걱정하며 아직 다 낫지 않은 배를 끌어안고 뒤꼍에서 살금살금 걷는 연습을 하고 있었다. 얼른 몸을 추슬러 장유경의 심부름이든 정석의 심부름이든 그가 할 수 있는 일이면 무슨 일이든 열심히 뛰어다니다 보면 희랑이 다시 돌아올 길도 열릴 것이라고 생각했다. 그때 정석이 뒷문을 열고 들어왔다.

"교위 나리!"

"좀 어떤가?"

"살 만합니다."

"그만하길 정말 다행일세."

그동안 나뭇등걸처럼 무뚝뚝한 얼굴에 말이 없던 사람이라 어렵게 생각되었는데 어깨를 다독여 주는 정석이 오늘은 왠지 따듯하게 느껴진다.

"면목없습니다."

태성은 이래저래 모든 사람들을 볼 낯이 없었다.

"아가씨는 좀 어떠신가?"

"별채에서 꼼짝도 안 하십니다."

정석은 걱정스러운 듯 별채 쪽을 건너다보았다. 사내 같던 그녀에게서 생각지도 않게 여리디여린 모습을 보아버린 그 밤부터 정석의 마음에서는 서걱거리는 갈대 소리가 끊이지 않고 들려오고 있었다. 서걱이는 갈잎들이 끊임없이 부대끼며 내는 소리에 속살이 베이듯 따끔거렸다. 그러다 희랑의 얼굴이 떠올라 얼른 고개를 흔들고 사랑채로 향한다.

마당으로 들어서니 별채에 있을 줄 알았던 소령이 사랑채의 마루 끝에 앉아 기둥에 머리를 기대고 있었다. 들어서는 정석을 보자 소령의 눈이 샐쭉해졌다. 그러잖아도 방에서 꼼짝도 않는 다 하여 아버지께 걱정을 듣고 나오는 길이라 마음이 불편하던 차에 정석이 눈에 띄자 기분이 틀어져 버렸다.

소령은 눈을 조금 치켜뜨고 정석을 빤히 쳐다보았다. 어째 저 노루도둑을 만날 때면 늘 이렇게 자존심이 무너지는 날인지 모르겠다. 처음 노루를 쫓던 날부터 그랬다. 그동안 실수 한번 하지 않았던 화살이 어째서 엉뚱한 곳으로 날아갔는지 모르겠다. 그놈의 안주 그릇은 어쩌자고 쏟아버렸는지, 게다가 그렇게 자신만만하던 말에서 떨어져 버린 것은 정말 치명적인 실수였다. 저 노루도둑은 내가 바보처럼 말에서 떨어져 두어 바퀴나 구르는 것을 고스란히 지켜보았겠지? 그리고 눈물을 보여 버린 그 밤은 정말 생각조차 하고 싶지 않다.

샐쭉해지는 소령의 눈을 보자 정석은 그 눈이 어린애처럼 작게 느껴졌다.

'노루도둑! 도둑괭이!'

그녀는 눈가에 이 말을 달랑달랑 달고 있었다. 정석은 자신도 모르게 가슴속에서 솟아나는 웃음을 느꼈다. 소령을 볼 때마다 얼굴 가득 웃음이 번지던 희랑이 떠올랐다. 그러나 정석은 가슴속에서 솟아나는 웃음을 끄집어낼 수가 없어서 가볍게 목례를 하고 사랑채로 들어섰다. 소령은 그의 얼굴이 꼭 딱딱한 나뭇등걸 같다는 생각을 했다.

"찾으셨습니까, 나리?"

"어서 오게."

장유경은 병을 핑계로 며칠째 조정에 등청을 하지 않고 있었다.

"그래, 좀 알아보았는가?"

"예. 아직 덕녕공주 쪽에서는 별 움직임이 없습니다. 알고 있다고 해도 지금은 어쩌지 못할 것입니다."

정석의 목소리가 갑자기 작아졌다.

"무슨 일 있는가?"

정석은 소리를 죽여 속삭였다.

"왕께서 위중하시다는 소문이 있습니다."

그 소리에 장유경의 눈이 빛이 났다.

"어디서 들었는가?"

"쉬쉬하고 있지만 궐에서는 벌써 소문이 짜합니다."

"왕이 병약한 거야 이미 다 아는 사실 아닌가?"

"이번엔 힘들 것 같다는 소문입니다."

"그래?"

기대 반, 두려움 반으로 흔들리는 장유경의 눈을 보며 정석은 다시 목소리를 낮추어 속삭였다.

"하온데 '저' 왕자를 둘러싸는 무리가 있습니다."

"'저'를? 이제 겨우 열두 살이 아니던가?"

"지금 왕은 겨우 여덟에 왕에 올랐습니다."

"하긴 나이를 따지겠는가? 지금의 고려에서 왕이란 그저 앉아만 있는 자리일 뿐이니 저들에겐 어릴수록 좋을 테지."

뭔가 골똘히 생각하던 장유경의 눈이 다시 번득였다.

"자네, 내일 등청하는 대로 지원사 윤경을 만나 내가 좀 보잔다고 전하게. '저'가 원에 가는 것을 막아야겠어. 황제를 알현하게 해서는 안 돼."

황제를 알현한다는 것은 고려의 왕으로서 허락을 받는 것이나 마찬가지다. 장유경은 제 나라 왕조차도 원 황제의 허락을 받아야 세울 수 있는 이 현실이 서글펐다. 상황이 이렇다 보니 왕자들은 원 황실의 실력자들과 연을 맺으려 재물을 가져다 바치고 관료들은 편을 갈라 왕실을 찢어놓고 있었다. 원에 속박된 지 구십여 년, 고려는 썩을 대로 썩어버렸다.

어린 눈을 반짝이며 고려의 운명을 한탄하던 강릉대군이 황제의 부름을 받고 볼모처럼 연경으로 떠난 것이 열두 살이었는데 이제 열여덟, 건장한 청년이 되었다. 그분의 총명과 의기라면 언제든 이 고려를 되찾을 수 있으리라. 그러기 위해서는 힘이 필요하다. 젊은 저들의 힘.

"희랑이 소식은 아직 없지?"

"예, 재차 사람을 보냈습니다. 너무 심려치 마십시오."

그래, 걱정하지 않는다. 원을 제집처럼 드나들며 국경을 넘나들었으니 그곳의 지리는 제 손바닥처럼 들여다보고 있는 희랑이다. 희랑은 친구의 아들이지만 장유경에게도 이미 아들이나 마찬가지였다. 효정의 유언도 있었지만 실질적으로 희랑을 이

길로 들어서게 한 것이 그였던 만큼 지금의 이 시련이 더욱 그에겐 아픈 것이다. 그리고 무엇보다 소령을 바라보기가 힘이 들었다. 천방지축 사내 같던 아이가 약 먹은 병아리모양 노란 얼굴을 하고 있는 것이 안쓰러워 불렀다가 마음과는 다르게 꾸짖고 말았다. 나랏일이 아무리 중하다 하나 제 피와 살을 타고난 자식만 하겠는가? 그러나 장유경은 언제나 소령을 뒤로 미루었다. 그저 이해하려니, 아비 맘을 다 알고 있으려니 했다. 지금도 그는 소령에게 해줄 것이 아무것도 없었다. 다만 스스로 잘 이겨주기를 바랄 뿐이다.

정석이 사랑채를 나오니 소령은 아직까지 그 모양 그대로 앉아 있었다. 그 앞에서 잠시 머뭇거리다 걸음을 옮기던 정석은 다시 돌아와 소령을 불렀다.

"아가씨."

쪼그리고 앉아 보는 그 눈이, '왜 그래, 도둑괭이야?' 하는 듯했다. 다시 정석의 가슴속에서 웃음이 번졌다.

"언제 같이 사냥이나 가지 않겠소?"

그는 나뭇등걸같이 딱딱한 얼굴로 소령을 내려다보았다. 창피스럽게 말에서 굴러 떨어지던 모습을 또 보고 싶다는 거야, 뭐야! 눈을 치켜뜨고 빤히 쳐다보던 소령은 마음이 상해 발딱 일어나며 쏘아보았다.

"싫소!"

그리고는 홱 돌아 별채 쪽으로 가버렸다. 무안한 얼굴로 서 있던 정석은 자신도 모르게 입가에 웃음이 번졌다. 눈으로든 입으로든, 그리고 행동으로든 속을 감추지 못하는 소령의 모습이 너무 귀여워 보였다. 정석은 왠지 소령을 보고 있으면 그녀의 마음이 다 보이는 듯했다. 돌아서던 정석의 마음에 순간 알 수 없는 두려움이 들어섰다. 이렇게 소령의 곁에서 저 아린 속을 다 보아버리는 것은 아닐까? 그래서 떨쳐 낼 수 없는 그림자로 자신의 가슴에 들어차 버리는 것은 아닐까? 첫 눈에 느꼈던 짜릿한 흥분은 그의 가슴에 아직도 고스란히 숨겨져 있다. 어디선가 갈밭에서 일던 서늘한 바람이 불어와 온몸이 오싹해졌다. 정석은 문득 고개를 흔들며 하늘을 올려다보았다. 계절은 이미 가을을 지나 겨울로 접어든 모양이었다. 전날 간간이 흩뿌리던 눈발이 오늘은 제법 굵어지려는지 하늘이 잔뜩 어두워져 있었다. 야릇한 흥분과 함께 마음이 검은 하늘만큼이나 무거웠다.

정석에게 찬바람을 일으키고 별채로 와 방으로 들어간 소령은 이불을 머리끝까지 뒤집어쓰고 누웠다.

'희랑아! 희랑아!'

그날 밤, 갈밭에서 부서져라 안던 희랑의 손길이 아직도 허리 어딘가에 남아 있는 듯하다. 조금만 더 일찍 혼인을 서둘렀다면 지금 이렇게 아프진 않을 것 같았다. 만들다 만 솜옷이 아직도 머리맡에 있는데 그것을 입어줄 희랑은 없다. 갈밭에서 따뜻하게 몸을 적셔주던 그 입술이, 그 넓은 가슴이 그립다. 처음으로 희랑을 안았던 그날 밤의 통증이 뼛속을 파고드는 느낌에 소령의 입에서 신음 소리가 새어나왔다. 소령은 가죽 목걸이에 달린 초승달 움켜쥐었다.

"넌 이미 나의 아내고, 난 너의 지아비다."

초승달의 각진 모서리가 손바닥을 아프게 찔러왔다. 걱정이 되어 미칠 것 같은데 그 속도 모르고 남들 보기 의연하라고 꾸지람만 하시는 아버지도 원망스럽고, 자꾸 이 집을 들락거리는 정석과 마주쳐야 한다는 것도 기분이 나빴다.

불안은 현실로 다가오는 것 같았다. 한 달이 훨씬 지났건만 무사히 도착했다는 희랑의 소식은 오지 않았다. 장유경은 그저 무덤덤히 기다리라는 말밖에 없었다. 그러나 어떻게 무덤덤할 수 있단 말인가? 소령은 며칠을 머리를 싸매고 생각하다 새벽같이 태성을 깨워 원으로 갈 길을 알아보라고 했다. 태성은 황당하였지만 소령의 단호한 얼굴을 보고 감히 거부하지 못한 채 길을 알아보겠다며 나갔다.
"아가씨, 태성입니다!"
태성의 목소리가 들리자 소령은 자리에서 벌떡 일어나 머리를 매만졌다.
"들어와."
한동안 허리를 구부리고 다닐 정도로 회복이 늦던 태성은 이제 완전히 회복되어 다시 예전처럼 바쁘게 이곳저곳으로 심부름을 다니고 있었다. 그동안 희랑과 이현이 맡고 있던 동지들과의 연락망을 정석이 책임지면서 태성이 그의 수하가 되어 돕고 있었다. 태성은 방으로 들어서며 희랑처럼 싱긋 웃음을 흘렸다. 소령만 보면 저절로 입가에 웃음이 흐르던 희랑의 모습을 늘 곁에서 보아온 탓이다.

"그래, 알아봤느냐?"

소령이 목소리를 낮추며 눈을 빛낸다.

"예. 하오나 아가씨, 그 길은 너무 위험한 길이라 소인 감히 동의할 수가 없습니다."

"그런 소리 하지 말랬지!"

소령은 소리를 빽 지르며 눈을 흘겼다. 이럴 땐 정말 난감하다. 한번 하겠다면 좀처럼 고집을 꺾지 않는 소령이니 말린다고 들을 리도 없고, 실은 태성도 소령이 가겠다는 길에 대해 유혹을 느끼고 있었다.

희랑이 떠난 지 한 달이 넘었건만 아무 소식이 없었다. 이쪽에서 먼저 섣불리 찾아 나설 수도 없는 입장이라 장유경도 마음만 졸이고 있는 상황이었다. 이렇게 앉아 속만 파먹느니 차라리 찾아가겠다는 것이 소령의 뜻이었다.

"내달 보름에 원나라로 가는 장사치들이 있습니다. 그들 틈에 끼면 쉽게 갈 수 있을 것입니다."

"내달 보름?"

소령은 가슴이 금세 콩닥콩닥 뛰었다.

"아가씨, 소인 생각에는 좀 더 기다려 보신 연후에 행동하시는 것이 나을 듯합니다. 아직 이곳을 지켜보는 눈이 많습니다."

"됐다! 쓸데없는 소리 하지 말고 아버님께 입이나 다물어라."

왜 이렇게 조급한지 모르겠다. 태성은 소령의 말을 들어야 할지, 말아야 할지 망설여졌다. 우선은 상황을 지켜보면서 소령에겐 시간을 끄는 수밖에 없었다.

태성이 나가자 소령은 지난 여름, 희랑이 원에서 돌아오며 사다 준 면경을 들여다보며 머리를 매만졌다. 면경 속에는 한 달 사이 얼굴이 반쪽이 된 어린 여자가 자신을 멀거니 내다보고 있었다.

'아버님도, 희랑도 모른다. 이 헤어짐이 얼마나 길어질지, 아니면 영원한 것이 되어버릴지 아무도 모른다. 고려의 운명 따위…… 난 몰라!'

마른 입술을 깨무는 소령의 얼굴은 그저 작고 어린 여자의 모습일 뿐이었다.

태성은 희랑의 소식이 궁금하여 다시 관부 앞을 어슬렁거렸다. 은밀히 사람을 보내보겠다고 한 것이 열흘이 넘었는데 정석은 아직 아무 소식을 주지 않고 있었다.

"아가씨는 어떠신가?"

나오자마자 소령의 소식부터 먼저 묻는 정석을 태성은 유심히 바라보았다.

아무도 소령의 걱정은 하지 않는다. 워낙 천방지축, 덤벙덤벙 뛰어다니는 소령이니 금방 잊어버리고 잘 지낼 거라고들 생각했다. 소령은 언제나 사내 같고, 강하다고들 생각한다. 희랑도 아마 그렇게 생각할 것이다. 그러나 태성은 안다. 희랑이 없는 소령은 내리쬐는 햇살을 피하지도 못하고 고사해 버리는 풀 같은 사람이라는 것을. 그런데 착각인지 모르겠지만 정석은 그것을 아는 사람 같다.

"여전히 집에서 꼼짝을 않으십니다."

"자네가 좀 애써보게. 사냥도 모시고 가고, 갈밭으로 모셔가서 바람도 쐬어드리고……."

"예. 저…… 나리, 희랑 도련님 소식은 아직 없습니까?"

"은밀히 보냈던 사람이 정동행성을 지나지 못하고 도로 돌아왔네. 지난번 일 이후 경계가 삼엄해졌어. 수일 내로 다시 한 번 보내볼 참이야. 무사히 도착했으면 연락이 왔어도 벌써 왔을 터인데……."

정석의 얼굴에 끼는 불안이 태성에게도 옮겨와 마음속에 안개가 자욱하게 끼는 것 같았다.

그들이 국경에 도착했을 때 그곳에는 이미 눈에 띄게 많은 군사들이 깔려 있었다. 사흘을 숨어 지켜보았지만 곳곳에 깔려 있는 군사들은 좀처럼 거두어지지 않았다. 하루 사이에 오히려 군사들이 보충되었는지 경계는 더 삼엄해졌다. 게다가 희랑과 이현이 몸을 숨기고 있던 마을에까지 수색의 손길이 뻗쳤다. 더 이상 지체했다가는 그곳을 빠져나갈 길은 영영 없을지도 모른다는 생각이 들었다. 희랑은 최단 거리를 택해 어둠을 틈타 달릴 생각이었다. 그곳은 여러 번 지나다녔던 길이라 희랑이 손바닥 보듯 꿰고 있는 길이었다. 희랑의 판단으론 그곳이 가장 안전하고 원으로 가기에도 빠른 길이었다. 만약을 대비해 이현에게 연경으로 갈 수 있는 여러 갈래의 길을 알려주고 마지막까지 무사하기를 빌며 손을 맞잡았다. 그리고 달빛마저 구름에 가려 칠흑같이 어두운 밤, 그들은 풀밭으로 숨어들었다.

경계병들이 추위를 이기지 못하고 군데군데 모닥불을 피워 둘러앉아 있었기 때문에 들키지 않게 숨어들 공간은 충분히 넓었다. 겨울로 접어들어 물기가 말라 버린 풀들에서는 북녘의 마른 먼지 냄새가 났다. 심한 긴장으로 숨을 죽이다 한 번씩 소리 없이 길게 들이킬 때면 살을 에는 찬 기운과 함께 마른 먼지 냄새에 코가 매웠다. 그들은 몸을 바닥으로 낮추고 풀밭을 기었다. 간간이 콧잔등으로 놀란 풀벌레들이 튀어 올랐다. 마른 풀들이 무릎 아래에서 서걱거렸지만 그것은 바람 소리에 묻혀 버렸다. 얼마나 기었을까? 이제 모닥불과의 거리도 제법 멀어졌다. 조금만 더 가면 원의 땅이다.

어느 순간 구름에 가려졌던 달빛이 서서히 얼굴을 드러내고 있었다. 보름에 가까워진 달은 박같이 하얀 얼굴을 순식간에 드러내었다. 칠흑같이 어두웠던 주위는 치르르 비벼대는 풀벌레의 여린 속날개까지 환하게 비추었다. 희랑은 순간 온몸을 납작 엎드렸다. 풀들 사이로 두어 걸음 떨어진 곳의 이현도 숨을 죽이고 엎드려 있었다. 그들은 달이 다시 구름 속으로 모습을 감추기를 기다렸다. 그러나 더 이상 달을 가려줄 구름은 없는 듯 마른 풀밭에는 휘영청 밝은 달이 시린 빛을 고요히 뿜어 내리고 있었다. 제법 멀리 기어온 듯했는데 밝은 달 아래에서 보니 모닥불에 둘러앉은 경계병들과의 거리는 지척이었다. 그들이 모닥불에 무언가를 구워 먹는 듯 메케한 연기와 함께 고기 냄새가 바람에 실려 멀리까지 풍겼다.

이현에게 눈짓을 하며 다시 조금씩 움직이던 희랑의 눈에 풀밭을 배회하는 작은 불빛이 보였다. 모닥불에 익어가는 고기 냄새를 맡고 온 들짐승인 듯했다. 그 빛은 점점 가까이 다가와 그들이 엎드린 곳까지 와서는 다시 어슬렁거리며 배회하고 있었다. 어둠 속에서 초록 섬광을 번득이는 짐승의 눈은 금방이라도 먹이를 향해 덤벼들듯이 흥분해 있었다. 몹시 굶주린 늑대인 모양이었다. 희랑과 이현은 경계병들과 짐승 사이에서 꼼짝없이 갇힌 꼴이 되어버렸다. 조금의 움직임에도 짐승의 눈은 날카롭게 반응했다. 이대로 꼼짝없이 갇혀 있을 수는 없다. 단도를 빼어 드는 희랑의 눈은 어둠 속에서 반짝였다.

그때 경계병들 사이에서 웅성거리는 소리가 들렸다. 누군가가 초록 섬광을 뿜는 짐승의 눈을 발견한 듯했다.

"어이! 저게 뭐지? 무슨 짐승 같은데."

"아마 이리 새끼일 거야. 요즘 그것들이 간혹 보이더라고."

"냄새 맡고 온 것 같은데? 저놈의 눈 좀 봐! 머리칼이 쭈뼛 서는 것 같군."

"괜찮아. 불이 있으니 가까이 오진 않을 걸세."

"가만, 저게 이리가 맞나?"

"이보게! 가까이 가지 말게."

"괜찮다니까!"

동료들의 만류를 무시하고 한 병졸이 호기를 부리며 이글거리는 장작개비 하나를 들고 다가왔다. 불빛이 조금씩 다가오자 짐승의 으르렁대는 소리가 조금씩 높아졌다. 불을 든 병졸의 발걸음이 점점 다가오고 있었다. 희랑은 들고 있던 단도를 그러쥐었다. 다가오는 병졸은 술에 취한 듯 다리가 흐느적거리고 있었다. 그는 희랑과 이현의 사이를 유유히 지나 겁없이 앞으로 나아갔다.

"이봐! 그만 돌아와!"

멀리서 동료 병졸의 외침이 들렸다. 희랑과 이현은 숨소리까지 죽인 채 그를 바라보고 있었다. 순간 고요하던 들판 끝에서 세찬 바람이 몰아쳤다. 이미 가물거리던 불꽃은 순식간에 흔적 없이 사라졌다. 정적의 시간은 짧았다. 으르렁거리던 짐승은 순식간에 눈에 불똥을 튀기며 그를 덮쳤다. 그리고 그의 비명 소리와 함께 뒤에서 수십 개의 횃불이 한꺼번에 일어나 몰려왔다.

그대로 있다가는 저 횃불 아래 꼼짝없이 다 드러나고 말 것이
다. 희랑과 이현도 동시에 일어나 달렸다. 아직도 으르렁거리며
병졸을 물어뜯는 짐승의 옆을 스쳐 바람처럼 달렸다.

"도망자다!"

"잡아라! 도망자다!"

횃불 아래에 대낮같이 밝아진 풀밭을 내달리는 그들을 향해
화살이 날아들었다. 마른 풀들은 발 아래에서 어두운 먼지를 피
워 올렸다. 발 옆으로 화살이 픽픽 날아와 박혔다. 숨은 턱에 차
올랐고, 코에서는 단내가 풍겼다. 그러나 그들은 여전히 차가운
달빛에 눈을 번득이며 꽉 물린 이 사이로 호흡을 아끼며 내달렸
다. 횃불을 들고 우우 몰려오는 군사들의 소리는 마치 사냥할
때 짐승을 몰아붙이던 노복들의 풍악 소리 같았다. 앞서 달리는
이현은 날쌘 노루처럼 힘차게 뛰고 있었다. 이제 조금만 더 달
리면 원의 땅이니 소나기 같은 이 화살들도 더 이상 따라오지
못할 것이다.

이제 되었다 싶은 찰나, 희랑은 허벅지에 뜨거운 불똥이 떨어
져 박히는 것을 느끼며 앞으로 고꾸라졌다.

"윽!"

희랑의 비명 소리에 앞서 달리던 이현이 급하게 달려왔다.

"희랑아!"

"괜찮아."

희랑은 허벅지에 박힌 화살을 잡아 거침없이 꺾어버렸다. 찌

릿한 통증이 뼛속까지 파고들었다. 그리고 이현의 부축을 받아 일어나 다시 달렸다. 절룩이며 달리는 희랑의 느린 속도에 멀어졌던 경계병들과의 거리가 자꾸만 좁혀지고 있었다. 허벅지에서 흘러내린 피는 이미 바지를 흥건히 적시고 있었다. 이대로 가다가는 둘 다 잡히고 말 것이다. 이현의 지친 숨소리가 턱까지 차 올라 있었다. 어둠 속에서 희랑의 눈은 고통스럽게 일그러졌다. 깊이 생각할 겨를이 없었다. 희랑은 순식간에 판단을 하고 결론을 내렸다. 그리고 앙다문 이 사이로 신음 소리를 뱉어내며 이현의 어깨에 걸쳐진 자신의 팔을 빼버렸다. 달리는 속도에 밀려 희랑의 몸은 다시 풀밭으로 고꾸라졌다.

"일어나! 다 왔다. 조금만 더 힘내!"

희랑은 다가오는 이현의 손을 움켜잡았다.

"이대로 가다간 둘 다 잡히고 만다. 내 걱정 말고 뛰어!"

"안 돼, 일어나!"

이현은 팔을 잡아 일으키려 했다. 순간 희랑은 이현의 멱살을 잡아당겼다. 눈앞으로 다가온 희랑의 눈은 조금 전 보았던 짐승처럼 번득였다.

"어리석은 짓 하지 마라! 이대로 둘 다 죽기를 원해? 나는 안 죽는다! 이곳은 내가 손바닥처럼 꿰고 있는 곳이야. 어떤 방법으로든 이곳을 빠져나갈 수 있다. 그러니 내 걱정 말고 어서 뛰어!"

"안 돼! 그럴 수 없어. 함께 가자! 함께……."

순간 희랑은 이현의 목에 단도를 들이대었다. 그 눈은 얼음조각처럼 날카롭고 차가웠다.

"또다시 미적대면 저들의 화살이 박히기 전에 내 칼이 먼저 네 목에 꽂힐 것이다."

어디서 그런 힘이 솟아나는지 희랑은 순식간에 이현의 멱살을 잡아 저만치 앞으로 던져 버렸다.

"뛰어…… 뛰어!"

포효하는 짐승 같은 희랑의 목소리는 이현을 전율케 했다. 지금까지 그가 보아왔던 조용하고 부드러운 희랑은 어디에도 없었다. 그는 궁지에 몰린 짐승처럼 이를 갈며 뛰라고 소리쳤다. 횃불들이 점점 숫자를 더하며 다가오고 있었다. 어느새 옷자락을 찢어 허벅지를 동여매는 희랑의 모습이 보였다. 이현은 감히 다가오지도 못한 채 절규하듯 희랑을 불렀다.

"희랑아!"

"뛰어!"

희랑의 목소리는 거부할 수 없는 명령처럼 들렸다.

"뒤돌아보지 말고 뛰어! 이곳엔 네가 모르는 은신처가 많다. 그러니 내 걱정 말고 가! 연경에서 만나자. 곧장 연경으로 가!"

이현은 눈물을 머금고 뒷걸음질을 쳤다. 불을 뿜는 용의 아가리처럼 이글이글 덤벼오는 횃불의 물결이 점점 다가오고 있었다. 그 사지 속에 희랑을 홀로 두고 돌아서면서도 이현은 희랑을 잃을 것이라는 생각은 들지 않았다. 희랑은 어떤 식으로든 그들 곁으로, 대군이 계신 연경으로 찾아올 사람이라는 강한 믿음이 그의 발길을 돌리게 했다. 이현은 눈물을 머금고 돌아서 달렸다.

어둠 속으로 이현의 모습이 하얀 점이 되어 사라지는 것을 보고서야 희랑은 힘겹게 일어났다. 추격의 불길은 어느새 손에 잡힐 듯이 가까이 다가와 있었다. 희랑은 이현이 사라진 쪽이 아닌 좀 더 풀이 우거진 쪽으로 방향을 잡았다. 이현이 무사히 도망칠 수 있도록 그들을 유인하겠다는 생각이었다. 그리고 그쪽으로 조금만 더 앞으로 가면 얕은 늪이 있었고, 그곳에는 은신할 만한 덤불이 많았다. 이대로 느린 속도로 계속 앞으로만 가다가는 결국 저들의 손에 잡히고 말 것이다. 어디서든 잠깐 몸을 숨겼다가 움직이는 것이 유리할 것이다. 걸음을 옮길 때마다 허벅지에서는 끊어질 듯한 통증이 느껴졌다. 자연히 걸음은 점점 느려질 수밖에 없었다.

"저기다! 부상을 입었다. 생포해라!"

어린 군관의 목소리와 함께 다시 우르르 달려드는 발길들이 느껴졌다. 발길들은 옆으로 길게 퍼져 풀밭을 에워쌌다. 절뚝이며 달리는 발밑으로 땅에서 스며 나오는 축축한 물기가 느껴졌다.

늪이 가까워졌다. 이마는 땀으로 흥건히 젖어 있었고, 거친 숨소리가 규칙적인 심장의 울림처럼 들렸다. 다리가 더 이상 걸음을 옮길 수 없을 만큼 감각을 잃어가고 있었다. 발 아래에서 부서지던 풀 소리가 더 이상 들리지 않았다. 발 아래에 축축하게 느껴지는 물기가 늪지대에 들어섰음을 말해 주었다. 이제 원의 국경에 한층 더 가까워졌다. 키만큼 자란 억새들이 무리를 지어 있는 그곳으로 희랑은 재빠르게 몸을 숨겨들었다. 그리고 자세를 낮춰 엎드리는 순간, 뜨끔한 불덩어리 하나가 등으로 떨어졌다. 그리고 다시 한 번, 다시 한 번 불똥들이 떨어져 박혔다. 희랑은 쓰러지면서도 필사적으로 몸을 움직여 깊이 들어갔다.

"억새밭으로 들어갔다. 화살을 맞았으니 멀리 가지는 못했을 것이다. 샅샅이 뒤져라!"

다시 어리게 느껴지는 군관의 목소리가 들려왔다. 희랑은 억새 사이에 바짝 몸을 오그려 축축한 바닥에 엎드렸다. 화끈거리는 불덩어리들이 등줄기를 타고 심장을 압박해 왔다. 우르르 몰려든 발들이 눈앞을 스쳐 지나갔다. 숨조차 죽이고 있는 희랑의 귀에는 등에서 파고드는 열기로 쿵쿵 울려대는 자신의 심장 소리만이 요란하게 울려 퍼졌다. 군사들의 목소리는 멀어졌다 가까워졌다를 반복했다. 희랑은 가물가물 멀어지는 의식을 놓지 않기 위해 혀를 깨물었다. 입 안에서 비릿한 핏물이 목구멍으로 넘어왔다.

"날 믿어. 반드시 돌아올 거야. 털끝 하나 상하지 않고 무사히 네 곁으로 돌아올 거야."

"기다릴게, 언제까지나. 네가 돌아올 거라는 거 믿어. 널 믿어!"

움켜쥔 심장에서 소리가 들렸다. 그 소리가 가물가물 꺼져 가는 의식을 놓아주지 않고 있었다.

오랜 시간이 흐른 듯했다. 어느덧 주위는 거짓말처럼 잠잠해졌다. 눈을 잠깐 감았다 뜰 때마다 주위는 색깔을 달리했다. 먼 초원 끝에서부터 짙푸른 색이 먹물처럼 번져 오고 있었다. 날이 서서히 밝아오고 있다. 억새 사이로 보이는 풀밭에서는 하얀 김들이 연기처럼 피어올랐다. 광풍처럼 느껴졌던 지난밤의 바람은 고요 속에 잠이 들었다.

풀밭 끝에서 그림자를 걷어내듯 햇살이 번지고 있었다. 몸을 일으켜 보려 했지만 움직일 수가 없었다. 그는 다시 가슴께에 오므린 팔을 억지로 뻗어 억새밭을 기어나왔다. 순간 쏟아지는 햇살에 눈앞이 잠깐 캄캄해졌다. 의식은 이미 가물가물해지고 있었다. 바닥은 늪에서 올라오는 물기로 차가운 냉기를 뿜어내었다. 그는 팔을 앞으로 뻗으며 조금씩 움직였다. 조금만 더 가면 원의 국경이다.

나의 주군 강릉대군이 계신 곳, 내가 꿈꾸는 세상을 이루어줄 유일한 사람.

먼 초원 끝에서 소령의 옷자락이 햇살에 가물가물 나부꼈다.

소령아……

앞으로 뻗어가던 그의 손이 아래로 툭 떨어졌다. 그리고 잠깐 꿈틀하던 몸은 더 이상 움직이지 않았다.

햇볕은 종일 계절을 잊은 듯 따갑게 내리쬐었다. 뭇 벌레들이 바다 속 새우처럼 튀어 올랐고, 이름 모를 짐승들의 머리도 풀밭 사이에서 불쑥불쑥 올라왔다 사라지곤 했다.

내리쬐던 햇살도 이제 지친 듯 산자락으로 스며들고 있을 즈음, 풀밭 끝에서 요란한 말발굽 소리가 들렸다. 나른하게 늘어져 있던 초원은 순식간에 긴장이 감돌며 짐승들이 놀라 달아났다. 한 무리의 기마병들이 거칠게 달려오고 있었다. 그들은 하나같이 머리에 붉은 띠를 두르고 있었다. 어디선가 전투를 치르고 오는 듯 말들도, 사람도 지쳐 보였다.

무리를 이끌며 앞서 달리던 사내가 갑자기 말을 세우며 손을 들어 뒤따르는 무리를 정지시켰다. 그는 말 아래의 무언가를 내려다보며 두어 바퀴 돌다가 풀쩍 뛰어내렸다. 그리고 성큼성큼 다가간 그는 풀밭 속에서 등에 화살이 박힌 시체를 살피다가 그 몸체를 발로 굴러 돌렸다. 부패하지 않은 걸 보니 죽은 지 얼마 되지 않은 모양이었다. 이리저리 살피다 인상을 찡그리며 말에 오르려던 그가 문득 다시 돌아섰다. 다시 그 시체 쪽으로 다가간 그는 허리를 굽혀 목에 손가락을 대어보았다. 몸에는 아직 온기가 느껴졌고, 손끝에서 가늘게 뛰는 맥박이 잡혔다. 난감한 얼굴로 고개를 든 그는 들판 이곳저곳에 앉아 있는 갈가마귀들을 살피다가 수하들을 불러 무슨 말인가를 했다. 그리고 인상을 찡그리며 고개를 흔드는 수하들에게 험악한 눈을 부라렸다. 어쩔 수 없다는 듯 뒤로 달려간 병졸이 말을 한 필 끌고 와 시체 같은 사나이를 들어 올려 싣고 밧줄로 단단히 동여매었다. 그리고 그들은 처음 올 때와 같이 거칠게 말을 몰아 북으로 사라졌다.

　소령은 오랜만에 검을 꺼내었다. 강릉대군이 왕이 될 때까지 마음에 날을 세우지 않겠다 결심하며 희랑이 검을 잡지 않은 이후 소령도 검을 놓아버렸다. 마당으로 내려서며 칼집에서 칼을 뽑았다. 햇빛에 반사되어 반짝 빛나는 칼을 아래에서부터 쭉 훑어 올려다본다. 칼을 따라가던 눈이 끝자락쯤에서 멈추었다.
　그 끝에 선명히 적혀 있는 글씨, '정희랑(鄭熙浪)'. 내 가슴에 햇살 받은 물결처럼 빛날 그 이름. 열다섯 무렵, 아무도 몰래 희랑을 마음에 품으며 새겨놓았던 글씨다. 얼굴로 떨어진 햇빛에 물방울이 살짝 맺히며 소령의 눈이 예리하게 빛이 났다.
　'소식이 없으면…… 찾아가는 수밖에!'
　순간적으로 내려친 칼날에 정원의 마른 나뭇가지가 발 아래로 툭 떨어져 내렸다. 다시 칼을 꽂던 소령의 귀에 저음의 진지한 목소리가 들렸다.
　"한번 겨루어보시겠습니까?"
　별채와 사랑채를 잇는 중문 사이에서 정석이 소령을 바라보고 있었다. 장유경의 부름을 받고 잠깐 들렀다 나가던 정석은 열린 문 사이로 보이는 칼을 든 소령을 보고 걸음을 멈추고 말았다. 그리고 자신도 모르게 그 말이 불쑥 튀어나왔다. 여전히 눈동자 가득 그에 대한 반감을 담고 있는 소령을 잠깐 보던 정석은 나뭇등걸 같은 얼굴로 설핏 웃고는 가볍게 목례를 하고 돌아섰다. 그런데 몇 걸음 떼기도 전에 소령에게서 의외의 말이 들렸다.

"뒤채 마당에서 뵙지요."

그리고 돌아서는 소령의 눈에 뭔가 재미난 것을 발견한 듯 살짝 흥분이 일었다.

정석이 뒤채로 가니 이미 소령이 목검을 준비하고 기다리고 있었다. 야무지게 검술 복장을 차려입은 소령의 모습이 햇살 아래에서 빛이 났다.

목검을 받아 들고 살펴보던 정석은 빈틈없는 자세로 자신을 노려보고 있는 소령을 힐끗 쳐다보았다. 그것은 오랫동안 수련한 자세였다. 소령은 정석이 자세를 잡기 무섭게 세차게 밀고 들어갔다.

'그러잖아도 가슴이 답답해 터질 것 같던 참이었는데 잘됐다. 그 대상이 노루도둑 당신이라서 더 잘됐다!'

소령은 거침없이 밀고 들어가 정석의 어깨를 향해 목검을 내려쳤다. 그러나 검이 어깨에 살짝 닿으려던 찰나, 정석은 마치 달이 구름에 숨어버리듯 순식간에 몸을 날려 소령의 뒤를 노리고 있었다. 당황하며 휘두르는 소령의 검을 정석은 가볍게 받아치고 있었다. 그러나 칼날을 툭툭 받아치는 그의 목검에서는 힘이 느껴지지 않는다. 어깨에, 머리에 닿을 듯 말 듯하는 칼날을 여유있게 피하는 그의 모습에 소령은 약이 바짝 올랐다.

이 노루도둑은 희랑처럼 몸이 물같이 부드럽게 흐르는 것도 아니면서 끊김이 느껴지지 않는 몸놀림이다. 번쩍 뛰어오른 정석의 칼날이 소령의 목덜미 위에서 순간적으로 멈추는 것이 느껴진다. 소령은 열이 잔뜩 오른 얼굴로 정석의 어깨를 내려쳤다. 순간 그의 딱딱한 어깨뼈의 부딪침이 목검을 타고 소령의 손으로 울렸다. 다시 등을 향해 내려친 목검이 심한 소리를 내며 그의 등을 때렸다. 그는 전혀 피하지 않고 있었다. 소령은 분함을 이기지 못해 눈물까지 글썽이며 목검을 마당에 내동댕이쳐 버렸다.

"내 검 실력이 그리도 우습소!"

"아, 아가씨……!"

당황한 정석을 두고 소령은 휙 돌아서 가버렸다. 정석은 그제야 인상을 찡그리며 손으로 어깨를 감싸 안았다. 가슴에 가득찬 답답증이나 풀라고 맞아준 것이었는데 정말 다부지게 맞은 것 같다.

쉽게 잠을 이루지 못하고 마당을 서성이던 소령은 문득 하늘을 올려다보았다. 달이 조금씩 차 오르고 있다. 태성이 말한 보름이 다가오고 있었다.

내가 불쑥 찾아가면 희랑은 반가이 맞아줄까? 무모하다 화를 낼까? 그곳에…… 있을까?

순간 소령은 고개를 흔들었다. 불길한 생각을 떨치기 위해 방으로 들어온 소령은 서책을 펼쳤다. 그러다 설핏 잠이 든 새벽녘, 시끄러운 소리에 눈을 떴다. 문을 살짝 열고 내다보니 사랑채 쪽 마당에 훤하게 횃불이 일렁이고 있었다. 희랑의 일로 신경이 곤두서 있었던 소령은 가슴이 덜컥했다. 서둘러 옷을 걸치고 나와보니 장유경이 관복을 입고 등청 준비를 하고 있었다.

"아버님!"

"왕께서 승하하셨다."

소령을 보는 장유경의 얼굴은 긴장감에 팽팽하게 당겨져 있었다. 그는 소령에게 안심하라는 듯 미소를 지어주고 서둘러 걸음을 옮겼다.

'왕이? 그러면 원나라에 계신 대군께서 왕이 되실 수도 있다는 얘기인가?'

소령의 얼굴에 흥분이 서린다. 그때 대문이 열리고 정석과 젊은 무관 몇몇이 소리없이 마당으로 들어섰다. 그들의 긴장한 얼굴 너머에서도 어쩔 수 없이 비치는 흥분을 읽을 수 있었다. 장유경은 그들에게 낮은 소리로 무언가 지시하였고 정석은 고개를 흔들다가 다시 끄덕였다.

희랑이 장유경의 곁에서 부드러운 얼굴로 쉽게 감정을 드러내지 않고 느리게 움직였다면 정석은 빠른 몸놀림과 반짝이는 눈으로 자주자주 고개를 끄덕이곤 했다. 장유경은 젊은 무관들이 늘어선 마당을 지나 등청을 서둘렀다. 정석은 태성을 불러 다시 무언가를 지시하더니 무관들을 이끌고 집을 조용히 빠져나가며 소령을 잠깐 돌아보았다. 그의 얼굴은 왠지 화가 난 듯 보였다. 소령은 그것이 의아했지만 왕의 죽음과 함께 희랑이 돌아올지도 모른다는 희망에 다른 생각은 할 겨를이 없었다. 모두 나가고 마당을 밝히던 횃불도 꺼졌지만 소령은 날이 훤하게 밝아올 때까지 잠을 이룰 수가 없었다.

정석은 무관들을 이끌고 장유경과 뜻을 같이하는 관료들의 집을 돌았다. 그것은 혹시나 있을지 모르는 이탈자를 염려한 장유경의 지시였다. 등청을 하는 그들을 만나 한 사람도 흩어지지 말고 뜻을 따르라는 장유경의 말을 전했다. 장유경은 '저' 왕자가 원으로 가는 것을 절대적으로 막아야 한다고 생각하고 있다. 왕의 부고가 연경에 당도하면 강릉대군도 발빠르게 움직일 것이다. 강릉대군이 황실을 움직여 황제의 칙서를 받아낼 때까지 '저' 왕자를 고려에 붙들어두어야 했다. 이번 일이 뜻대로 이루어지면 정희랑이 다시 돌아올 것이다. 정석은 반가움과 함께 한쪽 가슴이 묵직하니 아파왔다. 새벽에 보았던 소령의 흥분한 눈이 종일 눈앞에 어른거렸다.

덕녕공주가 왕의 부고를 들고 원으로 가고 없는 사이 조정의 힘은 급속도로 희비 윤씨에게로 쏠리고 있었다.

그녀는 파평현 사람으로 찬성사 윤계종의 딸이었다. 원나라 황실의 덕녕공주와 결혼한 충혜왕이 십육 세의 어린 나이로 왕이 되어 고려로 왔을 때 그녀는 후비로 궐에 들어왔다. 궁궐 안에는 수많은 왕의 여자들이 있었고, 왕의 특별한 총애를 받지 못했던 희비는 그 수많은 여자들 중의 한 사람일 뿐이었다. 너무나 방탕했던 충혜왕은 학정을 일삼는 것은 물론 선왕의 후비들을 강간하는 일까지 서슴지 않고 저질렀다.

충숙왕이 죽은 후 충혜왕은 영안궁에서 수차에 걸쳐 연회를 베풀고 아버지 충숙왕의 후비였던 경화공주를 초대했다. 술좌석이 끝나고도 그는 술에 취한 척 돌아가지 않고 있다가 그녀의 침실을 덮쳤다. 그러나 그녀가 완강히 거부하자 송명리 등을 시켜 그녀를 움직이지 못하도록 붙잡게 한 다음 입을 틀어막고 강간을 했다. 그리고 또 한 명의 충혜왕의 후비였던 수비 권씨도 폭행하여 강간을 했다. 결국 수비 권씨는 수치심을 이기지 못하고 자살하고 말았다. 이에 원나라 조정에서는 충혜왕을 소환하기 위해 거짓 조서를 꾸며 고려로 사신을 보냈고 왕은 그들을 마중하기 위해 정동행성으로 나갔다가 원으로 압송되어 게양현으로 귀양을 가던 중 독살되었다. 그 후, 충혜왕의 장남 '흔'이 팔 세의 어린 나이로 왕위에 오르자 원의 힘을 등에 업은 덕녕공주가 어린 아들을 대신하여 국정을 수행했다.

희비는 지금이 바로 자신이 권력을 잡을 절호의 기회라고 생각했다. 그동안 덕녕공주의 막강한 힘을 옆에서 보아왔던 그녀로서는 그 자리가 탐이 나지 않을 수 없었다. 어린 왕은 후사없이 죽었고 그의 아우인 그녀의 아들이 왕이 되는 것이 당연하다고 생각했다. '저'만 왕이 된다면 덕녕공주가 가졌던 권력을 왕의 생모인 내가 가지지 말란 법도 없지 않은가? 희비는 어느새 막강한 권력의 꿈에 부풀어 눈을 번득였다.

희비는 '저' 왕자를 원으로 보내고자 하는 욕심을 거침없이 드러내었다. 그녀의 욕심에 번득이는 눈을 보고 아무도 반대를 하지 못했다. 장유경만이 유일하게 반대의 뜻을 비쳤다. 뜻을 함께하자 했던 몇몇 관료들도 미약한 동조의 뜻을 비쳤을 뿐, 대부분 입을 다물고 있었다. 그들은 지금 권력이 어느 쪽으로 기울까 저울질하고 있었다. 관료들은 그저 겁 많은 늙은이들일 뿐이었다. 이것이 고려의 현실이었다.

집무실로 돌아온 장유경은 무거운 마음을 떨치지 못하고 있었다. 뜻을 모은 동지들이 배신을 할 사람들은 아니지만 그렇다고 드러나게 나서줄 사람들도 없었다. 그들은 그저 물 흐르는 대로 몸을 맡길 뿐이었다. 병마사가 뜻을 같이해 준 것을 유일한 위안으로 삼아야 할까?

왕의 부고를 듣고 떠난 덕녕공주의 일행에 끼어 원으로 보낸 무관은 강릉대군을 만났을까? 그는 장유경이 강릉대군에게 보낸 편지를 품고 있었다. 장유경은 그에게 대군을 만나뵐 수 있으면 다행이지만 못 만나게 되면 희랑의 소식만이라도 꼭 알아오라는 말을 수십 번이나 되풀이해서 보냈다.

"아가씨, 다음 달로 미루시지요. 일이 언제, 어찌 될지 모르지 않습니까?"

아침 내내 자리에서 꼼짝하지 않고 생각에 잠긴 소령의 곁에서 태성은 눈치를 보며 달래듯, 구슬리듯 했던 말을 하고 또 하고 있었다. 지금처럼 어수선한 시기에 섣불리 길을 나섰다간 언제 어떻게 될지 알 수 없는 일이었다.

'그래, 어찌 될지 모르지. 덕녕공주께서 왕의 부고를 들고 갔으니 조만간 그곳에서도 소식을 들을 것이다. 아니, 이미 고려로 돌아올 준비를 하고 있는지도 모른다. 혹 길이라도 엇갈리는 날에는 정말 낭패가 날 것이다.'

장유경은 사흘째 퇴청을 않고 있었고, 온 개경 바닥에 팽팽한 긴장감이 깔린 듯했다. 태성의 말대로 아무래도 장사치들을 따라 연경으로 가려던 일을 미루어야 할 것 같았다. 거기까지 생각이 이르자 소령은 벌떡 일어나 앉았다.

"알았다. 하지만 일이 틀어지면 언제든지 떠날 수 있게 잘 알아두어라."

"예, 아가씨!"

그제야 태성의 얼굴이 환해졌다. 뾰로통하니 내밀고 앙다문 소령의 입이 태성은 내심 불안했었다. 기어코 고집을 부려 떠나겠다면 그로서는 말릴 재간이 없었다. 희랑은 여전히 소식이 없었고, 그가 돌아올 것이라는 확신도 없었다. 그러나 지금으로서는 믿고 기다리는 것이 가장 옳다고 생각되었다.

　장유경은 밤늦도록 퇴청도 하지 않고 깊은 생각에 잠겨 있었다. 장유경이 '저' 왕자의 원나라 행을 반대했을 때 전혀 예상치 않았던 병마사의 동조는 그에게 새로운 희망을 안겨주었다. 병마사가 무슨 의미로 장유경의 말에 동조를 했는지 모르겠지만 그 사람만 이쪽 편으로 끌어들일 수 있다면 지금이 병권을 장악할 수 있는 절호의 기회가 될 것이다. 그러나 우선은 '저' 왕자의 원나라 행을 어떻게든 막아야 하는데 희비 쪽 힘이 의외로 만만찮았다. 차라리 원나라에서 사신이 오기 전에 제거해 버린다면 어떨까?

　장유경은 머리 속을 떠도는 수십 가지의 생각들이 뒤엉켜 혼란스러웠다. 조정에서는 연일 어느 쪽으로 줄을 서야 하나 쑥덕거리는 관료들의 모습을 어렵지 않게 발견할 수 있었다. 이대로 있다가는 뜻을 모았던 관료들마저 우왕좌왕하지 않을까 심히 우려되는 상황이었다.

　어둠을 뚫고 밀직사 관부로 그림자 하나가 스며들고 있었다. 그곳의 건물들이 눈에 익은 듯 어둠 속에서도 재빠르게 원사의 집무실로 숨어든 그림자는 방문 앞에서 잠깐 숨을 고르더니 벽에 몸을 붙이고 문을 툭툭 두드렸다. 그리고 안에서 대답도 나오기 전에 문을 열고 들어섰다.

들어서는 그림자는 초췌한 몰골의 이현이었다. 지금쯤 원에 있어야 할 이현이 눈앞에 불쑥 나타나자 장유경은 그동안 불안 불안하던 마음이 한꺼번에 털썩 내려앉는 것 같았다. 밖을 살피고 재빠르게 이현을 안으로 끌어들였다.

"어찌 된 게야?"

"나리…….”

한 달 사이에 몰라보게 말라 버린 이현의 얼굴이 돌덩이처럼 굳어 있었다.

"어찌 된 게냐!"

팔을 당기며 다시 한 번 다그치는 장유경의 눈에 불꽃이 인다. 지금쯤 연경에서 희랑과 함께 있어야 할 이현이 아닌가! 소식은 두절되었지만 그들이 잘못되었다는 생각은 한 번도 하지 않았다. 아니, 절대로 잘못되어서는 안 되었다. 까칠하게 마른 이현의 입술이 사시나무처럼 떨고 있었다.

"나리…….”

"어서 말해라!"

다그치는 장유경의 눈동자도 떨리고 있었다.

"나리, 희랑이를 놓쳤습니다.”

"무슨 소리냐?"

이 말을 어떻게 전해야 하나? 차라리 희랑과 나의 운명이 바뀌었으면 얼마나 좋았을까? 고려로 숨어들며 수십 번 되새겼던 그 생각이 다시 한 번 절실해지며 이현의 눈에 눈물이 고였다.

"국경에 당도했는데 이미 정동행성의 군사들이 깔려 있었습니다. 화살이 비 오듯 쏟아지는 그곳을 달리다가 희랑이가 부상을 입었습니다. 끝까지 함께 가려고 했지만…… 희랑이를 두고 혼자만 달렸습니다. 죽여주십시오. 소인을 죽여주십시오."

이현은 탁자에 머리를 찧으며 참고 있었던 후회의 눈물을 쏟았다. 그의 말을 듣는 것이 아니었다. 무슨 짓을 해서든 그를 끌고 함께 달렸어야 했다. 장유경은 순간 아찔해짐을 느끼며 벽에 몸을 기대었다. 그는 몸을 곧추세우려 애를 썼다. 그리고 자신에게 상기시키듯 고개를 흔들었다.

"희랑인, 그곳을 수십 번 다녀온 아이다. 그렇게 쉽게 당할 아이가 아니다."

"제가 연경까지 다녀왔습니다."

이현의 얼굴이 비통해진다. 이현은 국경에서 이틀을 숨어 지내다 연경으로 가기로 결정했다. 어쩌면 희랑이 그가 모르는 다른 길을 통해 이미 연경에 도착해 있는지도 모른다고 생각했다. 그러나 희랑의 이름을 대고 난생처음 얼굴을 대면한 강릉대군은 오히려 얼굴이 새파랗게 경직되어 희랑의 소식을 물어왔다.

"대군 나리께는 오지 않았답니다."

파리하게 변한 얼굴로 다가와 불같이 다그치던 강릉대군의 얼굴이 아직도 눈에 선하다. 그 단정한 이목구비와 불같은 성정과 열기가 뿜어져 나오던 눈.

희랑을 찾아야 했다. 그분을 위해, 그리고 그들의 꿈을 위해 희랑을 반드시 찾아야 했다. 이현은 목숨을 걸고 국경을 숨어들던 생각을 하며 다시 정신이 아찔하여 눈을 감아버렸다.

무너지듯 의자에 앉은 장유경은 한쪽 팔이 떨어져 나간 듯 온몸을 관통해 흐르는 고통에 몸을 떨다가 겨우 흩어진 정신을 수습했다. 넋이 나간 듯 서 있는 이현을 보니 혼자서 희랑을 찾아 얼마나 헤맸을지 짐작이 갔다.

"너는 당분간 숨어 있어라. 우선 몸을 좀 추스르고 다시 찾아보자. 부상을 입었다고 했느냐? 네 눈으로 본 것은 그 이상도 그 이하도 아니다. 희랑인 그리 쉽게 갈 아이가 아니다."

장유경은 파르르 떨리는 입술을 깨물었다. 희랑은 그렇게 쉽게 가서는 안 될 아이다. 지금까지 그들이 계획해 왔던 모든 일과 사람들을 거미줄처럼 꿰고 있는 사람이 희랑이다. 희랑이 없어지면 동지들을 묶고 있는 연결된 끈이 순식간에 끊어져 먼지처럼 흩어질 것은 불을 보듯 뻔하다. 그리고 희랑만큼 강릉대군에게 신뢰를 쌓아놓은 사람도 없다.

장유경의 말처럼 잠시 몸을 숨겼다가 희랑을 다시 찾아 나서야 한다. 반드시 찾아 나서야 할 이유가 이현에게는 또 있었다. 수련. 고려로 돌아오기 전 그녀를 찾고 싶은 마음에 연경의 어느 골목으로 내달아 버리고 싶은 마음을 누르는 것이 얼마나 힘들었는지 아무도 모를 것이다. 후일을 기약하며 그곳을 떠나올 때 흘렸던 피눈물이 지금도 가슴을 쓸어 내리면 손바닥 가득 묻어나올 것 같다. 다시 그곳으로 가기 위해서라도 이현은 얼른 몸을 추슬러야 했다.

"나리, 그럼 소인은 당분간 숨어 지내겠습니다. 송구하옵니
다."

"그래, 얼른 몸을 추스르고 더 단단해져야지! 희랑이처럼 너
도 내 자식이나 마찬가지란 걸 명심해라."

"예."

어깨를 꽉 잡고 따듯이 다독여 주는 장유경의 말에 이현은 콧
날이 시큰해졌다. 머리를 숙이고 바깥의 동정을 살피기 위해 문
을 빼꼼 열던 이현은 앞을 막고 선 그림자에 화들짝 놀라며 번
개처럼 칼을 빼어 들었다. 그러나 흙빛이 된 얼굴로 안으로 들
어서는 그림자는 정석이었다.

"정 교위!"

"어찌 된 게요? 왜 혼자 온 것이오!"

정석은 바깥의 동정을 살피고 다가앉으며 다그쳤다. 이현의
얘기를 듣던 정석의 얼굴이 노랗게 변했다.

"나리!"

"목소리를 낮추게! 그리고 아직 아무것도 확인된 게 없네. 이
현이에게도 말했지만 희랑인 그렇게 쉽게 갈 아이가 아니야!"

"하지만 나리, 서둘러 찾아 나서야 하지 않겠습니까? 북쪽에
는 지금 홍건적이 발원하고 있습니다. 언제 어떻게 될지 아무도
장담할 수 없는 일입니다."

"알고 있네. 이현이 회복되는 대로 재주 좋은 사람 몇 딸려 보

낼 참이야. 그러니 당분간은 절대로 경거망동 서두르지 말게!"

다시 무슨 말인가 하려던 정석은 초췌한 이현의 얼굴을 보자 하려던 말을 꾹 참아 넘겼다.

"그리고 소령이에겐…… 절대로 함구하게."

눈빛조차 흔들리지 않는 장유경의 얼굴에 흐르는 냉철함에 정석은 더 이상 다른 생각을 할 수 없었다.

희랑의 소식을 듣는 순간 정석의 머리에 가장 먼저 떠오른 것은 고려도, 동지들도 아닌 놀랍게도 소령의 얼굴이었다. 희랑이 잘못되면 그녀를 어떻게 하나? 정석은 스스로에게 놀라고 있었다. 누구보다도 철두철미하고, 원에 대한 원망으로 똘똘 뭉쳐진 그가 나라와 동지들보다 남의 여인을 먼저 떠올렸다는 것에 자괴감이 들었다.

이현을 데려가 집 뒤채에 숨겨둔 뒤 정석은 답답한 가슴을 누를 길 없어 갈밭 둑길을 걷고 있었다.

이 사실을 알면 소령은 어떻게 할까? 그녀의 성정으로 보아 혼자서라도 희랑을 찾아 나서고 말 것이다. 그러다 더 생각하기 싫어 정석은 고개를 흔들어 버렸다.

희랑이 떠나던 날, 급히 뛰어오던 골목에서 그를 잠깐 보았었다.

"부탁하오. 여기 일, 우리 소령이를 교위께서 지켜봐 주오."

정석은 자신의 손을 굳게 잡아오던 희랑의 손이, 그 손에서 전해오던 열기가 아직도 손등에 생생히 남아 있는 듯하다. 생각에 잠겨 둑길을 걷던 정석은 걸음을 멈춰 버렸다. 그리고 목에 뭐가 걸린 듯 힘들게 침을 삼킨다.

소령의 그림자가…… 떨어져 내리던 눈물방울이 이미 그의 가슴에 깊이 박혀 버린 것을 느꼈다. 노루를 쫓던 그 힘찬 몸짓도 눈에 선연히 박혀 버렸다. 떠올리지 않으려고 노력하면 할수록 소령의 모든 것이 거미줄처럼 칭칭 몸을 감아왔다. 정석은 자신의 감정이 당황스러웠다. 달빛을 받은 갈대들이 정석의 마음처럼 파도치며 일렁거렸다.

초조하게 앉아 기다리는 것도 못할 짓이다. 답답해진 소령은 옷을 챙겨 입고 나섰다.

"사냥을 가야겠다."

그 소리에 얼굴이 밝아진 태성이 말을 준비하러 뛰어갔다. 그래, 이럴 땐 산으로 가 한바탕 노루라도 쫓고 오면 기분이 나아질 것이다. 말을 준비한 태성은 힘 좋고 젊은 노복 몇을 골라 함께 데리고 나왔다. 이런 기분으로 산으로 가면 소령이 얼마나 몰아붙일지 알기에 그들에게 단단히 옷을 여미게 하고 주먹밥을 두어 개씩 나눠 주었다.

집을 막 나서는데 정석이 들어섰다. 소령은 그에게 눈길도 주지 않은 채 말을 몰아나갔다.

"답답하신 모양입니다. 사냥 가신답니다."

태성은 옷 보따리를 들고 선 정석에게 인사를 하고 노복들을 몰아붙이며 자신도 급히 말을 몰아 소령을 따라갔다.

"야, 이놈들아! 뭐 해! 빨리 아가씨 쫓아가!"

명아 어멈에게 장유경이 갈아입은 관복과 빨랫감을 건네준 정석은 마구간으로 가서 말을 한 필 얻어 타고 산으로 향했다. 이미 노복들의 몰이 소리가 산을 감싸듯 퍼져 올라가고 있었다. 그 소리를 가만 들어보니 계곡 쪽으로 몰려가는 듯하다. 정석도 그쪽으로 말을 몰았다. 계곡 바위 너머 소령의 모습이 보인다.

'어찌 노루를 이리로 몰고 왔을까?'

그곳은 바위투성이의 풀밭으로 자칫 잘못하면 노루도, 말도 다리가 꺾일 수 있는 곳이다. 멀리서 건너다보는 소령의 말 모는 모습이 경직되어 있는 듯 보였다. 쫓고 있는 노루에는 별 관심이 없는 듯 말 등에 착 달라붙어 있어야 할 몸이 뻣뻣이 일어나 있었다.

노루가 달아나는 곳을 유심히 보던 정석은 순간 말의 배를 차고 달려갔다. 그곳은 우거진 덤불 아래에 낭떠러지가 있는 곳이다. 순간 소령의 말이 휘청하더니 그 아래로 미끄러지는 것이 보였다. 단숨에 말을 몰아 달려온 정석은 언덕에 다다르자 달리는 말에서 뛰어내려 한 길 높이의 언덕 아래로 몸을 날렸다. 그리곤 커다란 나무 사이의 덤불 아래로 미끄러져 내려가는 소령을 향해 필사적으로 손을 뻗었다. 말과 함께 곤두박질치며 위를 향해 허우적대는 소령의 옷자락이 간신히 그의 손끝에 걸렸다.

질끈 감았던 눈을 간신히 뜨며 올려다보니 사색이 된 정석의 얼굴이 보였다. 그는 한 손으로 간신히 소령의 옷자락을 잡고 다른 손을 내밀었다.

"잡으시오!"

그러나 소령은 치켜뜬 눈으로 정석을 올려다보느라 그가 내미는 손을 쉽게 잡지 못했다. 정신을 어디다 두고 달리다 또 이런 못난 꼴을 보이는지 모르겠다. 점점 처져 내리는 소령의 몸을 내려다보는 정석의 눈에서 불똥이 튀었다.

"잡으시오!"

소령은 눈을 질끈 감고 천천히 그의 손을 잡았다. 얼굴만큼이나 나뭇등걸 같은 투박한 그의 손이 소령의 손을 아프도록 움켜잡고 힘껏 당겨 올렸다. 순간 정석의 입에서 고통스런 신음 소리가 들렸다. 일그러진 그의 얼굴을 보다 언덕을 올려다보니 정석의 말이 한 길은 높은 곳에 서 있었다.

'저기에서 뛰어내렸나?'

손으로 감싼 그의 바짓가랑이에서 피가 흥건히 배어나왔다. 얼결에 소령의 손이 다가가자 정석은 그것을 뿌리치고 바지를 찢었다. 정석의 다리는 정강이뼈가 보일 만큼 살이 움푹 파여 있었다. 소령이 그 상처를 어찌해 보려 손을 뻗었지만 정석은 다시 뿌리치고 혼자 옷을 찢어 상처를 동여매었다. 그리고 소령을 힐끗 돌아보더니 이를 악물며 말했다.

"괜찮소."

그러자 소령이 발끈하며 쏘아붙였다.

"퍼도 괜찮겠소!"

이를 악물고 상처를 다시 동여매던 정석이 소령을 보며 괜찮은지 물었다.

"괜찮소?"

"고양이 쥐 생각하오?"

팩 쏘아붙이는 그 말에 정석의 가슴속에서 다시 웃음이 번졌다. 그나저나 이제 이곳을 올라가야겠는데 어찌 올라갈까 난감했다. 그때 소령이 정석의 팔을 잡아 어깨에 걸쳤다.

노루도둑에, 도둑괭이에, 이제 보니 미련하기가 곰 같은 자가 아닌가? 저 높은 곳에서 뛰어내렸으니 다리가 안 부러진 걸 천만다행으로 생각해야 할 것이다. 절뚝이는 다리를 끌며 그녀의 어깨에 의지한 정석을 부축해 비탈을 올라오는 소령의 얼굴에 땀이 송골송골 맺혔다.

四. 떨어지는 꽃잎

'저' 왕자의 입조를
알리는 황제의 칙서를 가진 사신은 너무나 갑작스럽게 왔다. 생
각보다 너무 빨리 와버린 사신으로 인해 대신들은 물론 희비조
차 당황하고 있었다. 일을 좀 더 서둘렀어야 했는데 강릉대군과
연락이 두절된 것이 결정적이었다. 이미 사신이 도착해 버렸으
니 더 이상 손쓸 방법이 없었다. 이대로 또다시 몇 해를 죽은 듯
이 기다려야 하는 것인가? 뜻을 함께했던 사람들에게 무슨 말로
위로를 하고 그들을 다시 규합할 수 있을까? 장유경은 허탈감에
넋을 놓고 앉아 있었다.

"나리, 정석입니다!"

"무슨 일인가?"

"손님이 들었습니다."

"손님?"

정석의 뒤를 따라 들어온 사람은 의복을 보니 이번에 사신 일행에 섞여 들어온 자인 듯 보였다. 이런 자를 왜 여기까지 데려왔는지 엄한 눈으로 바라보는 장유경에게 정석이 다가와 낮은 소리로 그가 강릉대군의 사람임을 알렸다.

"그대가 밀직사 원사 장유경이오?"

"그렇소."

"난 강릉대군을 모시고 있는 조덕겸이라 하오."

젊고 날카로운 눈을 가진 조덕겸이란 자가 제 아버지뻘은 되어보이는 장유경에게 얼굴을 꼿꼿이 들고 관찰하듯 살피는 눈이 정석의 마음을 사뭇 거슬리게 했다. 그러나 그에게 뭐라 할 처지가 아니었기에 정석은 그저 지켜볼 수밖에 없었다.

그는 장유경이 권하는 자리에 앉아 정석에게 눈치를 주었다. 아마 정석이 나가기를 바라는 듯했다.

"괜찮소. 우리 사람이니 안심하시오."

그제야 그는 긴장한 눈을 풀며 가슴에서 서찰을 꺼내어 장유경에게 내밀었다.

"대군 나리의 서찰입니다."

장유경은 급하게 서찰을 펼쳐 들었다. 굳어 있던 그의 얼굴이 서찰을 읽어 내려가면서 점점 펴지는 듯했다. 강릉대군의 필체

는 단정하고 힘이 있었다. 그는 오히려 이번에 '저'가 고려 왕이
된 것을 다행으로 여긴다고 했다. '저'가 왕이 됨으로써 현재 고
려 조정과 원 황실 사이에서 가장 막강한 힘을 발휘하는 덕녕공
주를 완전히 자신의 편으로 끌어들일 수 있을 것이라고 했다.
그렇게만 된다면 가장 탄탄한 기반 위에서 고려로 돌아갈 수 있
으리라는 말이었다. 서찰의 말미에 강릉대군은 그 기간을 넉넉
잡아 삼 년이라고 못을 박아놓았다. 장유경은 강릉대군이 이렇
게 자신있게 장담할 때는 그만큼 믿는 구석이 있으리라 생각했
다. 넉넉잡아 삼 년. 그것은 아득하면서도 손에 잡힐 듯한 시간
이었다. 다 읽고 난 장유경은 눈을 반짝이며 조덕겸이 보는 앞
에서 서찰을 불태웠다.

"그럼 그대만 믿고 가겠소."

"잠깐! 혹, 정희랑의 소식은 알고 있소?"

"우리도 백방으로 수소문하고 있는 중이오. 그 일로 대군 나
리의 상심이 이만저만이 아니시오. 혹 이곳에서 먼저 연락이 닿
으면 대군 나리께 곧바로 소식을 보내주시기 바라오. 그럼."

정석은 바깥의 동정을 살피고 조덕겸을 안전한 곳까지 안내
한 뒤 급하게 원사의 방으로 달려왔다. 장유경은 노란 얼굴로
앉아 있었다. 희랑의 소식이 그의 혼을 빼놓은 듯했다.

희랑은 도대체 어디로 사라진 것일까? 설마 죽지는…… 않았
겠지? 정석은 스스로의 생각에 놀라며 고개를 들었다. 장유경은
어느새 냉정한 얼굴이 되어 있었다.

"오늘밤 우리 쪽 사람들을 은밀히 내 집에 모이라 하게. 대군 나리의 뜻을 전해야겠어. 그리고 자넨 특히 무관들이 경거망동 하지 않도록 각별히 주의를 시키게."

"예."

"이현의 몸은 좀 어떤가?"

"많이 좋아졌습니다. 지금 몸에 불이 날 듯 달아 있습니다."

그랬다. 이현은 당장이라도 희랑을 찾아 나서고 싶어 안달이 나 있었다.

"언제든 떠날 수 있도록 준비하고 있으라고 하게. 그리고 몸이 날랜 자들로 서너 명 딸려 보낼 수 있도록 준비시키게. 희랑이는 살아 있어. 그렇지 않은가?"

장유경은 흔들리는 눈으로 정석을 바라보았다. 정석은 그에게 고개를 끄덕였다. 끄덕여 줄 수밖에 없었다.

'저' 왕자가 희비를 따르는 신료들에게 둘러싸여 궁을 나갈 때 작은 부딪침이 있었다. 밀직사의 젊은 무관 몇이 '저' 왕자 일행을 막고 선 것이었다. '저'는 손수관, 민평 등 희비를 따르는 무리들에 둘러싸여 매서운 눈을 번득이며 자신을 막고 선 무관들을 둘러보며 두려움에 떨고 있었다.

"이 무슨 무례한 짓거리냐! 비켜서지 못할까!"

손수관의 벽력같은 호령에도 무관들은 눈 하나 깜빡하지 않고 버티고 서 있었다.

"갈 수 없소! 한 명의 관료라도 반대가 있는 이상 보내 드릴 수 없소!"

작게 시작된 실랑이는 점점 커져 급기야 양쪽에서 칼을 빼어 드는 사태까지 벌어졌다.

소식을 듣고 정석이 달려왔지만 그의 힘만으로는 흥분한 젊은 무관들의 고집을 꺾을 수가 없었다. 그들은 이번이 아니면 다시는 기회가 없다고 생각하는 사람들처럼 절박하고 조급했다. 급기야 사신은 격노했고 장유경이 도착해서야 겨우 사태가 무마되었다. 그러나 이것이 앞으로 얼마나 모진 바람을 불러올지는 아무도 몰랐다. 그렇게 수십 명의 공녀와 함께 희비가 원 황실에 보내는 선물들까지 끝도 없이 긴 행렬이 장관을 이루며 '저' 왕자는 연경으로 떠났다.

원나라 사신 행렬이 '저'를 데리고 떠났다는 소식을 접한 소령은 또다시 가슴이 막막해졌다. 작은 희망마저 산산이 부서져 버렸다. 이제는 연경으로 가는 길밖에 방도가 없어 보였다. 퇴청조차 하지 않고 있는 아버지께는 희랑의 소식을 재촉할 엄두가 나질 않았다. 장유경은 딸인 자신이나 희랑보다 고려가 우선인 사람이라는 것을 소령은 잘 알고 있었다.

아침 일찍 연경으로 떠날 장사치들을 알아보러 나간 태성은 아직 감감무소식이었다. 마음이 조급해진 소령은 옷가지들을 챙겼다. 당장이라도 길만 있다면 달려나갈 태세였다. 태성은 사흘 후에 연경으로 떠날 장사치들과 연락이 닿았다는 소식을 들고 왔다.

"사흘 후?"

"아가씨, 소인도 함께 가겠습니다."

"혼자 가겠다."

"안 됩니다. 이놈도 희랑 도련님이 그립습니다."

그의 마음을 왜 모르겠는가? 그는 소령을 감히 혼자 보내지 못할 것이다. 아장아장 걸을 때부터 희랑을 업고 다니던 그를 오라비처럼 따랐던 소령이다.

"그래, 그러자."

태성이 나가고 소령은 두근거리는 가슴을 진정시킬 수가 없어 방 안을 서성거렸다. 국경만 넘으면 당장이라도 희랑이 기다리고 있을 것 같았다. 그러다 소령은 아버지를 생각했다. 아버지는 훌륭하시지만 무서운 분이다. 고려를 위해서라면 희랑도, 하나뿐인 딸인 그녀도 단호히 버릴 수 있는 사람이 바로 장유경이다. 그러나 소령이 아버지를 원망하는 것은 결코 아니다. 소령은 누구보다 장유경을 이해하고 존경했다. 소령도 사내로 태어났다면 장유경의 뜻을 좇아 희랑이 걷는 길을 서슴지 않고 걸어갔을 것이다. 편지를 써두어야겠다. 소령은 지필묵을 꺼내어 먹을 갈고 붓을 들었다. 그러다가 문득 정석을 떠올렸다.

'다친 다리는 괜찮을까?'

그 높은 곳에서 뛰어내리다니 미련하기가 참으로 곰 같은 사내다. 나뭇등걸 같은 그의 얼굴이 눈앞을 스쳤다.

병사들이 장유경의 집을 에워싸고 들이닥친 것은 바로 그날 밤이었다.

　"죄인 장유경은 어서 나와 오라를 받아라!"

　잠시 후, 장유경이 관복을 갖춰 입고 담담한 얼굴로 나왔다.

　"지난번 원나라 사신 행렬에 무례를 범한 무리를 원사께서 거두고 계십니까?"

　"그렇소, 내 수하들이오. 그들은 내 이미 엄하게 꾸짖었거늘 무슨 일이오?"

　"그 불순한 무리를 이끌고 역모를 꾀하셨다는 밀고가 들어왔소. 당장 나와 오라를 받으시오!"

　담담하던 장유경의 얼굴이 흙빛으로 변했다. 그러나 그것도 잠깐, 그는 이내 평소의 담대하고 묵직한 얼굴로 돌아가 마당에 내려섰다. 그리고 오라를 들고 달려드는 군사들을 밀어내고 형클어진 관복을 바로잡았다.

　"내 발로 갈 터이니 그 오라는 치워라!"

　장유경의 서슬 푸른 눈을 보자 그들은 슬그머니 뒤로 물러났다. 드디어 올 것이 온 것인가? 장유경은 눈을 감고 마음을 가다듬었다. 이런 일은 늘 염두에 두고 살아왔던 그다. 그래서인지 그다지 당황스럽지도 두렵지도 않았다. 다만 희랑이 없는 지금, 남은 뒷일이 걱정될 뿐이었다. 평생을 염원했던 원으로부터의 속박을 벗어나 새로운 고려를 건설하는 일을 자신의 손으로 이루고 싶었다. 그것이 고려에 충성하는 길이란 것을 단 한 번도 의심한 적이 없었다. 무엇이 충이고, 무엇이 역모란 말인가? 그는 이제 막 새벽 이슬이 내리고 있는 마당을 걸어나갔다. 아무것도 두려울 것도, 부끄러울 것도 없는 당당한 걸음이었다.

"아버님!"

별채 중문을 열고 막 뛰어나가려 할 때, 담벼락에 붙어 있던 그림자가 소령을 낚아채어 입을 가렸다.

"헉!"

"쉿!"

소령의 입을 가리고 있는 사나이는 태성이었다. 그는 어젯밤에 마신 술 탓인지 이른 새벽에 뒷간을 다녀오다 집 안으로 몰려드는 횃불을 보고 반사적으로 몸을 숨겼다. 그리고 뛰어나가는 소령을 잡았던 것이다. 역모로 몰렸다면 그 가족 또한 온전치 못할 것이다.

장유경이 대문을 나서고 있었다.

'아버님!'

소령은 태성의 손을 떼어내려 발버둥쳤다. 하지만 순간 뒤통수에 뭔가 떨어지는 것을 느끼며 정신을 잃었다. 이어 장유경이 대문 밖으로 나가자 군사들을 호령하는 소리가 들렸다.

"샅샅이 뒤져라! 장유경의 식솔들을 모조리 잡아들여라!"

놀란 종들이 소리 지르며 우왕좌왕하는 사이 태성은 소령을 들쳐 메고 담을 넘어 희끄무레한 새벽빛이 깔린 골목을 뛰어 사라졌다.

대문을 다급히 두드리는 소리에 잠이 깬 정석은 귀에 익은 태성의 목소리를 확인하고 급히 문을 열었다. 대문 앞에는 태성이 사색이 된 얼굴로 축 늘어진 소령을 업고 서 있었다. 무슨 일인지 물을 겨를도 없이 급히 방으로 이끌어 잠자리를 치우고 이불을 다시 깔아 소령을 눕혔다.

"무슨 일인가?"

"원사 나리께서…… 헉헉, 원사 나리께서……."

숨을 몰아쉬며 말을 잇지 못하는 태성의 눈은 이성을 잃은 듯 흔들렸다. 태산 같았던 장유경이 눈앞에서 잡혀가는 모습을 보고 나니 갑작스럽게 두려움이 밀려와 태성은 온몸을 사시나무처럼 떨었다.

"정신 차려라! 무슨 일이냐!"

다그치며 옷자락을 잡고 흔드는 정석의 서슬에 태성은 깜빡 놓으려던 정신을 차렸다.

"원사 나리께서 잡혀가셨습니다."

태성의 입에서 나오는 소리를 믿을 수 없어 의심스런 눈으로 되묻는 그에게 태성은 다시 똑같은 말을 되풀이했다.

"원사 나리께서 잡혀가셨습니다. 아가씨만 겨우 모시고 도망쳤습니다."

태성의 거친 얼굴이 아이처럼 오그라들어 눈물을 흘렸다. 정

석은 그를 데리고 뒤채에 숨어 지내는 이현에게로 갔다. 이현을
보자 태성은 마치 희랑을 만난 듯 반가움에 소리까지 지르며 다
시 울먹였다.

"무슨 소리냐? 울지 말고 자세히 설명해 보거라!"

"소인도 자세히 모릅니다요. 지난번 원나라 사신 행렬을 군관
들이 막았던 얘기를 하면서 역모로 잡아들인다 하는 것 같았습
니다."

정석과 이현의 눈이 부딪쳤다. 올 것이 온 것인가?

아침 일찍 나갔던 정석이 점심 나절이 되어 집으로 돌아왔다.
이제나저제나 소식을 기다리고 있었던 이현이 급히 그를 맞았
다.

"역모라는 밀고가 들어왔다 하오. 헌데 오로지 원사 나리 한
분만 잡아들인 것이 이상하단 말입니다. 누군가 나리만을 목표
로 일을 꾸민 것 같은데 어느 쪽인지 혹 짐작 가는 곳이 없소?"

"희비 쪽에서 저지른 계획적인 일 같은데요?"

벽에 기댄 채 듣고 있던 이현이 중얼거렸다.

"희비 쪽에서? 기철이 아니란 말이오?"

"제 짐작은 그렇습니다. 지금 당장 원사 나리가 가장 눈엣가
시처럼 보이는 쪽은 희비 쪽 아니겠소? '저' 왕자가 원으로 가
는 것을 가장 강력하게 반대했던 사람도 원사 나리셨으니 말입
니다."

듣고 보니 그럴듯도 하다.

'이제 어쩐다?'

방법이 보이지 않는다. 계획적으로 옭아맨다면 빠져나올 구멍은 없다. 정석도, 이현도 막막함에 천장만 바라보고 있었다. 희랑의 존재가 절실하게 그리운 순간이었다.

한나절이 지나 깨어난 소령은 그날 새벽 눈앞에서 일어났던 일들을 다시 떠올렸다. 그렇게 태산 같았고, 무거운 바위 같았던 아버지는 한마디 말도 없이, 저항도 없이 그들이 이끄는 대로 순순히 잡혀가셨다.

'이제 아버님은 어찌 되는 것일까? 나는…… 희랑은 어찌 되는 것일까?'

모든 것은 한순간에 안개 속에 갇혀 버렸다. 이 안개를 뚫고 나갈 길을 찾아야 했다. 소령은 막막한 안개 속에 갇혀 걸음조차 옮기지 못하는 자신의 모습이 눈앞에 아른거렸다. 정석은 소령의 방 앞에서 오래도록 망설이고 서 있었다. 갑작스럽게 불어닥친 그녀의 불행이 그도 믿겨지지 않았다.

"아가씨, 좀 들어가겠습니다."

소령은 아랫목에 무릎을 끌어안고 쪼그리고 앉아 있었다. 정석은 문 앞에 불편하게 앉아서 몸을 웅크리고 앉은 소령을 건너다보았다. 그녀는 마음도, 몸도 돌돌 말아버린 듯 바람 한 점 들어갈 틈 없이 온몸을 똘똘 뭉치고 있었다. 그것은 스스로 절대

허물어지지 않겠다는 그녀의 의지를 보여주는 듯도 했다. 정석이 말을 꺼내지 못하고 앉아 있는 것을 지켜보던 소령이 오랜 침묵 끝에 먼저 입을 열었다.

"어찌 된 것입니까? 아버님의 죄목이 뭔가요?"

"역모입니다."

'역모!'

소령의 눈이 혼란스럽게 흔들렸다. 아버지를 옭아맨 것이 결국 그거였던가? 고려를 위해 평생을 바쳐온 아버지의 삶이 결국 이렇게 허무하게 끝나는 것인가? 소령은 모든 것이 혼란스러웠다. 그러나 겉으로 보이는 얼굴은 더욱 단호해졌다.

"어느 쪽입니까? 어느 쪽에서 물고 들어왔습니까?"

또박또박 캐묻는 소령은 이 모든 상황을 누구보다 재빠르게 받아들이고 있었다.

"아직 정확히는 모르겠습니다. 희비 쪽이 아닐까 짐작만 하고 있습니다."

"어떻게 살아날 방도는 찾아보셨습니까?"

빤히 쳐다보는 소령의 눈을 정석은 마주할 수 없었다. 그러나 소령은 눈길조차 돌리지 않은 채 다시 말을 이었다.

"하기야 교위께 무슨 힘이 있어 방도를 찾겠습니까?"

그 소리에 정석은 빤히 쳐다보는 소령의 눈을 바라보았다. 귀에 들리는 말은 비꼬는 듯했지만 그 눈은 마치 정석에게 도와달라고 호소하는 듯 보였다.

"어떻게든 제가 방도를 찾아보겠습니다."

정석은 그 말이 공기 중에 흩어져 버릴 헛된 다짐이 될 줄을 알면서도 이렇게 소령에게 자신의 마음을 들려주고 싶었다. 그러나 소령은 고개를 돌린 채 그저 멍하니 벽만 처다보고 있었다.

희랑이 있었다면, 지금 그녀의 옆에 희랑이 있다면 이렇게 겁이 나진 않을 것 같았다. 희랑만 돌아온다면 이 모든 일들이 꿈처럼 사라져 버릴지도 모를 일이다. 소령은 무릎에 얼굴을 묻어 버렸다.

목숨이 경각에 달린 아버지를 보고도 아무것도 할 수 없는 자신의 처지가 한심해서 새벽까지 잠을 못 이루던 소령은 방 밖으로 나갔다. 매서운 칼바람이 살갗을 뚫고 들어왔다. 그 서슬에 살이 베이듯 가슴이 쓰라렸다. 평생을 나라 걱정만으로 세월을 보낸 아버지였다. 자식으로서 가끔은 그것이 야속하기도 했지만 그 깊은 속내를 알기에 소령은 누구보다 아버지를 존경하고 이해했었다. 단 하루도 당신만을 위해 살지 못하셨던 아버지. 그 고단한 삶에 나는 자식으로서 무얼 했던가? 언제나 철없는 모습으로 걱정만 끼쳐 드렸다. 소령은 답답한 가슴을 주체하지 못하며 마당으로 내려섰다.

마당에 내려서 밤하늘을 올려다보니 시린 별들이 유리 조각처럼 쏟아져 얼굴에 박힐 것 같다. 어둠 속에서 보는 정석의 집은 작고 아담한 초가였다. 단정하게 이은 초가가 달빛에 드러난 모습이 나뭇등걸처럼 뚝뚝한 그의 얼굴과 닮았다. 소령은 그의 도움을 받는 것이 내키진 않지만 지금으로서는 이곳이 아니면 그녀의 작은 몸 하나 의지할 곳이 없어져 버렸다는 것이 아직도 믿어지지 않았다. 노루도둑, 도둑괭이, 곰같이 미련한 자라고 혼자 속으로 수 없이 타박한 것이 조금은 미안해졌다.

집을 둘러보던 소령은 뒤채로 이어진 길을 조심스럽게 돌아가 보았다. 두 칸짜리 초가의 뒤채를 돌아가니 다시 작은 방 하나가 딸린 초가가 있었다. 그 방에서 깜빡깜빡 불빛이 새어나왔다. 아마도 그 역시 밤을 꼬박 새운 모양이다. 돌아서려던 소령의 귀에 두런두런 얘기 소리가 들렸다. 그런데 멀리서도 그 목소리의 느낌이 어쩐지 귀에 익었다. 소령은 살금살금 발소리를 죽여 다가갔다.

"하루 빨리 떠날 방도를 알아봐 주시오. 다시 연경으로 가보아야겠소."

그것은 이현의 목소리였다. 그럴 리가 없는데? 그는 분명 희랑과 함께 떠나지 않았는가! 지금쯤 희랑과 함께 연경에 있어야 할 그가 왜 이곳에 있는지 소령은 혼란스러운 마음을 감추지 못하고 다시 한 발짝 다가섰다.

"그럽시다. 그새 희랑 도령이 찾아왔는지도 모르잖소."

"어디서든 제발 살아만 있었으면 좋겠습니다."

"그런 나약한 소리 하지 맙시다. 그는 분명 살아 있을 것이오.

살아 있어야 하오!"

무슨 소리인가? 가슴에서 바람이 빠져나가듯 순간적으로 짧은 신음 소리가 소령의 입 밖으로 새어나왔다. 순간 문이 벌컥 열리고 소령은 놀란 얼굴로 내다보는 이현의 눈과 마주쳤다.

"아가씨!"

목소리의 주인은 이현이 분명했다. 함께 떠났는데 왜 저 사람만 이곳에 있는가? 저들이 방금 나눈 얘기는 무엇인가? 소령의 텅 비어버린 눈이 이현을 의아하게 쳐다보았다.

"이 주사께서는 왜 이곳에 있소? 희랑은⋯⋯?"

떨리는 목소리로 묻고 있는 소령의 눈이 초점을 잃어가고 있었다.

"아가씨!"

정석이 뛰어나오는 것과 동시에 소령의 몸이 허공에서 휘청하며 무너져 내렸다.

'희랑아⋯⋯!'

유리처럼 부서진 별들이 소령의 눈 속으로 쏟아져 들어왔다.

초점 잃은 소령의 눈이 천장을 응시하고 있었다. 눈앞에 희랑의 얼굴이 연기처럼 희미하게 피어오르더니 싱긋 웃는다.

'꿈이었구나! 희랑아! 그래, 네가 잘못되었을 리 없지. 넌 대군 나리 곁에 잘 있는 거야. 잠깐 꿈에서 헛것을 들은 거다.'

초점 잃은 소령의 눈도 따라 웃었다.

"아가씨, 정신이 좀 나십니까?"

이현의 목소리가 들려오자 소령의 눈앞을 가리던 안개가 걷히며 조금 전 자신의 귀로 들었던 말이 꿈이 아니었음을 깨달을 수 있었다.

"아직 어떤 생각도 하지 마십시오. 희랑인 살아 있을 겁니다."

이현은 젖은 눈으로 소령을 들여다보았다. 넋을 잃은 듯한 소령의 눈을 바라보고 있자니 죄책감이 밀려왔다.

"혼자 있고 싶습니다."

깨어나면 당장이라도 원으로 가겠다고 한바탕 난리를 칠 줄 알았는데 소령의 입에서 나온 것은 의외로 낮고 차분한 목소리였다. 더 이상 뭐라고 말을 붙이기 어려울 정도로 소령은 야무지게 입을 다물고 있었다. 그들이 나가고 나자 그제야 소령의 눈에서 배어나온 눈물이 귓전으로 흘러내렸다.

첩첩산중에 갇힌 듯, 태산 같은 파도 덩어리가 갑작스럽게 덮쳐 와 모든 것을 쓸어가 버린 듯 모든 것이 꿈만 같다. 함께 검술 연습을 하다 싱긋 웃던 희랑의 그 웃음이 가슴에 그림처럼 박혀 버린 날. 열다섯, 그 어린 나이에 그를 사랑했다. 세상에 눈 뜨기 전 이미 내 속에서 세상 전부가 되어버린 희랑. 나의 세상에서는 오로지 희랑만 존재했다. 그가 없는 나의 삶이란……. 나는 그것을 결코 삶이라고 말하고 싶지 않다.

'누가 알까? 희랑은 다 알까? 내 속에 있는 그를 모두 다 알

까? 보여주지 못했는데, 내 맘을 다 보여주지 못했는데…….'

다시 소령의 귓전으로 눈물방울이 떨어져 내린다.

'아버님, 아버님이 원망스럽습니다!'

멀리서 새벽닭이 우는 소리가 들린다. 정석은 밤새 그 방문 앞에 서 있었다. 천장을 보며 설핏 웃음을 지어 보이던 소령의 허황한 웃음 속에는 희랑의 그림자가 있겠지. 그녀의 가슴속에 들어앉은 희랑의 그림자가 부럽다. 그녀에게 닥친 불행이 가슴이 터지도록 아프고, 그녀를 차지한 희랑이 숨이 막히도록 부러웠다.

이른 아침 정석은 다시 병마사의 집을 찾았다. 뜻을 함께했던 관료들마저 역모라는 엄청난 죄목 앞에 아무 방법 없이 손을 놓고 있는 지금, 지푸라기라도 붙잡는 심정으로 그를 찾아왔다. 반나절은 기다려 만난 병마사는 말도 꺼내기 전에 손을 내어저었다.

"그날 사신 행렬을 막았던 밀직사의 군관들은 원사 나리의 수하이기 이전에 소인의 수하였습니다. 죄를 받자면 소인이 받아야 하는 일이거늘 어찌 원사 나리께 그 모든 죄를 묻는 것입니까? 형부에서는 소인 같은 하급 군관의 말은 들으려고조차 않으니 나리께서 이 말을 전해주십시오. 은혜는 잊지 않겠습니다."

"자네는 정말 그 어린 무관들의 행동 때문에 원사를 잡아들였다고 믿는가?"

"……?"

"그것 때문이라면 그 철없는 무관들을 단칼에 베어버리면 그만이었겠지. 이 모든 문제는, 원사가 '저' 왕자의 원나라 행을 강력하게 반대했다는 데에 있네. '저' 왕자가 원나라 황제의 칙령으로 왕위에 오른다고 하더라도 장유경이 살아 있다면 저들로서는 여전히 불안한 가시 방석에 앉아 있는 기분이겠지. 장유경은 저들이 권력을 잡기 위해 반드시 제거해야 할 인물이 된 것이야. '저' 왕자가 황제께 입조하러 간 이상, 그분이 고려의 왕이 되는 것은 기정사실이 아니겠는가? 그걸 아는 이상 조정의 어느 누구도 감히 쉽게 나서지 않을 걸세. 그리고 나 또한 그날 잠깐 장유경의 뜻에 동조했다는 이유로 목숨의 위협을 받고 있어. 나도 이제 그만 초야에 묻힐 때가 되지 않았나 싶네."

짐작대로 장유경은 철저하게 희비 쪽에서 계획적으로 옭아맨 것이었다. 이제 장유경의 목숨은 희비에게 달려 있는 셈이다.

'저' 왕자가 이미 다음 왕이 될 것이라는 것은 누구도 부정할 수 없는 사실이 되어버렸다. 어느 누구도 희비의 눈에 거슬리는 일은 하지 않으려 했다. 젊은 무관들마저 이미 그때의 일로 반가까이 옥에 갇혀 있는 상태였다. 앞이 보이지 않았다. 하루 종일 이곳저곳 고관들의 집을 뛰어다녔지만 정석이 손에 쥔 것은 아무것도 없었다.

'이리 당하느니 차라리 기철의 힘을 빌려볼까?'

그러나 그는 금방 고개를 흔들어 버렸다. 그쪽의 힘을 빌리느니 차라리 죽음을 택할 장유경이었다. 이대로 그분의 죽음을 지켜보아야만 하는 것인가? 한낱 밀직사의 하급 무관이 가진 힘이란 너무나 미약했다. 할 수 있는 일이란 아무것도 없어 보였다.

밤이 깊도록 잠이 들지 못하던 정석은 다시 소령의 방 앞에 섰다. 불은 꺼져 있었지만 소령 역시 아직 잠들지 못하고 있다는 것을 느낄 수 있었다.

"아가씨."

그러나 안에서는 아무 대답이 없었다.

"아가씨, 주무시지 않으시면 갈밭으로 바람이라도 쐬러 가시겠습니까?"

한참을 기다리니 문이 열리고 소령이 나왔다. 달빛에 언뜻 비치는 소령의 모습은 검은 구름에 가린 듯 어두웠다.

둑길을 말없이 앞서 걷는 소령의 뒤를 정석 또한 말없이 따라 걸었다. 뒤에서 보니 소령의 작은 어깨가 축 처져 가라앉을 것처럼 보였다. 긴 둑길을 지나니 갈대밭이 펼쳐졌다.

달빛 아래 바다마냥 일렁이는 갈밭. 이곳에 오면 가슴이 좀 후련해질 것 같았다. 그 너른 벌판을 보며 크게 숨을 몰아쉬던 소령이 정석을 돌아보고는 조용히 말했다.

"예서 잠깐 기다려 주십시오."

그리고는 혼자 갈대들을 헤치고 들어갔다. 정석은 둑에 서서 소령이 지나가는 자리마다 일렁이는 갈대들을 내려다보았다. 제 키보다 더 큰 갈대숲으로 사라지는 소령의 그림자를 따라 바람이 지나가며 갈대들을 눕혔다.

그리고 잠시 후, 그 바람을 타고 갈밭 깊은 곳에서 울음소리
가 들려왔다. 바람에 묻어오는 그 울음이 정석의 가슴에 소복이
쌓였다.

어렵사리 줄이 닿은 옥사장은 손 안에 수북이 쥐어주는 엽전
꾸러미를 보고도 시큰둥하더니 소령이 빼어주는 금가락지를 보
고서야 선심 쓰듯 짧은 시간을 허락했다. 초췌한 몰골의 장유경
의 모습은 소령의 말문을 막아버렸다. 태산같이 높아보였던 아
버지가 한순간에 나약한 인간의 모습으로 소령에게 다가왔다.

"아버님!"

담대하려 애쓰고 있었지만 소령의 목소리는 어쩔 수 없이 떨
렸다.

"어찌 왔느냐?"

"아버님."

"나는 괜찮다."

겉모습과 달리 장유경의 목소리에는 여전히 위엄이 서려 있
었다. 그는 소령의 옆에서 망연한 얼굴로 서 있는 정석을 나무
라듯 엄한 눈으로 바라보았다.

"날 위해 아무것도 하지 말게. 지금 자네가 해야 할 일이 무언
지는 자네 스스로가 더 잘 알 것일세."

그것은 다른 사람들이 지금 그러하듯 정석에게도 흔적없이

숨으라는 뜻이었다. 장유경은 이번 일이 자신 한 사람만으로 마무리되기를 바라고 있었다. 더 이상 동지들의 희생이 있어서는 안 되었다.

"나리……."

"자네 책임이 막중하다는 것을 한시도 잊지 말게. 자네만 믿네. 잘해내리라…… 믿어."

장유경은 낮은 소리로 속삭이며 정석의 얼굴을 살폈다. 다소 딱딱해 보이는 각진 얼굴에 빛나는 정석의 눈은 냉철한 의지처럼 보여서 장유경에게 믿음을 주었다. 강릉대군이 약조한 삼 년 동안 그는 후일 대군을 뒷받침할 세력을 다지고 결속시켜야 할 막중한 책임이 있었다. 정석이라면 어떤 상황에서도 쉽게 흔들리지 않고 잘해내리라는 믿음이 있었다. 장유경은 다시 눈을 돌려 소리없이 울고 있는 소령을 바라보았다. 자신이 세상에 남기고 갈 유일한 혈육. 아직도 그의 눈에는 어리디어린 소령. 품 안에서 고물거리던 그 작은 손이 여전히 가슴에 남아 있는 아이였다. 그러나 단 한 번도 따뜻하게 보듬어주지 못했다. 언제나 엄하기만 하였던 자신을 떠올리며 그의 가슴에는 회한의 눈물이 고였다.

"아비가 원망스러우냐?"

소령은 입술을 깨문 채 고개를 흔들었다. 이미 죽음의 그림자가 드리운 초연한 장유경의 얼굴을 바라보며 소령은 목까지 차오른 오열을 안간힘으로 밀어 넣었다. 장유경은 아버지로서 자신이 딸에게 남겨준 것은 상처뿐이라는 생각이 들었다. 희랑의 소식조차 묘연한 지금, 이제 혈혈단신 천애고아로 살아가게 될 소령의 앞날이 캄캄한 절벽처럼 느껴졌다. 그러나 소령은 어느새 눈물을 거둔 눈으로 그를 바라보고 있었다. 그리고 당차고 야무진 말로 그를 위로했다.

"저에 대해서는 아무 심려 마십시오."

"오냐, 널 믿는다. 희랑이 돌아올 때까지 잘 이겨내리라 믿는다."

장유경의 눈길은 다시 정석에게로 향했다.

"우리 소령이……."

그의 눈에 담긴 간절한 마음을 정석은 다 읽었다. 그리고 보일 듯 말 듯 고개를 끄덕였다. 그때 시간이 되었다며 다그치는 옥사장의 목소리가 들렸다. 이어 다가온 병졸의 거친 손길에 떠밀려 나가며 소령은 마지막으로 아버지께 들려주고 싶었던 말을 급하게 했다.

"언제나 아버님을 존경했습니다. 지금 이 순간에도 세상 누구보다 아버님이 자랑스럽습니다."

멀어지는 소령의 목소리를 들으며 장유경의 눈에서 눈물이 흘러내렸다.

"아들이 아니라 섭섭하십니까?"

"아니오, 아니오!"

이틀의 산고 끝에 아내는 딸을 낳았다. 자신의 뜻을 이어줄 아들이 아니라서 섭섭한 마음이 없는 것은 아니었지만 강보에 싸인 채 고물거리는 작은 아기가 그는 마냥 신기했다. 서른이 넘은 늦은 나이에 안아보는 자식이었다. 곱게 키워 명문가에 시집보내고 싶어하는 아내의 뜻을 무시하고 대여섯 살 때부터 검술을 가르치고, 말을 태웠다. 타고난 성격 탓인지 검술도, 말 타기도 곧잘 따라 하는 소령이 그의 눈에는 마냥 예쁘기만 했다.

그러나 언제나 나랏일에 바빠 소령을 제대로 돌아보지 못했다. 몸이 약했던 아내가 일찍 세상을 떠나고 문득 돌아보니 어느새 아이는 아비가 하는 일을 어렴풋이 이해할 만큼 자라 있었다. 그렇게 자라도록 아버지로서 해준 것이 아무것도 없었다. 어미를 잃은 슬픔도, 외로움도 혼자 다 이겨낸 아이였다. 그래서 그랬던가? 남들 보기에 천방지축 생각없이 뛰어다니는 듯 보였지만 그는 언제나 소령에게서 외로운 몸부림이 느껴졌었다. 언제나 아비의 사랑이 목말랐고, 희량이 목말랐을 것이다. 감은 두 눈에서 눈물이 흘러내렸다.

이 험난한 세상에 저 어린 것을 홀로 두고 어찌 눈을 감을까?

감당할 수 없는 회한이 가슴을 쥐어뜯어 피눈물이 고였다.

'저' 왕자가 고려의 왕으로 등극하던 날, 장유경의 목이 저잣거리에 걸렸다. 그들에게는 아무 힘도 없었고, 아무것도 할 수 없었다. 며칠 후, 정석과 태성이 목숨을 걸고 장유경의 시신을 수습해 와서 천수산 깊은 골에서 그들만의 비밀스런 장례를 치렀다.

소령은 울지 않았다. 누구보다도 의연한 모습으로 장유경의 마지막 가는 길을 숙연하게 지켰다. 언제든 다시 찾을 수 있도록 나무와 작은 바위로 표식을 하고 그 위에 돌을 덮어 땅을 판 흔적을 없앴다. 하지만 그날 밤, 소령의 통곡 소리가 바람 소리와 함께 갈대밭을 흔들었다.

장유경을 제거한 무리들은 이제 그의 유일한 혈육인 소령을 찾고 있었다. 누명을 씌워 죽인 사람의 자손이 살아 있다는 것은 언제든 날아들 칼날을 뒤에 두고 사는 것이나 마찬가지니 화근이 될 싹은 일찌감치 잘라 버리는 것이 그들로서는 안심이 될 것이다.

소령이 바깥출입을 못한 지도 벌써 한 달이 넘어가고 있었다. 몸이 좋지 않을 때 종종 그랬듯이 매달 찾아오던 붉은 꽃도 보이지 않은 지 두어 달이 넘었고, 무얼 넘기는 것조차 힘이 들 정도로 속도 좋지 않았다. 소령은 자신이 몸도, 마음도 지칠 대로 지쳐 있다고 생각했다.

'아버님도 돌아가시고, 이제는 더 이상 이 집에 머물 이유가 없어졌다.'

소령은 아침부터 지필묵을 꺼내어놓고 앉아 있었다. 그리고 정석의 얼굴을 떠올렸다. 그 나뭇등걸 같은 얼굴. 그 사람의 얼굴을 보고 있으면 눈물도 즙처럼 새어나와 딱딱한 나뭇등걸의

파인 골에 슬며시 스며들어 울었던 흔적조차 남기지 않을 것 같았다.

그동안 사소한 오해와 그녀의 실수들을 그에게 전가하며 불편하게 대했던 것이 미안했다. 함께 지내는 얼마 동안 정석이 날카로운 눈을 가지고, 나뭇등걸 같은 낯빛으로 사람을 대하지만 실은 여린 마음을 가진 사람이라는 것을 느낄 수 있었다.

소령은 그동안 자신을 위해 마음 써주고 돌봐준 것에 대해 고마운 마음을 전해야겠는데 무슨 말을 써야 할지 도무지 떠오르지가 않았다.

태성이 은밀히 알아온 장사치들의 연경행이 내일이다. 언제까지 이렇게 숨어 지낼 수도 없고, 더 이상 이곳에 머물 이유가 없어졌으니 연경으로 가보리라. 그곳에만 가면 희랑이 어느 골목을 휘적휘적 걷고 있을 듯하다.

아직 희랑이 죽었다는 증거는 없다. 그는 그리 쉽게 갈 사람이 아니다. 아직도 희랑이 귓가에 들려주던 말들이 쟁쟁하다.

"네가 살아 있는 한, 난 어딜 가도 늘 네 곁에 있는 거야. 내 몸에 작은 상처조차 내 마음대로 낼 수 없다는 거 알잖아. 언제나 네 곁으로 무사히 돌아왔잖아."

"……네 믿음이 날 살게 한다."

'그래, 희랑은 날 두고 죽지 않아! 어디로도 가지 않아!'

소령은 붓을 들어 정석에게 편지를 썼다. 그동안 그녀가 흘렸던 눈물들을 지켜보아 준 그에게 고맙다는 글을 적어 내려갔다. 그동안 고마웠다는 말과 원으로 간다는 말과 언젠가 희랑과 함께 돌아오겠다는 말과 몸 성히 잘 지내라는 말을 적다가 알 수 없는 눈물 한 방울이 종이 위로 툭 떨어졌다. 소령은 그 눈물방울이 종이 위에서 번져 가는 모양을 바라보았다.

소리도, 색깔도 없이 눈물은 서서히 종이에 스며들어 보이지 않는 먹물처럼 번졌다. 먼 훗날 그녀의 모습이 바로 이와 같아질 것을 모른 채 소령은 다시 마음을 다지듯 붓을 들었다.

다음날, 아침 해가 중천에 떴는데도 소령은 일어나지 않았다. 그동안 쌓였던 피로가 한꺼번에 몰려든 모양이다 생각하며 돌아서던 정석은 문득 이상한 느낌에 다시 되돌아섰다. 이상하게 그동안 직감처럼 느껴왔던 인기척이 느껴지지 않았다.

"아가씨?"

조용히 불러보았지만 역시 아무 기척이 없었다. 망설이던 정석은 문을 조심스럽게 열어보았다. 방금 청소를 한 듯 방 안이 깨끗하다. 놀라 뛰어든 정석의 눈에 탁자 위에 곱게 접힌 서찰한 통이 눈에 띄었다.

가는 붓으로 적어 내려간 소령의 서찰을 읽던 정석의 눈이 심하게 떨렸다. 뛰어나가 태성이 머물던 방문을 열어보니 그곳도 깨끗하다.

"안 돼!"

이미 소령의 인상착의와 초상이 국경까지 나붙어 있을 것이다. 붙잡히는 날에는 목숨을 부지하기 어려울 것이다. 짧은 외침과 함께 정석은 정신없이 달려나갔다.

남장을 한 소령은 장사치들 틈에 끼었다. 닳고 닳은 장사치들이라 입담 또한 걸쭉하다. 그 거친 입담들을 참아내는 소령을 태성은 놀라운 눈으로 바라보았다.

야무지게 다문 입술과 반짝이는 눈을 한 소령의 모습은 흡사 열대여섯 먹은 사내아이처럼 보였다. 아버지를 잃고도 남들 앞에서는 눈물 한 방울 보이지 않다가 어둔 밤에 갈밭에 숨어들어 가서야 통곡을 하던 소령이다. 몇 달 사이 몸은 몰라보게 말라 왜소해졌지만 마음은 훌쩍 커서 어느새 어른이 되어버린 소령이 태성의 옆에 서 있었다. 평소의 그녀 같았으면 발끈하고 덤벼들 말들이 오갔지만 소령은 그저 웃어 넘겼다.

"거기 곱상하게 생긴 총각은 연경에 가면 조심하게! 엉큼한 사내가 보면 계집인 줄 알고 채가겠네!"

"푸하하! 네놈이 그 생각을 하는 건 아니고?"

"연경에서는 사내들끼리 붙어 자기도 한다던데? 그것이 사실인가?"

"보지는 못했지만 그렇다더군! 세상 만물이 다 모여 있는 곳이 연경이니 사람도 세상만사 온갖 사람이 다 모여 있겠지?"

"그놈들은 우리 고려 여인들을 그렇게 잡아가고도 여인네가 모자라던가? 왜 사내들끼리 붙어서 지랄들이야?"

"글쎄, 그 재미가 또 색달라서 한번 빠져 버리면 절세미인도 눈에 안 들어온다 이 말이지."

"허허! 세상이 어찌 돌아가려고 그러나? 풍습이 문란해지면 세상이 망하는 법인데 오래잖아 원이 망하고 홍건적이 나라를 세울 거라는 소문이 돌더니 그것이 사실인가 보군?"

"쉿! 여기서부터 원의 땅이나 마찬가지니 입 조심하게."

그 소리에 고개를 들어보니 단단한 돌로 둘러싸인 성 아래 커다란 문이 눈앞에 나타났다.

정동행성.

이제 이곳만 지나면 원나라 땅이다. 그곳에 가면 희랑이 있을 것이다. 소령은 가슴이 두근거렸다.

정석은 이틀 동안 개경의 상단들을 정신없이 찾아다니다가 한 상단으로부터 그날 아침 일찍 인삼을 가지고 떠난 장사치들의 이야기를 들었다. 그들의 도착지가 연경이었다. 아무리 빨리 걸었어도 아직 정동행성을 지나진 않았을 것이다. 그런 생각에 정석은 말을 몰아 달렸다.

희랑의 소식도 전혀 모르는 상태에서 길을 떠나다니, 이렇게 무모하게 목숨을 걸 만큼 소령에게 희랑의 존재가 대단한 것인가? 말을 달리면서도 정석은 무거워지는 마음을 주체할 수 없었다.

그러나 연경으로 향하는 인삼 상단은 이미 그곳을 지난 후였다. 혹시나 하는 마음에 이틀을 더 머물며 그곳을 통과하는 장사치들을 살피다가 개경으로 돌아왔다.

그곳을 무사히 통과한 것인지, 태성이 함께 갔으니 괜찮겠지 위안을 하던 정석의 마음속에 문득 말을 돌려 연경으로 향하고픈 열망이 아이처럼 불쑥불쑥 고개를 내밀었다.

"내 불찰이오. 좀 더 신경 써서 살폈어야 했는데 생각보다 잘 견디시는 듯하여 방심했더니 이런 일을 꾸미실 줄은 정말 몰랐소."

소령을 지키지 못한 것이 자신의 탓만 같아 정석은 고개를 들 수 없었다. 만약 소령에게 무슨 일이라도 생긴다면 정석은 스스로를 용서할 수 없을 것 같았다. 그러나 이현은 별 놀라는 기색이 없었다. 이미 예상하고 있었다는 듯 담담했다.

"정 교위 탓이 아닙니다. 아무리 신경 써 살폈더라도 아가씨는 떠났을 것입니다. 아무 연고 없는 이곳에서 행방이 묘연한 희랑을 마냥 앉아서 기다리고 있을 분이 아닙니다."

"이제 어찌해야겠소?"

"빠른 시일 내로 원으로 갈 길을 알아봐 주십시오. 제가 아가씨를 따라가야겠습니다."

이현이 잠든 것을 보고 정석은 뜰로 나왔다. 그래, 이현의 말이 맞다. 희랑의 행방을 모른 채 마냥 앉아 기다릴 그녀가 아니다. 온통 '정희랑' 이란 이름에 물들어 있는 듯한 소령을 종종 느꼈으니까.

정석은 소령이 머물던 방에 들어섰다. 그리고 달빛에 비친 벽들을 손으로 쓸어보았다. 소령의 체취가 그곳 어딘가에 남아 있을까? 서책을, 책상을, 침상을 쓸어보았다. 그러다가 문득 모든 손길을 멈추어 버렸다.

그날, 노루를 쫓던 날.

말을 달리다 나무 사이를 가르며 노루를 쫓는 작은 여인을 훔쳐보았다. 울창한 숲을 뚫고 스며든 햇살처럼 눈이 부시던 그녀. 당돌하게 쏘아보던 눈매가 가슴을 따끔거리게 하던 여인. 정석은 자신의 가슴에 쌓여 있는 소령의 그림자들을 꺼내어본다.

뿌리치던 그 손길도, 찰랑이는 술을 받아먹던 그날의 모습도, 눈썹 끝에 매달려 있던 눈물방울들도, 그리고 바람에 섞여 들려오던 갈밭 속의 울음소리들도 모두 그의 가슴에 고스란히 들어 있다. 지울 수 없는 그림이 되어 차곡차곡 쌓여 있는 소령의 그림자들. 그것들이 울컥한 덩어리가 되어 목젖을 밀고 올라왔다. 이건 어쩌면 영원히 떨쳐 낼 수도 없고, 눌러 버릴 수도 없고, 씻어낼 수도 없는 건지도 모른다. 정석은 문득 들여다본 자신의 속내가 이미 온통 소령으로 물들어 있음을 발견한다.

'사랑했던가? 사랑하고 있는 건가?'

스스로에게 던지는 질문에 대답을 못한 채 정석은 떨리는 한숨을 토해내며 가슴을 움켜잡았다.

이곳은 어디일까? 향 냄새가 코를 자극한다. 부드러운 손이 다가와 따뜻한 물수건으로 얼굴을 닦아주었다. 눈을 떠보려 애를 쓰는 희랑의 귀에 들리는 말소리는 정확한 한족의 발음이었다.

"장평, 이자가 깨어나려나 봐!"

카랑카랑한 여자의 목소리에 이어 낮고 굵직한 사내의 목소리가 들려왔다.

"다가가지 마라! 혹시 위험한 자일지 몰라."

"그리 보이진 않는데? 길쭉길쭉하게 늘어져 물처럼 생긴 사내가 아니냐?"

아진은 얼굴을 찡그린 채 누워 있는 정체불명의 사나이를 내려다보며 눈을 반짝였다.

참으로 잘생긴 사내가 아닌가? 거친 벌판을 내달리며 싸움이나 일삼는 바람 같고, 모래 같은 여기 사내들과는 확연히 다르다. 이 남자에게서는 느리고 천천히 흐르는 넓은 강이 느껴졌다.

고려의 국경까지 진군했던 장평이 화살에 맞아 죽어가는 한 사내를 메고 와서 살려보라며 툭 던져 줄 때만 하더라도 아진은 저 녀석이 또 어디서 송장 하나 데려왔나 싶어 화를 내었다. 전쟁터에서 산 사람 죽이는 것은 기어가는 개미 밟듯 거침없이 하는 장평이 희한하게도 못하는 것이 바로 다쳐서 꼼짝 못하는 적을 죽이는 것이었다. 이번에도 다른 사람들에게 도착하기도 전에 송장이 되어버릴 거라는 원망을 들어가며 꾸역꾸역 이자를 들쳐 메고 왔을 것이다.

행세를 보아하니 몽골 족속인 듯도 하고 고려인 같기도 하다. 하긴 고려는 원나라에 빌붙어 사는 나라니 그 나라가 그 나라 아닌가?

"이제 그만 가서 쉬어라, 아진. 그동안 수고 많이 했어."

"무슨 소리야! 이제껏 이자를 간호해 온 사람은 난데 왜 눈을 뜨려는 순간에 나가라 해!"

"글쎄, 나가 있어! 아직 이자가 어떤 자인지도 모르잖아!"

"그렇게 의심스럽고 두려우면 뭐 하러 데려왔어? 나더러 왜 살리라 했어!"

"아진! 왜 이렇게 말을 안 들어? 나중에 눈을 뜨면 부를 테니까 지금은 가서 쉬어. 눈 좀 봐! 토끼모양 빨갛게 핏발이 섰다. 도대체 몇 날 밤을 안 잔 거야!"

"내가 뭐 잠 안 자서 핏발이 선 줄 알아? 여기 바람이 워낙 매워 그런 거지. 정말, 웬 모래 먼지가 이렇게 인데? 짜증나!"

아진은 엉뚱한 먼지를 탓하며 들고 있던 마른 수건을 장평의 눈앞에서 탁 털었다. 정말 아진의 말대로 천막 안에 가만 놓아둔 수건에서도 부연 먼지가 날린다.

"물……."

희랑은 달라붙어 움직이기조차 힘든 입술을 달싹거리며 물을 찾았다. 목구멍이 모래가 서걱거리듯 까칠하고 따가웠다. 물을 찾는 그 소리에 티격태격하던 장평과 아진이 동시에 고개를 돌려 희랑을 살폈다.

"물······."

아진은 급히 수건에 물을 적셔 그의 입술을 축여주었다. 단물을 빨아먹는 벌레의 촉수처럼 그의 혀는 재빠르게 입술을 핥고 다시 물을 찾았다. 이제 살아나나 보다. 게다가 이 의문의 남자가 한족 말을 쓰고 있는 것이 아닌가? 아진의 얼굴에 안도의 미소가 번졌다.

천막 안을 가득 채운 향내가 그의 정신을 몽롱하게 했다. 잠깐 정신이 들어 무어라 중얼거리는 소리를 듣다가 정신을 놓아버린 뒤 다시 정신이 돌아오고 있는 희랑은 아주 긴 잠에서 깨어난 느낌이었다. 희랑은 오래전부터 깨어 실눈을 뜨고 다부지게 생긴 사내가 하는 양을 지켜보고 있었다. 한쪽 벽면을 차지하고 앉아 있는 작은 불상의 모습이 묵직한 고려의 불상과는 사뭇 다르다. 한참 동안 기도를 올리던 사내가 돌아섰다. 눈매가 날카롭고 머리에는 붉은 띠를 두르고 있었다.

'백련교도!'

이곳이 말로만 듣던 그 포악한 홍건적의 소굴인가? 희랑은 눈앞이 캄캄해졌다. 그는 어쩌다가 자신이 이곳에 누워 있게 되었는지 아무 기억이 나지 않았다. 떠오르는 건 어둠 속으로 하얀 점처럼 사라지던 이현의 모습과 화살 맞은 다리를 끌며 억새 밭으로 숨어들어던 기억뿐이다. 돌아서 다가오는 사나이를 의식하며 희랑은 다시 의식없는 듯 눈을 감고 있었다.

"깨어 있는 줄 다 알고 있다. 눈을 떠라!"

다가온 사나이는 얼핏 보았던 눈매만큼이나 목소리도 또렷했다. 희랑은 잠깐 망설이다 이마를 찡그리며 눈을 떴다. 그러나 짙은 향내로 몽롱한 의식과 오랜 혼절로 인해 눈앞이 부옇게 흐려 보였다.

"정신이 좀 드느냐?"

사나이는 서른 남짓 되어 보였고, 잘 다듬어 기른 수염이 얼굴에 무게를 실어주었다. 희랑은 힘겹게 고개를 끄덕였다.

"한어를 알아듣는 모양이군? 보아하니 쫓기는 고려인 같은데…… 내 짐작이 맞는가?"

정신이 몽롱한 가운데에서도 희랑은 섣불리 대답하지 않았다. 아직은 이들이 어느 쪽인지 확신할 수 없으니 미리 자신을 드러낼 필요는 없으리라.

장평은 다시 날카로운 눈으로 희랑을 살폈다. 아직 눈은 흐렸지만 얼굴에 흐르는 귀티가 그가 예사 사람이 아님을 말해 주고 있었다. 이자가 왜 피를 흘리며 그곳에 쓰러져 있었는지는 모르겠지만 쓰러진 주위에는 필사적으로 원을 향해 가려고 애를 썼던 흔적이 곳곳에 남아 있었다.

"말하고 싶지 않다면 굳이 묻지 않겠다. 그건 천천히 알아보기로 하지. 어디 특별하게 불편한 곳은 없는가?"

고개를 흔들던 희랑은 힘겹게 입술을 움직였다.

"저 향……."

"몽롱한가? 그건 시간이 지나면 나을 것이다. 저 향내가 네 정신을 맑게 해줄 것이야. 미륵불의 힘이지."

희랑이 다시 입을 움직여 보려는데 사내의 뒤에서 카랑카랑한 여자의 목소리가 들렸다.

"장평! 그자가 깼어? 깨면 나부터 부르라고 했잖아!"

희랑은 장평이라 불리는 사내를 밀치고 들여다보는 여자의 눈과 마주쳤다. 머리를 양 갈래로 땋아 내리고 눈을 반짝이며 들여다보는 여자에게서 풍기는 느낌이 왠지 낯설지가 않았다.

"정신이 들어? 난 아진이야. 널 살린 사람은 여기 장평이 아니라 나야! 알았어?"

장평의 옆구리를 쿡 찌르며 웃음을 보이는 여자의 하는 양을 멀거니 바라보던 희랑은 다시 몽롱해지는 의식을 놓으며 아찔한 꿈속으로 빠져들었다.

정석은 어젯밤, 늦은 시간에 좀 만나자는 노정의 연통을 받고 밤새 잠을 이루지 못했다. 노정은 정동행성의 사람으로 개경에 머물며 그쪽 일을 보는 사람인데 왜 자신과 같은 말단 군관을 만나자고 하는지 아무리 생각해 봐도 그 이유를 알 수 없었다. 피할 수 없는 자리니 일단은 만나보는 수밖에 없었다.

그의 집은 마치 작은 궁궐을 연상시키듯 화려하고 넓었다. 몽고풍을 따라 변발을 한 노정은 바짝 긴장하여 들어서는 정석을 반갑게 맞았다.

"어서 오시오!"

가벼운 인사와 차를 한 잔 마신 후에도 그는 별 얘기가 없었다. 답답해진 정석이 먼저 입을 열 수밖에 없었다.

"나리 같은 분이 어찌 저 같은 하급 군관을 보자 하셨는지요?"

"뭐, 별일 아니오. 지난번 장 원사의 일은 참으로 안타까운 일이었소. 그래서 그분을 추억하고 싶어 그대를 부른 것뿐이오. 언젠가 장 원사와 술을 함께 할 기회가 있었는데 그때 원사께서 밀직사에 고려를 짊어질 인재가 있다 하셨지요. 그래서 한번 만나보고 싶었소."

의미심장한 말을 하며 바라보는 노정의 눈길에 정석은 순간 당황했다. 아무리 술에 취했었어도 함부로 수하들의 이름을 입에 담을 장유경이 아니다. 그런데 이자가 어떻게 그의 이름을 알고 만나자 한 것인지 의문이 일었다.

"밀직사에는 저 아니라도 젊은 인재들이 많습니다."

고개를 숙인 정석을 바라보며 그는 술잔을 기울였다.

"그렇겠군. 장유경을 본다면 그 수하들 또한 만만찮을 듯하오."

"나리, 제 말은 그런 뜻이 아니오라 나이가 어린 사람들이 많다는 뜻입니다."

정석은 땀까지 바짝 흘리고 있었다. 섣불리 한마디 잘못했다간 어느 쪽으로 불똥이 튈지 모르는 일이었다.

"아, 알겠소, 무슨 뜻인지. 그 얘긴 됐고…… 다시 한 번 말하지만 장유경의 일은 고려를 위해 참으로 안타까운 일이었소."

"……."

"그대가 장유경의 구명을 위해 조정대신들을 만나러 다닌다는 소리를 듣고 평소 그분을 존경하던 나였기에 힘닿는 데까지 도움을 주려 했소만 역부족이었소."

그가 도움을 주려 했다는 소리에 정석은 잠깐 고개를 들어 그를 살폈다. 그러나 노정은 얼굴만 보아서는 도무지 속을 알 수 없는 사람이었다. 노정은 다시 술병을 들어 정석의 잔을 채워주며 목소리를 깔았다.

"장유경에게 여식이 하나 있는 걸로 아는데……."

정석은 자신도 모르게 몸이 경직되었다. 노정의 입가에 미소가 번졌다.

"뭐, 놀랄 건 없고 희비 쪽에서 아직 그 여식을 쫓는다는 소리를 들었기에 물어본 거요."

그는 아주 노련한 사냥꾼처럼 먹이를 몰고 있었다. 그에 비해 정석의 머리는 잠깐 멈추어 버린 듯 온통 소령에게 집중되어 버렸다. 이자는 소령에 대해 무언가를 아는 듯하다. 정석의 날카로운 눈 속에 잔뜩 들어 있는 궁금증을 발견하고 노정은 싱긋 웃으며 스스로 술잔을 채웠다.

"헌데 말이오, 며칠 전 정동행성에 갔다가 이상한 말을 들었소이다."

"……?"

"그곳 수문장이 장사치 복장을 한 계집을 하나 잡았는데 말이오……."

순간 정석은 술잔을 입에 가져가지 못하고 다시 탁자에 놓아버렸다. 그것은 그 스스로도 의식 못한 행동이었다. 노정이 회심의 미소를 지으며 그 모습을 보고 있다는 것도 의식하지 못했다. 노정은 정석의 얼굴 가까이에 다가와 누가 듣기라도 하는 듯 목소리를 낮추었다.

"그 계집이 희비 쪽에서 찾던 장유경의 여식 같다는 소릴 들었소."

얼굴을 가까이 가져온 그는 마치 먹이를 발견한 뱀처럼 은근한 눈으로 정석을 노려보았다. 그제야 정석은 정신이 번쩍 들었다. 그리고 그의 눈을 피하지 않고 똑바로 마주 보았다. 잠깐 흔들렸던 눈은 이내 냉정을 되찾아 새벽빛처럼 푸르고 차가웠다.

"그렇습니까? 그분께 여식이 있단 소리는 들었지만 한 번도 뵌 적이 없어서 저도 궁금했었는데 정동행성에서 잡혔다니 안타까운 일이군요. 무사하시기를 바랐는데 말입니다."

의외로 냉정한 정석의 목소리에 노정은 잠깐 멈칫했다. 잘못 짚은 건가?

장유경을 옭아매어 반원파의 인물들을 한꺼번에 쓸어버리고 싶었지만 그들은 순식간에 자취를 감추어 버렸다. 어찌나 꽁꽁 숨어버렸는지 꼬리조차 잡기 어려웠다. 그런데 겁도 없이 장유경의 구명을 위해 발 벗고 나선 사람이 바로 정석이었다. 이번 기회에 친원파로서는 골칫거리였던 장유경을 제거하고 그 기세를 몰아 나머지 흩어진 잔가지들까지 쳐내어 버릴 생각이었다. 그러기 위해서 유일하게 드러난 정석을 반드시 옭아매어야 한다.

노정은 잔뜩 움츠렸던 허리를 펴고 의자에 기대어 앉으며 입가에 능글능글한 웃음을 흘렸다.

"그러게나 말이오. 그 여식이라도 무사하길 바랐는데 안타깝구려. 뭐, 아직은 그 계집이 장유경의 여식이 맞는지 아닌지 확실하지 않으니 조만간 개경으로 데려와 문초를 해보면 알 수 있지 않겠소?"

"개경으로…… 데려오실 생각이십니까?"

"그래야겠지요? 희비마마께서 눈에 불을 켜고 찾으시니 아마 기뻐할 것입니다. 이제 '저' 왕자가 고려 왕으로 등극을 했으니 우리 정동행성도 희비마마와 관계를 회복할 필요가 있다고 판단이 되어서 말이오."

소령이 개경으로 압송되어 오면 살아남기는 힘들어진다. 정석은 입속에서 살을 깨물었다. 비릿한 피 냄새가 입속을 돌아 목으로 넘어갔다.

"참으로 안타까운 일이오. 장유경의 인품이 그리 나빴던 사람

도 아니거늘 누구 하나 선뜻 나서서 그 여식을 구해줄 자가 없
으니. 이거야 원, 쯧쯧쯧."

노정은 정말 안타까운 듯 혀를 차며 술을 들이켰다. 정석은
노정이 자신을 불러 소령의 얘기를 꺼낸 의도를 재빠르게 계산
하고 있었다. 살릴 방도가 있다는 뜻일 것이다. 그렇다면 거래
조건이 있을 것이다. 그것을 잠깐 생각하던 정석은 눈앞이 아찔
해지는 것을 느꼈다. 그들이 무엇을 노리는지 확연해졌다. 그것
은 정석의 배신일 것이다. 정석은 장유경과 뜻을 같이했던 사람
들 중 유일하게 드러나 버린 사람이 정석 자신이란 것을 그제야
깨닫곤 아연해졌다.

술이 거나해지도록 노정은 정석을 놓아주지 않았다. 원나라
에서 들여온 온갖 진귀한 물건들을 내보이며 흐트러진 모습을
보였다. 그러나 정석은 이미 아무 얘기도 귀에 들어오지 않고
있었다. 온통 소령의 생각으로 넋이 나간 듯 앉아 있었다.

술기운을 가장하여 휘청대던 노정은 어둠 속으로 사라지는
정석을 보며 저자가 언제쯤 자신을 다시 찾아올까를 생각했다.
그리고 그것이 아주 짧은 시간일 것이라는 예감과 함께 회심의
미소를 지었다. 돌아서던 그는 곁에 서 있는 수하에게 명령했
다.

"너는 이 길로 정동행성으로 가서 그 계집을 죽지 않을 만큼
만 물고를 내어버려라. 물고를 내되 절대 죽여서는 아니 된다.
알겠느냐."

"예, 나리."

"흠…… 사나흘이면 저자가 대단한 먹이를 물고 스스로 기어 들어 올 것이니……."

그의 입꼬리는 어둠 속에서 반원을 그리며 치켜 올라갔다. 이번 일만 잘되면 눈엣가시 같은 반원파도 제거하고 새롭게 권력을 잡은 희비마마께도 자신의 존재를 확실히 각인시키는 계기가 될 것이다. 그는 한때 자신보다 서열이 낮았던 기철이 기 황후를 등에 업고 조정을 좌지우지하며 기고만장하는 꼴이 언제나 마음에 들지 않았다.

'무식하고 산돼지 같은 놈! 이 노정을 업수이 여기고 제 수하 다루듯 했으렷다!'

그동안 당해온 일들이 새삼스럽게 분한 듯 그의 입가가 실룩거렸다.

소령의 목숨이 나의 손에 달려 있다. 이럴 때 희랑이라면 어떻게 했을까? 정석은 아무 판단이 서지 않았다. 복면을 쓰고 정동행성의 옥사를 깨어버릴까 하는 어처구니없는 생각마저 들었다. 노정이 그에게 그 일을 알려주었을 때, 소령이 갇혀 있을 그곳의 경계는 물론 자신의 일거수일투족이 감시받고 있다고 봐야 한다. 이미 그들이 그의 뒤를 밟고 있다는 것이 곳곳에서 느껴졌다. 오늘도 퇴청해 오는 동안 정석은 뒤를 밟는 그림자를 두어 번이나 보았다.

정석은 달빛이 새어 들어오는 어둔 방에 쪼그리고 앉아 있었다.

부모님은 어린 정석을 두고 역병으로 한꺼번에 떠나 버렸다. 때는 풀뿌리조차 자취를 감춘 4월이었다. 사람들은 역병보다 배고픔이 더 무서워 그곳을 떠나지 못했다. 그들은 역병으로 죽은 이웃의 집을 돌며 먹을 것을 찾아 목숨을 연명했다. 그렇게 연명한 목숨을 다시 역병으로 잃었다. 해마다 세금은 늘어났고, 백성들에게 빼앗다시피 거두어간 세금은 왕실과 귀족들의 배를 채우고, 그리고 원으로 보내어졌다. 이렇게 역병이 돌아도 조정에서는 아무것도 하지 않았다. 백성들은 그저 역병이 스스로 떠나주기만을 바랄 뿐이었다.

정석은 쓰러진 부모 곁에서 사흘을 혼자 지내다 나중에 그의 스승이 된 좌명 선생에게 발견되었다. 그리고 좌명 선생 곁에서 십여 년 동안 '충'과 '의'를 배웠다. 눈앞에서 흰 물똥을 내지르며 죽은 부모를 생각하며 그는 '충'과 '의'를 배웠다. 빨갛게 충혈된 눈으로 죽은 부모가 남긴 쌀을 짐승처럼 훔쳐 가던 이웃들을 생각하며 '충'과 '의'를 배웠다. 장유경의 죽음 앞에 누구도 얼굴을 비추지 않았던 동지들을 원망하면서도 정석은 '충'과 '의'를 먼저 떠올렸다.

그러나 지금 어둔 방에 쪼그린 정석은 노정의 유혹 앞에서 '충'도 '의'도 아닌 죽은 부모를 떠올렸다. 짐승처럼 붉은 눈으로 쌀을 훔쳐 가던 이웃들을 떠올렸다. 대나무 꼭대기에 매달려 있던 장유경의 부릅뜬 눈을 떠올렸다. 그리고 갈밭에서 보았던 소령의 눈물을 떠올렸다.

홱 뿌리치던 그 손이 차가워서 가슴이 시렸다.

쏘아보던 그 눈길이 따가워서 몸을 움츠렸다.

목검으로 내려치던 등줄기가 아직도 화끈거리며 아프다.

갈밭에서 바람에 실려 들려오던 소령의 울음소리가 귓속을 파고들어 핏줄을 타고 온몸을 돌아다니다 마르고 딱딱한 나뭇 등걸 같은 그의 얼굴에 즙 같은 진물이 되어 볼을 타고 흘러내렸다.

그렇게 사흘 동안 그는 아무것도 목으로 넘길 수 없었고, 단 한 순간도 눈을 붙일 수가 없었다. 의기로 빛나던 그의 눈은 겁먹은 노루처럼 흐려지고 흔들렸다. 한없이 나약하고 못난 사내가 되어버린 그는 소리를 죽여 눈물을 흘렸다.

"그 사람을 한번…… 만나볼 수 있겠습니까?"

며칠 후, 새벽같이 노정을 찾아온 정석이 한 말이었다. 이 사람이 며칠 전에 보았던 푸르고 차가운 새벽빛 같았던 눈을 가진 사람이 분명한가 싶은 생각이 들 정도로 그의 얼굴은 초췌했고, 눈빛은 흐려져 있었다. 그러나 노정은 이내 입가에 회심의 미소를 머금으며 고개를 끄덕였다.

정동행성의 관사 뒤채의 작은 광 앞에 정석은 서 있었다. 어쩌자고 이곳까지 와버렸는지 모르겠다. 어쩌자고 이런 어리석은 결정을 내려 버렸는지도 모르겠다. 소령의 소식을 접한 며칠 동안 다른 어떤 방법도 떠오르지 않았을 만큼 정석의 사고는 정지해 버렸다.

'정석'이 가졌던 사나이로서의 모든 것은 '장소령'의 이름 앞에서 스스로 꺾어버렸다. 아무것도 바라지 않는다. 그저 이곳에 잡힌 여인이 제발 소령이 아니기만 바랄 뿐이다.

산만한 덩치의 사내가 무심한 얼굴로 광을 열어주었다. 정석은 쉽게 들어서지 못하고 망설이다 손으로 문을 밀치며 들어갔다.

오싹한 냉기가 흐르는 광 안은 어두컴컴하고 습한 냄새가 풍겼다. 어둠 속을 더듬는 정석의 눈에 곡물 자루들 사이에 웅크리고 엎드린 조그만 물체가 보인다. 정석은 떨리는 손으로 그 물컹한 사람의 몸을 돌려보았다.

문틈으로 새어 들어온 희미한 빛이 얼굴을 검게 비추는가? 달빛에 푸른 빛을 내던 소령의 얼굴은 어디로 가버렸는지 검보랏빛의 퉁퉁 부은 얼굴 하나가 고개를 떨구고 있었다.

"아, 아가씨……!"

정석은 죽은 듯 축 처진 몸을 안아 눈 가까이 대어본다. 어둠에 익숙해진 정석의 눈에 터진 입술과 찢어진 이마와 퉁퉁 부은 검은 얼굴이 들어왔다. 시체처럼 처진 몸에서 들려오는 가느다란 숨소리가 그녀가 아직 살아 있음을 말해 주고 있었다. 가슴 속에서 갈잎들이 화르륵 누웠다 일어났다. 속살을 베인 듯 피비

린내 나는 뜨겁고 울컥한 덩어리가 목을 차고 올라왔다. 정석은 소령의 몸을 으스러지게 안으며 소리를 질렀다.

"이보시오! 이보시오!"

밖을 향해 소리 지르는 그의 목소리가 서릿발 같았다. 문을 열고 서너 명의 사내들이 들여다보았다.

"어찌 사람을 이 지경을 만들어놓았단 말인가!"

"우리도 어찌 그러고 싶었겠소. 하지만 날마다 원으로 가겠다고 미친년같이 물고 할퀴고 설쳐 대는데 이 많은 사내들이 모두 고개를 절레절레 흔들었지 않았겠소. 우리 상전께서는 당장 조용히 시키라고 다그치시고……. 그러니 입 다물게 하려면 몽둥이밖에 더 있겠소?"

퉁명스럽게 말하는 사내의 얼굴을 갈겨주려고 몸을 일으키던 정석은 다시 멈칫 서버렸다. 문이 열려 광을 훤히 비추는 데서 보니 소령의 아랫도리가 피로 흥건히 물들어 있었다.

"이게 뭔가! 이 피가 눈에 보이지도 않는가!"

"피? 언제부터 피가 흘렀던가?"

덩치 큰 사내가 다른 사내들을 둘러보며 묻자 웅성거리는 소리가 들렸다.

"어제부터였던 것 같은데요? 음식을 입에 대지 않았기에 들여다보니 혼절해 있었어요. 피도 그때부터 약간 흐르고 있었어요."

"이 새끼야! 피가 나면 말을 했어야 할 거 아냐!"

덩치 큰 사내의 주먹이 날아들자 그 사내는 뺨을 감싸고 볼멘
소리를 내뱉었다.

"어젠 그저 약간 비쳤지 저렇게 쏟아지진 않았단 말이오!"

"빨리 가서 나리께 말씀드리고 의원 불러와!"

바깥에서 사내들의 티격태격하는 소리를 들으며 정석은 다시
소령의 몸을 안았다. 그렇게 안고 있으면 더 이상 아무것도 그
녀의 몸에서 새어나가지 않을 것 같아서 으스러지도록 안았다.
온몸이 감물이 들듯 검붉게 변한 소령의 몸을 안고 정석은 피가
나도록 입술을 깨물었다.

다시 만난 노정은 여전히 입가에 능글능글한 웃음을 머금고
있었다. 쫓기는 어린 짐승처럼 갈피를 못 잡고 불안하게 흔들리
는 정석의 눈을 재미난 듯 바라보았다.

"아가씨를 어쩌실 생각이십니까?"

"그야 그곳에서 죽게 내버려 두든지, 아니면 개경으로 데려와
서 문초를 하든지 가부간의 결정은 그곳에서 내릴 테지요."

은근한 목소리로 중얼거리며 찻잔을 드는 노정의 눈이 뱀처
럼 작아졌다. 노정은 정석이 너무 쉽게 먹이가 되어버린 듯해서
싱거운 생각까지 들었다. 정석은 한입에 삼켜 버리기 딱 좋을
정도로 몸을 웅크린 개구리 같았다. 더 이상의 미끼도 필요없을
정도로 그는 흔들리고 있었다.

"살려주십시오."

드디어 정석의 입에서 고통스런 신음 소리가 새어나왔다. 그

러자 미소 짓던 노정의 얼굴이 긴장하며 정석을 쏘아보았다.

"그야, 그대에게 달렸지 않겠소?"

정석은 고통스런 눈으로 노정을 노려보았다.

"교위께서 그들의 면면을 우리에게 넘겨주시면 그 여자는 언제든지 보내주겠소."

"그들의 면면?"

"원사와 함께 일을 도모했던 자들 말이오. 강릉대군을 등에 업고 정권을 잡아보려던 자들 말이오."

순간 흐려 있던 정석의 눈이 마지막 발악처럼 날카롭게 빛났다.

"무슨 말씀이신지 모르겠습니다."

"그래요? 그럼 할 수 없는 일이지, 장유경의 여식을 문초해서 알아내는 수밖에."

노정은 여유있는 얼굴로 다시 찻잔을 들었다. 무거운 침묵이 흐르는 사이 정석의 눈앞에는 피멍이 든 소령의 얼굴이 스쳐 갔다. 아랫도리를 흥건히 적시고 있던 피와 가녀린 숨소리가 들려왔다. 으스러지게 품어 안았던 그녀의 몸에서 전율처럼 전해지던 살아 있음의 흔적들이 가슴에 매달리는 것 같았다.

"저더러 배반자가 되라, 그 말씀이십니까?"

"배반자가 아니라 현명하게 말을 갈아타란 얘기요. 지금 타고 있는 말이 다리 꺾인 말이라면 얼른 갈아타는 것이 현명하지 않겠소?"

다시 오랜 침묵 끝에 정석이 입을 열었다.

"아가씨의 목숨은 확실히 보장해 주시는 것이오?"

"그대의 결심이 서는 날, 바로 그 여자를 내어주리다."

피가 터지도록 입술을 깨물고 앉은 정석에게 노정이 술잔을 내밀었다.

"자, 한 잔 받으시오! 희비마마께서도 아주 기뻐하실 것이오! 하하하!"

노정의 호탕한 웃음소리가 정석의 머리 속에 울려 퍼졌다.

정석은 광에서 소령을 안고 나왔다. 바람이 날을 세우고 얼굴을 스쳐 지나갔다. 축 늘어진 소령의 팔이 그 바람에 흔들리며 덜렁거리고 있었다.

잠시 기다리니 옥사에 갇혀 있던 태성이 눈물을 질금거리며 달려왔다.

"나리!"

정석은 서글픈 눈으로 태성을 바라보았다.

"가세."

동지들의 손이 발목을 붙잡고 놓아주지 않았다. 이현의 바람 같은 웃음소리가 귓가에 들려 정석은 문득 돌아보았다. 바람이 한줄기 회오리를 그리며 솟구쳐 올랐다. 흩날리는 먼지에 눈앞이 흐려졌다. 갈피를 잡을 수 없는 마음처럼 모든 것이 희미하게 형체를 잃고 번졌다.

'모든 것이 끝났다. 지금 이 순간, 나는…… 죽었다.'

정석은 발목에 매달린 손들을 떨치고 돌아섰다. 이제 무엇으로 씻어낸다 한들 이것은 씻길 얼룩이 아니다. 남은 평생 자신을 따라다닐 고통의 그림자다. 뱀의 허물처럼 뒤집어쓴 사내의 탈을 벗어 던져 버리고 싶었다. 정석은 자신이 혐오스럽고, 또 혐오스러웠다.

태성은 다리를 조금 절룩일 뿐 크게 다친 곳은 없었다. 정석은 종일 눈물을 질금거리며 소령의 곁에 앉아 있는 그를 자신의 방으로 불렀다. 딱딱하게 굳어 있는 정석의 얼굴을 보며 태성은 몸을 웅크리고 앉았다. 한마디 의논도 없이 일을 저질러 버린 것에 대해서 정석에게 어떤 모진 말로 질책을 받더라도 할 말이 없었다. 정석이 무슨 재주로 소령과 태성을 빼내었는지 모르겠지만 지금은 그저 그 고마움에 눈물이 날 뿐이었다.

"나리, 소인을 죽여주십시오. 이 모자란 놈이 그저 마음이 급해 아무 생각이 없었습니다."

머리를 조아리는 태성을 정석은 그저 건너다보았다. 생각이 없었기는 태성이나 정석이나 다를 것이 없었다. 아무 생각이 없었다는 태성의 말을 정석은 충분히 이해했다.

개경으로 돌아온 지 사흘이 지났건만 소령은 깨어날 기미가 보이지 않는다. 마당을 서성이다 들어가 보니 간호를 위해 들여온 계집 아이가 소령의 옆에 곯아떨어져 있다. 정석은 아이를 흔들어 깨워 내보내고 옆에 앉았다.

아직도 얼굴 이곳저곳엔 검푸른 자국이 남아 있고, 터졌던 입술에서는 여전히 피가 맺혀 있다. 파르란 표정으로 팩 쏘아붙이던 동그란 눈과 웃음을 짓게 만들던 볼록한 볼이 흔적도 없이 사라져 버린 얼굴은 산그늘에 낮게 핀 작은 풀꽃처럼 가늘고 메말라 있었다.

소령의 얼굴을 들여다보던 정석은 용기를 내어 이마를 덮고 있는 머리칼을 손가락으로 살짝 치워보았다. 이마 위의 찢어진 자국이 손을 스쳤다. 순간 소령이 번쩍 눈을 떠버릴까 두렵다. 다시 손을 내려 바닥에 떨어져 있는 손을 잡아 손가락 하나하나 조심스럽게 만져 보았다. 그 끝의 살점 하나까지 이토록 무겁고 야무지게, 무섭도록 철저하게 가슴속에 들어차 버린 소령의 존재를 감당하기 어려워 자꾸만 눈물이 솟구쳤다.

정석은 손을 감싸지 못하고 주먹을 쥐었다. 그리고 도망치듯 밖으로 나왔다. 달빛을 받아 마당으로 길게 그려지는 그림자는 자신의 마음만큼이나 형체가 흐리고 흔들렸다.

몇몇 의원들이 다녀갔지만 다들 고개만 흔들 뿐 특별한 약도 조제해 주지 않고 돌아가 버렸다. 충주에 있다는 용한 의원을 데리러 갔던 태성이 이틀 만에 돌아왔다. 그 의원은 소령의 상태를 살피더니 속을 보아야겠다며 간호하던 아이까지 밖으로 나가라고 하자 태성이 펄쩍 뛰며 반대를 했다. 그러나 의원의 단호한 태도와 정석의 꾸짖음에 밖으로 나온 태성은 담벼락에 붙어 눈물을 터뜨렸다.

의원은 한 식경이 넘도록 방 안에서 나오지 않았다. 태성은 밖에서 소리를 지르며 의원을 다그쳤다. 소령의 몸 구석구석을 스칠 의원의 손이 마치 몹쓸 사내의 손이라도 되는 듯 소리를 질렀다.

"어서 나오시오! 뭐 하시는 게요!"

"조용히 하게!"

"나리, 벌써 한 식경이 넘었습니다. 저 의원 놈이 도대체 무슨 짓을 하느라 이렇게 시간을 끈답니까? 아가씨 깨어나시면 이놈을 죽이려 들 겁니다. 이보시오! 아직 멀었소?"

잠시 후, 기침 소리와 함께 들어오라는 의원의 목소리가 들렸다. 급하게 뛰어들어 가니 의원이 풀어 헤쳐진 소령의 옷고름을 여미고 있었다. 그는 험악해진 태성의 눈을 피하며 정석을 돌아보았다.

"사람을 어찌 이리도 모질게 다루었답니까? 나무 둥치를 두들겨도 이렇게 모질게 두드리진 않았을 것입니다."

태성은 소령의 옆에 무너지듯 주저앉았다.

"뼈가 두어 곳 부러져 있습니다."

정석은 떨리는 목소리로 물었다.

"그럼 어찌 되는 것이오? 뼈를 영영 못 쓰게 되는 것이오?"

"그건 크게 걱정하지 않으셔도 됩니다. 다시 아물 것입니다. 그러나 빨리 털고 일어나긴 힘들 것입니다."

"그럼 일어나긴 할 수 있단 말이오?"

"시일이 걸리긴 하겠으나 일어날 겁니다. 그러나 오랫동안 예전 같은 힘은 찾지 못할 것입니다. 하지만 정성을 다해 치료한다면 언젠가는 본래의 모습을 되찾을 수 있을 것입니다. 다만……."

"다만?"

의원은 잠시 머뭇거렸다.

"말씀해 보시오!"

"다만, 더 이상 생산은 할 수 없을 것입니다."

"그게 무슨 말이오?"

"아이가 지워지면서 하혈을 심하게 하셨더군요. 그곳을 다치셨습니다. 이제 더 이상 아이는 낳지 못할 것입니다."

"아, 아이……!"

정석과 태성은 놀란 눈을 마주쳤다. 소령이 임신을 하고 있었단 말인가! 그랬던가? 희랑의 아이를 품고 있었던가? 그래, 완전한 희랑의 여인이었으니 서로를 품었겠지? 정석의 앙다문 입 안에서 살점이 씹혔다. 비릿한 핏물을 목으로 넘기며 정석은 죽은 듯 누워 있는 소령을 내려다보았다. 의식없는 그녀의 얼굴이 여전히 새침한 표정으로 그를 올려다보는 것 같다. 정석은 힘겹게 입을 열었다.

"……살려만 주오."

태성의 질금거리는 소리를 들으며 정석은 다시 입술을 깨물었다.

감시의 눈길이 느슨해진 틈을 타 집으로 돌아와 있던 이현은 수일 내로 원으로 떠날 준비를 하라는 정석의 연락을 받고 함께 떠날 무관을 알아보려고 어둠을 틈타 집 밖으로 나왔다. 정석이 알아봐 줘도 되었지만 아무래도 그들과 함께한 시간이 많은 자신이 스스로 결정하는 것이 나을 것 같아서였다.

동작이 빠르고 담력이 센 사람을 떠올리다 태화문 근처에 살고 있는 무관 몇을 떠올렸다. 이곳저곳 돌아다닐 필요 없이 그곳으로 가서 한꺼번에 서너 명을 만나볼 요량이었다. 그믐이 가까워진 밤길은 칠흑같이 어두웠다. 워낙 길이 어두웠고, 며칠 집에서 숨어 지내는 사이 감시의 눈길을 전혀 느끼지 못했던지라 누군가 자신의 뒤를 밟고 있으리란 생각은 전혀 하지 못했다.

이현은 먼저 최 군관의 집으로 숨어들었다. 잠시 후, 최 군관의 연통을 받은 무관 셋이 급한 걸음으로 방으로 들어섰다. 이현은 그들에게 그간의 사정을 짧게 설명하고 함께 원으로 떠날 수 있는지에 대해 의견을 물었다. 생각할 필요도 없다는 듯 그들은 흔쾌히 수락했다.

"고맙소. 수일 내로 다시 연락을 드리리다. 그럼."

인사를 나누고 일어나려는 순간, 갑자기 문이 떨어져 나가면서 창칼을 든 군졸들이 뛰어들어 왔다. 미처 저항할 틈도 없이 그들은 순식간에 팔이 꺾이고 발에 밟힌 채 꼼짝없이 포박을 당하고 말았다.

"무슨 일이오! 어찌 무고한 사람을 이리 험하게 다룬단 말이오!"

"시끄럽다! 할 말이 있으면 관부에 가서 해라! 그곳에 이미 네놈들의 벗이 여럿 잡혀 있으니."

그 소리에 놀라 움찔하는 이현의 가슴으로 쇳덩이 같은 주먹이 날아들었다.

"허튼짓하지 마라!"

숨통을 맞았는지 눈앞이 노래졌다. 배신이다! 가물가물해지는 의식으로 질질 끌려가면서도 이현은 누구의 배신일까를 가늠하고 있었다.

'최 군관인가? 아니면 또 다른 무관들? 정 교위를 피신시켜야 하는데…….'

멀어져 가는 의식처럼 그들도 어둠 속으로 잠겼다.

의원은 사흘째 침을 놓고 있었다. 정석 또한 한숨도 눈을 붙이지 못한 채 그 옆을 지키고 있었다.

"허한 몸에 더 이상 침을 놓으면 위험해질 수 있으니 오늘로서 침은 마지막입니다. 그래도 물은 조금씩 받아넘기니 며칠 기다려 보다가 약을 쓰겠습니다."

이마에 흐르는 땀을 닦아내며 의원은 긴 한숨을 내쉬었다. 마지막 침을 놓는 순간까지 얼마나 긴장했었는지 정석도 그와 함께 가슴에서 무언가를 내려놓듯 그제야 엉덩이를 바닥에 제대로 붙여 앉았다.

그때 밖에 나갔던 태성이 사색이 된 얼굴로 방으로 뛰어들어왔다.

"나리! 교위 나리! 이 주사 나리께서 잡혀가셨습니다. 군관 나리들도 잡혀가셨습니다!"

아침 나절, 태성은 이현을 잠깐 보기 위해 그의 집으로 숨어들었다가 그 소식을 들었다. 그들이 잡혀 들어갔다면 정석의 집도 위험하다. 소령을 다른 곳으로 옮겨놔야겠다는 생각에 발바닥에 불이 나도록 달려오는 길이었다. 그러나 정석은 웬일인지 고개를 돌리지 않았다. 그저 소령만 뚫어지게 바라볼 뿐이었다. 그 소리를 들으면 분명 놀라며 떨쳐 일어나야 정상이거늘 그는 미동조차 하지 않고 앉아 있었다.

"나리!"

답답해진 태성이 소리를 지르자 정석은 입술에 손가락을 가져가며 조용하라고 했다. 마치 생각이란 것이 어디로 달아나 버린 사람처럼 몽롱한 눈이었다.

그렇게 바람 같은 선선함으로 주위에 사람이 끊이지 않았던 스무 살의 젊은 그는 유일한 소망이었던 새로운 고려의 건설과 잃어버린 연인 수련을 가슴에 품은 채 한 번도 피어보지 못한 꽃봉오리로 떨어져 버렸다.

젊어서 피가 뜨거웠고, 그래서 조급하고 흔들렸던 젊은 무관들과 그들의 꿈도 꽃비처럼 흘러내렸다.

눈앞에 희뿌연 안개가 낀 듯 많은 그림들이 그 속에 갇혀 보이지는 않았지만 하나의 그림은 분명히 떠오른다. 저 뿌연 안개 속에 솟을대문이 있었고, 고운 흙이 깔린 마당이 있었다. 그 너른 마당 가운데에서 목검을 든 두 아이가 초롱한 눈으로 서로를 노려보고 있다.

'저 서글서글한 눈을 가진 사내 아이. 난 언제나 그 눈이 좋았어. 그리고 싱긋 웃는 그 웃음이 날 다 가져가 버렸지. 네가 없는 나는 빈껍데기일 뿐이라는 걸 넌 모르지?'

눈앞에 그려지는 그림을 보며 소령의 입술이 살짝 움직였다. 그런데 웬일인지 얼굴이 더 이상 움직여지지 않는다. 무슨 말인가 해보려고 안간힘을 썼지만 입술이 움직여지지 않았다.

'여긴 어디일까?'

소령은 눈동자를 움직여 가만 주위를 살펴보았다. 눈에 많이 익은 방이다. 순간 날카로운 환청이 귀를 찢을 듯 들려왔다.

"보내줘! 날 원으로 보내줘!"

소리치며 발버둥치는 소령의 몸 위로 사정없이 떨어지던 몽둥이들, 그 섬뜩함에 소령은 이마를 찡그리며 다시 눈을 감았다. 죽은 짐승이라도 그렇게 두들겨 댈까? 뼈가 부스러지고 살이 터졌는가? 움직여 보려 했지만 손가락 하나 까딱할 수 없었다. 스르르 감기던 눈꺼풀이 다시 올라오더니 초점없는 눈이 심하게 흔들렸다.

"안 돼, 돌려줘! 돌려줘! 제발 그것만은 안 돼!"

건장한 사내가 거칠게 잡아당기는 힘에 휘청 고꾸라진 그녀의 목에서 순식간에 달랑거리던 초승달이 사라졌다.

"이게 뭐야? 금붙이 아닌가!"

생각지도 않던 물건을 손에 넣은 사내는 목소리까지 높아졌다. 그는 다시 한 번 그것이 금붙이임을 확인하려는 듯 누런 이로 살짝 깨물어보았다. 깨물린 자국이 선명히 보이는 걸 보니 금붙이가 분명하구나 하는 생각에 그의 입가에 회심의 미소가 지어졌다.

"대갓집 규수라더니 들고 다니는 물건 또한 보통 것이 아니군. 흐흐…… 이게 웬 횡재여?"

"안 돼! 제발 돌려줘! 돌려줘!"

소령의 손이 다시 허우적대며 그를 향해 달려들자 돌덩이 같은 주먹이 날아들었다. 곡물 자루 구석으로 던져져 쓰러진 그녀는 정신을 놓은 듯 꼼짝도 하지 않았다.

"이봐! 잘못된 거 아냐? 죽이면 안 된다고 했잖아!"

옆에서 지켜보던 다른 한 사내가 다가가 몸을 돌려보았다. 잠깐 놓았던 정신이 다시 돌아왔는지 소령의 입에서는 여전히 돌려달라는 소리가 반복해서 나왔다.

"제발 돌려줘……."

소령의 팔이 공중을 향해 흐느적거리는 모습을 보며 가죽 목걸이를 품에 넣은 사나이가 몽둥이를 들고 다가왔다.

"죽지 않을 만큼만 물고를 내라 하셨으니 명줄만 붙여두면 되겠군."

손바닥에 침까지 뱉으며 몽둥이를 단단히 그러쥔 사내의 눈이 험악하게 번득였다. 그리고 높이 쳐든 몽둥이로 떡을 치듯 내려쳤다. 찢어지는 절규 소리와 함께 오그라들던 그녀의 몸은 얼마 가지 않아 물처럼 흐느적거리며 바닥으로 퍼졌다.

그녀의 귀에는 더 이상 아무 소리도 들리지 않았다. 더 이상의 고통도 느껴지지 않았다.

"이건 네가 내 아내라는 증표다."

흐려지는 의식 속에서 희랑의 목소리가 가물가물 들렸다.

초점 흐린 눈에서 눈물이 배어나와 귓전으로 떨어졌다. 빼앗긴 물건이 놓쳐 버린 희랑의 생명줄 같아서 그녀는 다시 몸부림을 치며 돌려달라고 소리를 쳤다. 그러나 목에서는 아무 소리도 나오지 않았고, 늘어져 버린 몸은 작은 요동조차 느껴지지 않았다. 한참 후, 다시 눈을 떠 살펴보니 문밖에 그림자 하나가 일렁이고 있었다. 달빛에 일렁일렁 하는 그림자는 무언가 초조한 듯 쉴 새 없이 오락가락하고 있었다.

'누굴까, 저 그림자?'

눈을 돌리니 어두운 천장에서 희랑이 싱긋 웃는 모습이 보였다.

'희랑아, 어디 있어? 아파, 나 아프다.'

귓볼로 따듯한 물이 흘러내려 오는 것이 느껴졌다. 그 작은 느낌에 소령은 자신이 살아 있다는 것을 알 수 있었다.

아침 일찍 방을 들여다보던 정석은 멀거니 뜬 소령의 눈과 마주쳤다.

"아가씨, 정신이 드십니까, 아가씨!"

그러나 그 눈은 이미 의식이 어디로 가버린 듯 초점이 없었다.

"아가씨, 제 말이 들리십니까?"

그 소리에 초점 잃은 소령의 눈은 그저 끔벅일 뿐이었다. 소령의 귓전에 들리는 목소리는 노루도둑, 도둑괭이 정석의 목소리였다.

'다시 이곳으로 와버렸네?'

끔벅끔벅하는 눈을 들여다보며 정석은 그래도 소령이 살아났다는 생각에 기쁨을 감출 수 없었다.

"되었습니다. 이제 되었습니다!"

정석이 손을 움켜잡고 뜨거운 눈물을 쏟았지만 소령은 그것을 알지 못했다. 누군가에게 손이 잡혔다는 감각도, 그 손등으로 굵은 눈물이 뚝뚝 떨어져 내린다는 것도 느끼지 못했다.

동지들을 처참한 죽음의 길로 보내 버린 자신에 대한 혐오와 죄책감에 정석은 밤마다 악몽에 시달렸다. 게다가 아직도 희비 쪽에서는 소령을 찾기 위해 눈에 불을 켜고 있었다. 개경에서는 더 이상 지낼 수가 없다는 생각이 들었다. 결국 노정이 자리를 마련해 준 정동행성으로 가기로 결단을 내렸다.

그 결단을 내리면서 정석은 이제 완전히 자신을 버렸다. 나뭇등걸 같았던 얼굴은 더욱 굳어져 갈라진 나무껍질처럼 이곳저곳에서 무겁고 검은 눈이 툭툭 불거져 나올 것 같았다. 한 달 새에 마치 다른 사람처럼 변해 버린 정석의 얼굴을 대하며 태성은 이미 모든 것을 짐작하고 있었다. 모든 동지들이 잡혀 들어갔지만 유일하게 남아 있는 정석, 그리고 죽었다고 생각했던 소령과 태성이 정동행성이란 사지를 무사히 빠져나왔다는 것이 그 답을 말해 주고 있었다. 정석은 소령을 살리기 위해 동지들을 배반한 것이다.

아침 일찍 정석의 부름을 받은 태성은 눈치를 살피며 마주 앉았다. 한때 새벽빛처럼 푸르고 서늘했던 그의 눈은 이제 흐리고, 싸늘한 냉기가 느껴졌다. 입을 움직이는 것 같지도 않는 그의 입에서 또렷한 목소리가 새어나왔다.

"나는 아가씨를 데리고 정동행성으로 갈 것이다."

정석의 말에 태성의 얼굴이 하얘진다.

"나리! 거긴?"

"희비 쪽에서 아직 아가씨를 찾으려고 혈안이 되어 있으니 여기는 위험해."

"안 됩니다. 정동행성엔 절대 안 됩니다!"

태성은 단호하게 말하며 고개를 흔들었다. 도대체 정신이 있는 건가, 없는 건가? 어떻게 그곳으로 갈 생각을 한단 말인가? 그것은 소령도 결코 원치 않는 일일 것이다. 얼굴이 굳어지는 태성을 바라보던 정석의 얼굴에 싸늘한 냉기가 흐른다.

"그럼 네가 여기서 아가씰 지킬 수 있겠느냐?"

그 말에 태성은 말문이 막혀 버렸다.

"그럴 자신이 없으면 더 이상 말하지 마라! 너도 따르려면 따라오너라."

그 소리에 태성이 매섭게 정석을 노려보았다. 태어날 때부터 노비의 자식으로 태어나 글 한 줄 배우지도 못했고, 인간 대접 한번 제대로 받고 자라지 못했지만 그래도 도의가 뭔지, 의리가 뭔지는 안다. 태성은 정석을 경멸하듯 쏘아보았다. 그리고 단호히 한마디 툭 던지고 일어났다.

"싫습니다."

"그래? 그렇다면 할 수 없지. 그러나 이것 한 가지는 알아두어라. 정동행성으로 가는 아가씨는 나의 아내 신분으로 갈 것이다. 신분을 숨기기 위해서는 어쩔 수 없는 일이다. 명심해라.

'밀직사 원사 장유경 나리의 무남독녀 장소령은 그의 정인 정희 랑을 찾아 원으로 간 뒤 행방이 묘연하다'. 무슨 말인지 알겠느 냐?'

태성의 얼굴엔 분노가 일었다. 그러나 그의 힘으로 소령을 안 전하게 지킬 아무 방도가 없었기에 그저 주먹을 쥐고 떨다 돌아 섰다. 돌아서 나가는 태성의 뒤통수를 보며 정석의 입가에도 피 식 자조의 웃음이 흘렀다. 싫다고 말할 수 있는 태성의 자유가 부러웠다. 정석은 헤어나올 수 없는 덫을 놓아 그곳에 스스로 발을 끼워 넣었다. 이제 그는 영원히 벗어날 수 없는 덫에 갇혀 버린 것이다. 그러나 이것은 스스로 선택한 길이다. 소령을 위 해서라면 이 고통마저 달콤한 즙이 되어 입술을 적셔주리라. 그 녀를 위해서라면 나는 이제 철저히 부서져도 좋으리라.

노복들이 손가락조차 움직이지 못하고 있는 소령을 들것에 실어 마차로 옮겼다.

'하늘이 어찌 저리도 높은가?'

소령의 눈에 비친 하늘은 푸른 물이 뚝뚝 떨어질 것처럼 푸르 고 시렸다. 태성의 눈물 젖은 얼굴이 그 하늘을 가렸다.

"아가씨! 아가씨, 잠시만 거기 계십시오. 소인이 꼭 모시러 가 겠습니다. 소인이 희랑 도련님 찾아서 꼭 가겠습니다."

태성의 눈물이 소령을 덮은 이불 위로 뚝뚝 떨어졌다. 소령은 태성에게 왜 우느냐고 물으려고 입을 달싹여 보았지만 움직여지지 않았다.

정석은 울고 선 태성을 한번 돌아보고 일행을 출발시켰다. 짐 보따리를 이고 진 노복들이 마차를 따랐다. 정석은 마차 옆에서 말을 탄 채 멀거니 뜬 소령의 눈을 내려다보았다. 무슨 생각을 하는 건지, 아니면 생각조차 할 수 없는 건지 소령의 눈은 여전히 초점이 흐렸다. 정석은 마차로 손을 뻗어 이불을 다독여 주고 앞서 가는 노복들을 다그쳤다.

"어서어서 서둘러라. 정동행성까지는 이틀 거리다. 내일 해 지기 전에 도착하려면 걸음을 재촉해야 한다!"

그 소리에 소령의 눈이 짧은 순간 반짝했다.

'정동행성!'

五. 생명의 은인을 만나다

"이놈의 모래 먼지! 입 속에서 좁쌀같이 자글자글 씹혀서 견딜 수가 없어!"

툴툴 짜증을 내며 들어오던 아진은 등받이를 하고 일어나 앉은 희랑을 보자 얼굴이 환해졌다. 정신이 잠깐 들었다가 놓았다가 한 지 열흘 만이었다.

"어! 깨어났네?"

그러면서 희랑에게 미음을 떠먹이고 있는 장평의 옆으로 와서 허리를 굽혀 빤히 쳐다보았다. 이마 끝에서부터 쓸어 내려온 아진의 눈이 살이 빠져 뾰족 각이 진 희랑의 턱 선을 한 바퀴 돌더니 다시 불안한 듯 경계하는 그의 눈과 딱 마주쳤다.

희랑은 눈을 반짝이며 얼굴을 뚫어질 듯이 살피고 있는 여자의 눈빛이 어찌나 따가운지 몸이 오그라들 것 같았다. 희랑이 난감해하며 눈길을 피하자 아진은 재밌다는 듯 생글생글 웃었다.

"그만 해, 아진. 이자가 먹지를 못하잖아."

그러나 아진은 죽을 떠먹이던 장평이 나무라는 소리를 들은 척도 않고 여전히 반짝이는 눈을 거두지 않았다.

'아무리 봐도 이자의 부드럽고 길쭉길쭉한 생김새가 마음에 든단 말이야! 조막조막 뭉퉁뭉퉁한 이곳 사내들처럼 답답하지가 않아.'

그러면서 아진은 곁눈으로 장평의 얼굴을 슬쩍 살폈다. 장평은 단단하기가 쇠심줄을 덮어쓴 바위덩이 같은 사내이다. 십 년 동안 함께 지내며 그가 웃는 것을 몇 번이나 보았는지 손으로 꼽아봐야 할 지경이었다. 여태껏 그런 딱딱한 얼굴만 대하던 아진이 흐르는 물같이 생긴 사내를 보니 갈라진 논바닥 같았던 가슴이 촉촉이 젖어드는 것은 숨길 수 없는 일이었다.

"많이 먹어요. 그래야 얼른 일어나지."

죽을 떠먹이던 장평이 고개를 돌려 놀란 눈으로 아진을 바라보았다. 아주 나이 많은 어른이 아닌 다음에는 누구에게도 말을 높이는 법이 없는 아진이 그녀보다 더 어려 보이는 자에게 말을 높였던 것이다. 게다가 아까부터 눈에 거슬리는 저 야릇한 눈길이라니……

장평은 숟가락으로 죽을 푹 떠서 희랑에게 내밀었다.

"그래, 많이 먹고 어서 기운 차리거라. 그래야 네 정체가 무엇인지 문초를 할 수 있지 않겠어?"

투박한 손길로 그릇을 긁는 수저 소리가 귀에 거슬렸다. 마지막 죽을 긁어 희랑의 입에 거칠게 밀어 넣어주고 일어서는 장평을 바라보던 아진이 눈꼬리를 새침하게 치켜 올리며 종종걸음으로 그의 뒤를 따라갔다.

"정말 문초할 거야? 이제 겨우 일어나 앉았는데?"

"다 나으면 할 거야."

"설마 진 장군님께 보이려는 건 아니지?"

"조사해 보고 보일만 하면 보여야지."

퉁명스런 말에 아진의 얼굴이 노래지더니 천막을 나가는 장평의 등에 달라붙듯이 따라가며 종알거리는 소리가 길게 들렸다.

"진 장군께 올라가는 포로가 어찌 대접받는지 알면서 그런 말을 해!"

"이건 우리에겐 중요한 일이야! 누구든 우리 교도들에게 위험한 인물이라면 어쩔 수 없잖아?"

"그럴 거면 차라리 죽게 버려두지 그랬어!"

"조용히 해! 그리고 쓸데없이 저자 가까이 다가가지 마! 아직 어떤 자인지 알지도 못하잖아!"

"장평! 거기 서봐!"

그들의 소리가 멀어져 가는 것을 들으며 희랑은 오그렸던 몸을 펴고 등받이에 등을 길게 펴고 기대어보았다. 찌릿한 통증이 등줄기를 타고 다리를 거쳐 발끝까지 뻗쳐 왔다. 화살이 여러 군데 박히면서 뼈를 건드린 모양이다.

시간이 얼마나 흘렀는지 모르겠다. 느낌으로는 고려를 떠나온 게 엊그제쯤 되는 것 같고, 또 이곳에서 가뭇가뭇 눈을 떴다 감았다 한 날이 며칠은 되는 것 같았다.

'열흘쯤 지났을까? 아니면 보름?'

희랑은 등으로 불덩어리 같은 화살이 날아와 박히던 그 순간이 떠올라 머리가 아찔해졌다. 이현은 어찌 되었을까? 어둠 속으로 하얀 점이 되어 사라지던 이현을 보고 병사들을 자신 쪽으로 유인했으니 무사히 도망쳤을 것이다. 어쩌면 지금쯤 대군마마를 뵈었을지도 모르겠다. 강릉대군의 상심이 크실 터인데……. 연경에 머물다 고려로 돌아갈 때면 언제나 아쉬운 얼굴로 빨리 돌아오라는 말을 잊지 않던 강릉대군의 외로움에 젖은 눈빛이 떠올랐다. 자신의 소식을 접한 대군의 상심이 얼마나 클지 짐작이 갔다. 충성을 맹세한 주군께 크나큰 불충을 저질렀다.

고려에는 별일없겠지? 원사 나리, 동지들, 모두 무사할까? 소령이……. 순간 희랑은 가슴이 막혀 버렸다. 마른 갈밭에 소령을 혼자 세워두고 돌아서 달리는 내내 그녀의 울음소리가 귓전을 떠나지 않았다. 의지는 순간순간 가슴속에서 물거품처럼 터졌다. 그럴 때마다 휘청 꺾이던 무릎을 곧추세우고 달렸다.

이틀 후로 다가온 혼인에 상기된 소령이 붉은 얼굴로 다과를 내어주며 수줍게 웃었었다. 그에겐 너무나 낯설었던 그 며칠의 소령의 모습. 자신 앞에서는 조심도, 부끄러움도 몰랐던 소령이 하얀 달빛 아래 온몸을 내보인 그날 이후, 전혀 낯선 모습으로 그의 마음을 두근거리게 했었다.

그 마음으로 한 번쯤 미친 듯이 너를 안아보고도 싶었다. 너를 떠올릴 때마다 순간순간 내 가슴이 얼마나 저렸었는지, 내 어깨에 올려진 이 짐을 벗어던지고 싶을 때가 얼마나 많았었는지……. 소령아…….

희랑은 목구멍 가득 차 오른 울컥한 덩어리를 밀어 넣기 위해 마른침을 꿀꺽 삼켰다. 침 넘어가는 소리가 견딜 수 없는 그의 마음만큼이나 힘겹게 들렸다. 그는 문득 생각난 듯 가슴을 뒤적였다. 그리고 작은 천 조각에 돌돌 말린 물건을 급히 펼쳐 보았다. 이현을 만나려고 나갔던 날, 저자를 거닐다 사서 소령의 머리에 꽂아주었던 그 머리꽂이다.

"나인 듯 생각해. 언제나 너만 믿는 내가 곁에 있다고 생각해."

갈밭에서 이것을 그의 손에 쥐어주며 들려주던 소령의 말이 아직도 귓전을 떠나지 않고 있다.

희랑은 입술을 깨물며 그것을 움켜잡았다. 소령은 잘 견딜 것이다. 어린 듯하지만 누구보다 강한 여인이니 잘 이겨낼 것이다. 지금쯤 답답한 가슴을 안고 어느 산자락에서 노루를 쫓고 있을지도 모르지. 아닌 척 자신의 마음을 감추기 위해 더욱 천방지축 뛰어다니다 아버님께 꾸중도 들을 것이다. 그런 날이면 아무도 몰래 갈밭에서 눈물도 훔치겠지? 희랑은 다시 한 번 마른침을 꿀꺽 삼키며 주먹을 그러쥐었다. 어서 떨치고 일어나야겠다.

희랑은 천막 안을 살펴보았다. 한쪽 벽을 가득 채우고 있는 낯선 불상들이 이들이 미륵사상을 믿는 백련교도임을 한눈에 알 수 있게 했다. 머리에 붉은 띠를 둘러 동지의 표시를 삼았다 하여 홍건적이라고도 부르는 그들. 원은 물론 고려의 국경 지역에서도 그들의 잔혹한 행위는 이미 알려져 있었다. 여러 무리로 나뉘어져 있는 그들은 단순한 도적 떼 같은 무리도 있었고, 이들처럼 미륵불을 모시는 백련교도들도 있었다.

이제 이 소굴에서 어떻게 빠져나갈 것인가가 문제였다. 잠깐씩 눈을 뜰 때마다 옆을 지키고 있던 장평이란 사내는 날카롭고 매서운 눈을 가졌다. 단순한 도적 떼의 무리쯤으로 보아서는 안 될 사람이었다. 그리고 쉬지 않고 이곳을 들락거리던 그 여자, 아진. 왜 그 여자가 낯설지가 않은지 모르겠다. 난생처음 보는 얼굴인데 아주 오랫동안 보아온 듯한 착각이 드는 여자였다.

"네 눈에는 도적 떼쯤으로 보일지 모르지만 우리는 한족의 세상을 만들 날을 꿈꾸고 있다. 비록 지금은 이렇게 모래 먼지가 심한 벌판에 머물러 있지만 언젠가는 이 중원에서 이민족을 몰아내고 한족의 나라를 세우는 것이 우리들의 꿈이지."

침상에서 조금 떨어진 곳에 의자를 두고 앉은 장평은 칼을 빼내어 정성스럽게 닦으며 묻지도 않은 말을 중얼거렸다. 짐작대로 단순한 도적 떼는 아닌 모양이다. 바람에 날리는 종잇조각도 단숨에 벨 만큼 날이 선 칼을 만족스런 얼굴로 들어보다 다시 칼집에 꽂으며 장평은 희랑을 노려보았다.

"넌 왜 고려에서 도망쳤느냐?"

"……."

"네가 쓰러져 있던 주위의 풀들의 방향과 네 손자국으로 보아 넌 필사적으로 원을 향해 도망치려고 했었던 것 같았다. 몽골 족속인가? 아니면 고려인인가? 내가 보기에 네 손은 칼을 잡는 무인의 손이 아니야. 그런데 왜 네게서 풍기는 냄새는 무인의 냄새일까?"

장평이라는 이 사내, 자그마한 체구에 온몸이 무장한 듯 날이 서 있으면서도 가볍지가 않다. 희랑은 잠깐 망설이다 이곳에 온 후 처음으로 스스로 입을 열었다.

"고려와 원을 오가는 장사치요."

"장사치? 그리 보이지는 않는데 내가 잘못 본 건가?"

"주로 인삼과 솜을 거래했습니다."

갑자기 자리에서 일어난 장평이 가까이 다가오더니 칼을 빼어 그것으로 희랑의 턱을 들어 올렸다.

"나이가 몇이냐?"

희랑은 등줄기에서 식은땀이 흘러내리는 것을 느끼며 마른침을 꿀꺽 삼켰다.

"이십 세요."

그 말에 장평의 얼굴에 놀라는 기색이 잠깐 스쳤다. 자신보다 열 살이나 어린 사내 앞에서 장평은 알 수 없는 긴장감에 사로잡혀 있었다. 장사치라고 하지만 이자의 눈은 계산 속 빠른 장사치의 눈이 아니다. 게다가 목에 칼끝을 들이대고 있는데도 전혀 동요하는 기색이 없었다.

짧은 순간 날카로운 눈빛이 부딪치며 둘 사이에 긴장이 흘렀다. 그러나 그것은 투덜거리며 들어오던 아진에 의해 금방 깨어져 버렸다.

"뭐 하는 거야, 장평!"

아진은 눈앞에 펼쳐진 모습에 경악하며 소리를 질렀다. 침착하고 냉정하기로 따지면 교도들 중 단연 으뜸인 장평이 바짝 흥분한 눈으로 포로의 목에 칼을 들이대고 있는 모습은 난생처음 보는 모습이었다. 장평은 문득 꿈에서 깬 듯 칼을 다시 칼집에 넣으며 희랑을 노려보았다.

"어린 녀석이 영악하구나. 그러나 내 앞에서는 거짓이 통하지 않는다. 아진, 오늘부터 이 녀석에게 양고기를 먹여라! 얼른 자리를 털고 일어나게 해! 문초를 해야겠다."

성큼성큼 걸어나가는 장평을 보며 아진은 금방이라도 쏟아져 나오려는 말들을 입속에 가두어두느라 애를 쓰고 있었다. 화가 났을 때의 장평이 얼마나 무서운 사람인지 알기에 이럴 때는 최대한 조심을 해야 했다. 장평이 나가는 것을 보고 돌아선 아진은 아직도 굳은 듯한 희랑의 얼굴을 빤히 쳐다보았다. 눈동자 하나 흔들림없이 빤히 쳐다보는 아진의 눈이 희랑의 몸을 다시 오그라들게 했다. 당황하며 눈길을 돌리는 희랑을 보며 재미있다는 듯이 다가왔다.

"장평은 마음이 아주 넓은 사람이지만 무섭기도 해. 네가 살기 위해서 가장 친해져야 할 사람도 장평이고, 가장 경계해야 할 사람도 장평이야. 내 말 무슨 뜻인지 알겠어?"

침상 주위의 모래알들을 탁탁 털어내며 은근히 일러주는 말이 따뜻하게 다가왔다.

이 여자는 아무래도 익숙하다. 희랑은 혼자 고개를 갸우뚱해 보았다. 도대체 난생처음 보는 여자가 왜 이렇게 익숙한 건지 알 수 없는 일이었다.

"자! 옷을 갈아입어. 그 옷에서 냄새가 난다."

아진은 희랑에게 한족의 사내들이 입는 옷을 한 벌 툭 던졌다. 그리고 또다시 빤히 쳐다보는 것이었다. 희랑은 호기심에 잔뜩 들뜬 아진의 눈길에 어이가 없었다.

"왜 안 갈아입어?"

"좀 나가주시지요."

아진은 머뭇거리던 희랑이 하는 말을 듣고서야 정신이 든 듯 얼굴을 살짝 붉히며 나갔다. 희랑은 아직도 움직일 때마다 불에 덴 듯 따끔거리는 허리를 힘들게 움직여 옷을 갈아입었다. 아진의 말대로 얼마나 오래 입고 있었는지 옷은 끈적끈적했고 냄새가 났다. 어쩌면 생각보다 훨씬 많은 날들이 지나 버렸는지도 모르겠다. 우선은 몸을 먼저 추슬러야겠고 그 다음엔 이곳을 빠져나갈 방도를 생각해 봐야겠다.

저고리를 여미는데 천막을 휙 걷으며 아진이 들어섰다.

"다 갈아입었어?"

화들짝 놀라며 앞가슴을 손으로 움켜쥔 희랑은 동그란 눈으로 쳐다보는 아진을 놀란 눈으로 바라보았다. 이 여자가 왜 그렇게 익숙했는지 이제야 알겠다.

이 여자, 아진의 하는 양이 영락없는 소령이다. 나이가 조금 더 든 소령의 모습!

六. 칼을 품다

정동행성에 도착해 노
정이 마련해 준 커다란 집과 벼슬자리, 그리고 수십 명의 노비
들을 보며 정석의 입가에 설핏 미소가 스쳤다. 소령을 험한 집
에 들이지 않고, 험한 음식을 먹이지 않고, 험한 의복을 입히지
않을 수 있어서 다행이다.

노복들은 새롭게 그들의 주인이 된 젊은 군관이 시체 같은 여
자를 안고 안방으로 들어가는 것을 호기심 어린 눈으로 바라보
았다. 방금 만들어 깔아놓은 듯한 푹신한 솜이불 위에 소령을
눕히고 정석은 길게 한숨을 내쉬었다. 개경에서 이곳까지 하루
반. 짧다면 짧은 그 거리는 그가 평생 걸어왔던 길보다 더 멀고

무거웠다. 이제 다시는 그 길을 되돌아갈 수 없으리라. 내려다보니 소령은 여전히 초점없는 눈을 깜박이고 있었다.

"이제 다 왔습니다. 피곤할 테니 한숨 주무십시오."

이불을 당겨 다독여 주는 그의 눈이 따뜻하다.

소령을 돌볼 책임이 맡겨진 사람은 손끝이 야무지고 입이 무거운 동이 어멈이었다. 잠시도 곁을 떠나지 말라는 정석의 영에 따라 정석이 퇴청해 돌보는 시간 외에는 잠도 그 방에서 자야 했다.

한참 어미 품을 파고들 나이인 동이를 떼어내고 소령의 곁에서 잠을 뒤척일 때마다 마루를 오가는 일렁이는 그림자가 그녀의 잠을 깨웠다. 옆에서 잠들어 있는 시체 같은 이 집의 젊은 아씨는 저 애끓는 그림자를 아는지 모르는지 가끔 잠결에 눈을 떠보면 혼자 멀거니 눈을 뜨고 천장을 올려다보며 알 수 없는 미소를 짓곤 했다.

아침마다 등청하기 전 정석은 관복을 입고 소령을 찾았다. 소령의 아침 식사를 챙기는 것은 언제나 그의 몫이었다. 소령의 몸을 안아 등받이를 해주는 그의 나뭇등걸 같은 얼굴에 따뜻한 미소가 흘렀다.

"오늘은 이 그릇을 다 비우셔야 합니다."

정석은 동이 어멈이 건네주는 죽 그릇을 들고 다가앉았다. 처음엔 물도 겨우 받아넘기던 소령이 이젠 죽도 넘기고 이것저것 딱딱하지 않은 음식들을 곧잘 받아먹었다. 그러나 그 눈은 여전히 초점없이 흐렸고, 단 한 마디의 소리도 입 밖으로 꺼내지 못했다. 그런데 신기한 것은 동이 어멈이 먹일 때보다 정석이 먹일 때 훨씬 잘 먹는다는 것이었다.

숟가락을 입 가까이 가져가기 무섭게 입을 벌려 죽을 꿀꺽꿀꺽 삼키는 소령의 모습이 신기한지 동이 어멈이 평소 어려워 좀처럼 정석에게 하지 않던 말까지 했다.

"아씨께서 다 알고 계신 모양입니다, 나리. 이년이 먹일 때는 입도 벌리기 힘들어하시는데 나리께서 먹이시면 마치 딴사람처럼 받아드십니다."

"그런가?"

동이 어멈에게 되묻는 정석의 표정에 일말의 기대감이 깔려 있었다. 소령이 눈빛이 희미한 가운데에서도 유독 자신에게만 반응을 보이고 있다는 것은 정석도 알고 있었다. 정석을 알아보는 것인지, 아니면 익숙함을 느끼는 것인지는 알 수 없었지만 자신을 잊지 않고 있다는 것만으로도 정석은 좋았다. 그러나 소령이 얼마나 섬뜩한 차가움을 품고 있는지 그는 느끼지 못하고 있었다.

정동행성의 수비대장 백문기로부터 찾던 사람을 보내겠다는 연락을 받은 것은 정석이 금붙이 두엇을 들고 그를 찾아간 지 열흘 만이었다. 그 소식을 들은 정석은 서둘러 집으로 향했다. 집으로 돌아와 소령을 잠깐 들여다보고 뒤꼍으로 가니 이미 천

서방이 건장한 사내 둘을 밧줄에 묶어 꿇어앉힌 채 그를 기다리고 있었다. 그들을 보는 순간 정석의 눈이 차갑게 이지러졌다. 그들은 소령이 갇혀 있다는 그 광으로 갔을 때 광문을 열어주고 자신을 안내하던 사내와 곁에 있던 또 한 명의 사내로 눈에 익은 자였다.

"천 서방, 자네는 그만 가보게."

"예, 나리."

"아, 이곳에는 아무도 들이지 말게."

목소리에서 느껴지는 섬뜩한 차가움에 천 서방은 얼른 그곳을 나와 버렸다.

이를 앙다물자 정석의 각진 턱이 더욱 각이 져 바르르 떨렸다. 처음 이곳 정동행성으로 소령을 확인하러 왔을 때, 정석은 처참한 소령의 모습을 보며 분노에 치를 떨었었다. 그리고 이곳으로 와 소령을 간호하며 또다시 그들에 대한 분노가 일었다. 어떻게 사람을 이토록 모질게 두들겼을까? 그들을 도저히 용서할 수가 없을 것 같았다.

"고개를 들어라."

낮고 조용한 낯선 목소리에 그들은 고개를 들었다. 그들은 영문도 모른 채 군졸들에 의해 이곳으로 끌려온 것이다. 그들은 눈앞에 나뭇등걸처럼 딱딱한 얼굴을 한 정석이 누구인지 기억나지 않는 모양이었다.

"나리! 소인들이 무슨 잘못을 저질렀답니까? 소인들은 아무

영문도 모르고 끌려왔습니다. 이유나 좀 말씀해 주십시오."

그들은 억울한 듯 실룩거리며 얼굴이 상기되어 있었다. 정석은 칼집으로 그 사내의 얼굴을 들어 올렸다.

"한 달 전, 너희들이 물고를 낸 여인이 있었지?"

순간 그들은 동시에 서로를 보았다. 한 달 전 물고를 낸 여인이라면 생생하게 기억하고 있었다. 원으로 보내달라고 앙칼지게 물고 뜯으며 덤벼대던 남장여인을 두고 하는 말일 것이다. 그제야 그들은 그녀를 찾으러 왔던 사람이 정석이었다는 것을 기억해 낸 듯 얼굴이 하얗게 질렸다.

"그때 가담한 자들이 너희 둘뿐이냐?"

한참을 머뭇거리던 사내가 뭔가 말을 하려 하자 옆에 있던 덩치 큰 사내가 먼저 입을 열었다.

"예, 저희 둘뿐입니다."

그의 목소리는 제법 담담했고 약간의 의기까지 느껴졌다.

"누가 시켰느냐?"

그러나 그들은 그 질문에는 대답하지 않았다. 덩치 큰 사내는 입을 굳게 닫아버렸고, 그 옆의 조금 마른 사내는 머리를 조아리며 떨고 있었다. 덩치 큰 사내의 입에서는 쉽게 대답이 나올 것 같지 않았다. 정석은 칼을 뽑아 약간 마른 사내의 목을 들어 올렸다.

"누가 시켰느냐?"

"나, 나리, 소인은 자, 잘 모릅니다요."

"그런가?"

정석은 혼이 빠진 듯 흔들리는 그의 눈을 보다가 입가에 설핏 미소를 지었다. 그리고 순식간에 칼을 들어 그의 목으로 내려쳤다. 공포에 질린 그의 비명 소리가 뒤채에 울려 퍼졌다. 댕강 달아나 피를 콸콸 쏟을 것 같던 그의 목은 그러나 멀쩡했다. 그의 목을 내려친 것은 칼등이었다. 그 사내는 혼이 빠져 버린 얼굴로 자신의 목을 두 손으로 감싼 채 눈물콧물 범벅이 되어 정석의 발 아래에 코를 박고 울부짖었다.

"살려주십시오, 나리! 소인은 그저 시키는 대로 했을 뿐입니다. 살려주십시오. 제발 살려주십시오!"

그 모습을 내려다보며 정석은 다시 한 번 차갑게 물었다.

"입을 다물고 있으면 누군가 너희들을 구해줄 것이라는 착각은 하지 마라. 한낱 노복 두엇을 구하고자 자신의 입장이 난처해질 일을 할 사람은 없을 테니까. 다시 한 번 묻겠다. 누가 시켰느냐?"

"노, 노정 나리께서……."

순간 옆에 있던 덩치 큰 사내가 눈을 부라리며 소리를 질렀다.

"입 닥치지 못해! 이 못나 빠진 놈."

"내가 뭐 없는 말 했소!"

"제 목숨 부지하고자 주인을 버리는 개만도 못한 놈!"

"그려요, 맞어요. 난 개만도 못한 놈이오. 개도 지 새끼는 돌

보는 법인데, 백일 지난 애 새끼 굶겨 죽인 놈이 어찌 개만 하겠
소!"

악에 받친 듯 고함을 질러대던 그는 다시 정석에게로 기어와
충혈된 눈으로 하던 말을 이었다.

"노정 나리께서 저 형님께 시켰습니다요. 딱 죽지 않을 만큼
만 물고를 내어라 했답니다. 우린, 우린 그저 저 형님이 시키는
대로 몽둥이를 두들겼을 뿐입니다요."

"우린?"

"예, 저 혼자가 아니라 여럿이었습니다, 나리. 그 아씨의 폐물
을 빼앗은 것도 바로 저 형님이었습니다."

"입 닥치지 못해!"

다시 덩치 큰 사내가 발악하듯 소리를 지르자 정석은 새파랗
게 날이 선 칼날을 그의 목에 들이대었다.

"아가씨께 빼앗은 물건이 무엇이냐?"

"없다."

"있지 않소! 목에 걸려 있던 금붙이였습니다, 나리."

마른 사내는 작은 눈을 번득이며 입을 실룩거렸다. 소령의 목
에 걸려 있던 초승달 모양의 금붙이를 혼자 꿀꺽 삼켜 버린 그
에게 분풀이라도 하듯 입을 실룩거리며 고자질을 했다. 정석은
칼끝을 그의 목에 바싹 대었다.

"그걸 어쨌느냐?"

싸늘한 칼날이 닿아 있는 목덜미에서 소름이 돋았다. 떨지 않

으려 안간힘을 쓰는 그의 이마에서 핏줄이 터질 듯이 불거져 나왔다. 정석의 말대로 노정이 한낱 노비인 자신을 구해주려고 난처한 입장에 처해질 일을 하지는 않을 것이다. 더구나 수비대장 백문기가 자신들을 잡아 정석에게 넘겨 버렸으니 노정에게 보고를 할 리는 더 더욱 없다. 자신의 목에 칼을 들이댄 정석은 당장이라도 칼을 휘둘러 버릴 만큼 차가운 사람으로 보였다. 그는 지금도 가슴에 품고 있는 그 금붙이를 빼앗기고 싶지 않았다. 그 정도면 어디를 가든 조그만 땅덩이 하나쯤은 마련할 수 있을 것이다.

눈을 부라리며 주위를 살피던 그 사내는 정석의 시선이 잠깐 느슨해진 사이 번개처럼 일어나 정석의 가슴을 들이받고 달아나기 시작했다. 순식간에 일어난 일이라 정석은 그대로 엉덩방아를 찧으며 뒤로 넘어졌다. 고개를 들어보니 그 사내는 이미 묶인 팔을 버둥거리며 담을 넘으려 안간힘을 쓰고 있었다. 정석은 순간적으로 땅에 떨어진 칼을 그를 향해 던졌다. 칼은 정확하게 등 한가운데에 박혔다. 막 담을 넘으려던 그는 잠깐 움찔하더니 담 아래로 떨어져 내렸다.

멀리서 그 모습을 바라보던 정석은 한참 만에 정신이 든 듯 그에게로 다가갔다. 그는 눈을 멀거니 뜬 채 숨이 끊어져 있었다. 죽일 생각까지는 없었는데 날아간 칼이 정확하게 급소를 맞혀 버린 모양이었다. 인상을 찌푸리며 등에 꽂힌 칼을 쑥 빼어 들던 정석은 그의 가슴께에서 흘러내린 초승달 모양의 금붙이를 발견했다. 초승달 모양의 금붙이에 구멍을 뚫어 가죽끈을 묶어 만든 목걸이였다. 그것을 들어 한참 동안 바라보던 정석은 소맷자락에 넣고 다시 벌벌 떨고 있는 마른 사내에게로 다가왔다.

"사, 살려주십시오, 나리. 소인은 시키는 대로 한 죄밖에 없습니다. 살려주십시오."

그는 이미 혼이 빠져 버린 듯 정신없이 머리를 조아렸다.

"지어미가 죽고 없어 백일짜리 애새끼를 굶겨 죽였습니다요. 이것이 어디 사람 놈입니까? 저 혼자 살겠다고 고자질까지 서슴없이 해대고, 그 탓에 십년지기 형님이 저리 죽어 나자빠졌습니다. 그래 놓고도 살려달라고 매달리는 이놈이 어디 사람 새끼입니까? 그래도 살려주십시오, 나리. 딸린 애새끼가 셋이나 됩니다요. 이놈이 없으면 고스란히 굶어 죽을 어린 것들입니다. 부디 그것들을 불쌍히 여겨 이놈을 살려주십시오!"

눈물 콧물 범벅이 되어 바짓가랑이에 매달리는 그를 내려다보며 정석은 할 말을 잃었다. 한때는 나도 이런 이들을 위해 살고자 마음먹은 적이 있었지. 이런 이들이 배를 곯지 않고 살아갈 수 있는 나라를 만드는 것, 그것이 나의 꿈이었다.

"그만…… 돌아가거라."

바람에 흔들리듯 멍하니 앞만 바라보던 정석은 나직이 중얼거렸다. 자신의 귀를 의심하는 듯 몇 번이나 머뭇거리던 그는 쏜살같이 중문을 열고 달아났다.

'노정! 당신은 처음부터 다 알고 있었군. 내가 결국 당신을 다시 찾으리라는 것도, 처참한 아가씨를 보고 나면 배신자가 되고 말 것이라는 것도…….'

자조의 웃음이 그의 몸을 흔들었다.

"흐…… 흐흐흐……."

내 꿈은 언제나 저들 가까이에 있었다. 결코 거창하지도, 화려하지도 않았다. 작고 젊었던 나의 꿈. 희랑과 함께 나누던 대화들이 얼마나 가슴 벅찼었는지, 젊은 무관들의 눈을 보고 있을 때면 그 꿈이 성큼성큼 눈앞으로 걸어오는 듯했다. 보고만 있어도 가슴이 뛰던 그들, 볼 때마다 얼굴 가득 웃음을 담고 있어 작은 걱정조차 떨쳐 버리게 만들어주던 이현.

"흐흐…… 흑…… 흑……."

황소 같은 눈물들이 뚝뚝 떨어졌다. 가슴으로는 피눈물을 흘렸지만 한 번도 흘릴 수 없었던 눈물이 한꺼번에 봇물이 터지듯 쏟아졌다. 감당할 수 없는 감정들이 몸속에서 요동쳤다. 속이 뒤틀리고 오물들이 쏟아져 나왔다. 젊은 무관들의 뜨거운 핏줄들도, 이현의 웃음도 오물에 섞여 쏟아졌다. 자신에 대한 분노와 서러움이 구역질이 되어 쏟아졌다.

늦은 밤, 초췌한 얼굴로 소령의 방에 들어온 정석은 동이 어멈에게 오늘은 자신이 있을 테니 아이 곁으로 가보라고 했다. 정석은 그녀의 머리맡에 앉아 잠든 얼굴을 멍하니 내려다보았다.

소령은 밤새 간간이 눈을 떴다. 그 눈이 찾는 것이 무엇이든 그녀의 눈을 마주하는 잠깐의 시간이 정석의 마음을 잡아주었다. 감당할 수 없던 분노도, 서러움도 날이 밝아오면서 이미 다 사그라지고 없었다. 소령은 고물거리는 아이처럼 그의 손을 기다리고 있다. 정석은 동이 어멈이 마루에 올려두고 간 따듯한 물을 들여와 매일 해왔듯이 수건을 적셔 그녀의 얼굴을 닦아주었다.

나를 위해 흘릴 눈물은 어제 하루만으로 족하리라. 이제부터 흘릴 눈물은 모두 장소령, 당신을 위한 것이다. 당신의 슬픔, 고통…… 내가 대신 다 울어줄 것이다.

그날 아침 정석은 다 씻기고 나서도 오래도록 소령의 손을 놓지 못했다.

소령은 이미 의식이 말짱했다. 단지 말소리가 쉬 나오지 않았고, 몸이 생각대로 말을 듣지 않아 흐느적흐느적 힘이 없을 뿐이었다. 개경을 떠날 때 태성의 눈물 바람을 보면서 무슨 일이 있구나 생각했었는데 정석이 자신을 데리고 향하는 곳이 정동행성이라는 것을 알았을 때 그녀는 어떤 일이 일어났는지 어렴풋이 직감할 수 있었다. 다시 돌아가 버린 정석의 집에서 눈을 떴을 때 이미 몇 번은 들여다봤어야 할 이현이 보이지 않았고, 나뭇등걸 같던 정석의 얼굴에는 허한 웃음이 번지고 있었다.

'저자가 무슨 짓을 한 것일까? 설마 나와 동지들의 목숨을 맞바꾼 건 아니겠지? 그런 어리석은 짓을 할 사람은 아닌데……. 근데 저 얼굴은 왜 저토록 허할까? 그 빛나던 눈은 어디로 가버린 거지? 정말…… 그랬을까? 저자가 동지들을 배신했을까?

동지들을 배신했다는 것, 그것은 그들의 목숨 이상의 의미가 있었다. 그들 한 사람 한 사람은 장유경과 희랑의 희망이었고, 꿈이었고, 언덕이었다. 결코 그녀의 목숨과 비교해서는 안 되는 사람들이었다. 비빌 언덕을 잃어버렸으니 어쩌면 희랑은 영원히 돌아오지 못할지도 모른다.

소령은 어둠 속에서 입술을 깨물었다. 그녀가 짐작한 이 모든 것이 제발 사실이 아니기만을 빌었다. 어서 일어나 확인을 해야겠는데 목구멍까지 올라온 말은 좀처럼 그곳을 뚫고 밖으로 나오지 않았다. 목이 터져라 외치는 소리도 입 밖으로는 한 마디도 새어나오지 못했다. 밤이면 문밖에서는 언제나처럼 일렁일렁 달빛에 흔들리는 정석의 그림자가 서성이고 있었다.

"나리! 나리!"

밤새 소령의 방문 앞을 서성이다 새벽이 되어 잠깐 자리에 누운 정석은 동이 어멈이 부르는 다급한 소리에 놀라 뛰어나왔다. 소령을 곁에 둔 후, 그의 의식은 늘 문밖을 서성이는 아이처럼 불안하고 초조해서 조그만 소리에도 놀라 뛰쳐나오곤 했다.

"무슨 일인가?"

"아씨께서 일어나 앉으셨습니다. 지금 막 혼자 일어나 앉으셨습니다!"

"그래?"

안채까지 걸어가는 몇 걸음이 정석에겐 천당과 지옥을 오가는 듯한 기분이었다. 정신까지 온전히 돌아온 것일까? 정석은 마음 한구석에서는 영원히 그녀가 아무것도 기억하지 못하기를 바라는 마음이 이기처럼 일어나는 것을 떨쳐 내며 걸음을 재촉했다.

방으로 들어서던 정석은 힘없이 올려다보는 소령의 눈을 보고 멈칫 그 자리에 서버렸다. 그 눈에 힘은 없었지만 조금의 흔들림도, 두려움도 없이 방 안을 조용히 살피다 막 들어서는 정석의 얼굴을 찬찬히 살피고 있었다. 그 눈에는 수많은 질문이 혼란스럽게 엉켜 있었다.

"아, 아가씨……."

떨리는 목소리로 부르는 정석을 올려다보며 소령은 밤마다 방문 앞을 서성이던 그림자가 정석이었다는 것을 다시 한 번 확인했다. 그리고 이곳은 정동행성. 아침마다 소령에게 음식을 떠먹이던 그는 원의 관복을 입고 있었다. 어렴풋이 생각했던 모든 것이 선명해지는 순간이었다.

태성이 왜 나를 따라오지 않았는지 알겠다. 그의 빛나던 눈이 왜 저토록 흐리고 차가워졌는지 알겠다. 그가 떠먹이던 밥들이 뱃속에서 울렁거렸다. 소령은 온몸에서 힘이 빠져 쓰러지듯 다시 자리에 누웠다.

정석은 다가와 앉았지만 돌아누운 그녀의 등 뒤에서 들릴 듯 말 듯 작은 한숨을 내어쉴 뿐, 아무 말도 할 수 없었다. 들어서며 잠깐 보았던 소령의 또렷한 눈 속에서 그는 그녀의 모든 마음을 읽어버렸다. 지금 이렇게 돌아누운 그녀가 다시는 그를 향해 고개를 돌려주지 않으리라는 것을 직감했다.

"동이 어멈."

동이 어멈은 반가움에 눈물이라도 쏟을 것 같았던 정석이 무섭도록 차가운 냉기를 뿜으며 자신을 부르는 소리에 가슴이 서늘해졌다.

"예? 예, 나리."

"가서 아침상을 준비해 오게. 아씨께서 얼른 기운을 차리고 싶으실 테니……."

정석은 자신도 어쩔 수 없는 화가 치밀어 올랐다. 그 화는 돌아누운 그녀에게 나는 것 같기도 했고, 잠깐 들떴던 자신에게 나는 것 같기도 했다. 아니, 앞으로 닥쳐올 그녀와의 전쟁 같은 날들에게 화가 나는 것 같았다. 그는 방을 나오며 스스로에게 냉철하고 차가워지라고 주문했다. 무너지고 나약해질 그녀를 일으키기 위해 나는 냉정해져야 한다. 배신자의 멍에에 묶인 나에게 차가워져야 한다.

그 이후, 정석은 며칠 동안 소령을 찾지 않았다. 그녀 스스로 현재의 상황을 납득하고 받아들일 시간이 필요하리란 생각에서였다. 괴롭겠지만 그것은 그녀만이 할 수 있는 일이었다.

며칠 후, 정석이 일찍 퇴청해 들어오자 동이 어멈은 혼자 답답했던 마음을 하소연하듯 사랑채로 찾아와 발을 동동거렸다.

"아씨께서 아무것도 드시지 않습니다. 아예 입을 열지 않습니다. 오늘은 물도 한 모금 안 넘기셨습니다, 나리."

그녀가 종일 부엌과 안방을 오가며 한 모금이라도 떠먹여 보려 애를 썼지만 소령은 무슨 단단한 결심이라도 한 사람처럼 입을 닫아버렸다.

동이 어멈은 도무지 정석을 이해할 수 없었다. 아무것도 모르는 그녀가 보기에도 소령에 대한 정성이 애달팠던 그는 무슨 연유인지 소령이 깨어난 이후 갑작스럽게 안채로의 발길을 끊어버렸다. 밤새 문밖에서 안타깝게 서성이던 그림자도 간간이 보일 뿐이었다.

"언제부터였는가?"

"어제 아침부터입니다. 쇤네가 뭔 짓을 해도 입을 열지 않으시니 나리께서 들여다봐 주십시오."

동이 어멈은 소령이 어쩌면 정석을 기다리는 건지도 모른다는 생각을 했다. 며칠을 얼굴도 비치지 않으니 그리워진 건지도 모른다. 아무리 병중이라도 여자는 여자일 뿐이니 어쩌면 지아비의 손길이 그리워 그러는 건지도 모른다고 혼자 머리를 굴렸다. 그녀는 정석의 눈치를 살피며 그가 어서 안채로 가주기를 재촉했다.

정석은 안채와 사랑채의 중문 사이에서 소령의 방을 노려보았다. 그의 마음은 이미 그 방 안을 서성이고 있었지만, 발바닥에 풀이 붙은 듯 한 발짝도 움직일 수 없었다. 정석은 돌아누운 그 등에서 번져 나오던 싸늘함을 다시 대할 자신이 아직은 없었다.

"입맛이 떨어지신 건 아닌가? 자네가 좀 더 애써보게."

얼음처럼 시린 눈으로 돌아선 그는 마구간으로 발길을 돌렸다.

"천 서방, 말을 준비하게! 사냥을 가야겠어."

의아한 얼굴로 뛰어가 말을 몰고 나온 천 서방이 고삐를 건넸다.

"나리, 이 늦은 시간에 사냥은……."

"괜찮아, 아무도 따르지 마라. 핫!"

훌쩍 뛰어오른 정석은 말의 배를 힘껏 찼다. 갑작스러움에 화들짝 놀라며 한 바퀴 뛰어오르던 말이 빠른 속도로 대문을 달려 나갔다. 이미 해가 뉘엿뉘엿 지고 있는 시간이었다.

'음식물을 거부한다고? 굶어 죽기라도 하겠다는 건가?'

바람을 가르며 달리는 그의 입가에 서글픈 미소가 번졌다.

개경에서 겨우 이틀 거리지만 이곳의 바람은 개경과는 달리 차가움을 넘어서 살을 따갑게 후비며 파고들었다. 그것이 고통스러우면 고통스러울수록 정석은 쾌감을 느끼듯 더욱 힘차게 채찍을 내려치며 말을 달렸다.

정석은 몸을 더욱 낮추며 속도를 내었다. 길이 있다면 이대로 어디든 달려가 버리고 싶었다. 어디든 소령에게서 멀리 떨어질 수 있는 곳이라면 달려가리라. 지친 듯 거친 숨을 몰아쉬는 말의 배를 그는 다시 한 번 힘차게 찼다. 갑작스럽게 급소를 채인 듯 입에 거품을 문 말이 앞발을 솟구쳐 올리며 뛰었다. 정석은 곤두박질치며 말에서 떨어졌다.

코끝을 스치는 마른 풀잎과 먼지 냄새가 숨결을 타고 넘어와서 목이 따가웠다. 잡풀 사이로 거품을 문 말이 저만치 달아나는 것이 보였다.

'그래…… 가거라. 되도록 멀리멀리 가거라. 나를 볼 수 없는 곳, 내 못난 마음을 볼 수 없는 곳으로…… 가거라.'

그녀의 단 한 번의 외면에 이토록 못 견뎌한다면 앞으로 소령과의 생활은 그에게 고통의 바다를 거품처럼 떠도는 시간이 될 것이 뻔했다. 그럴 수는 없었다. 그것은 정석에게는 물론 소령에게도 지옥 같은 시간이 될 것이다. 정석은 마음 한 자락을 떼어 미친 듯 내달리는 말에게 실어 보냈다. 이제 그녀로 인해 슬퍼질 마음마저 없애리라 생각했다. 바람에 할퀸 얼굴로 한줄기 뜨거운 물이 흘러내려 살이 따끔거렸다.

아침상을 들고 오던 동이 어멈은 댓돌에 벗어놓은 정석의 신발을 발견하고 반가움에 얼른 방으로 들어갔다. 정석은 소령을 앉혀두고 마주 앉아 있었다.

"나리!"

"거기 두고 나가게."

고개를 돌리고 있는 소령의 모습이 동이 어멈에게는 단단히 토라진 여인네의 모습으로 비쳤다. 이레가 넘도록 들여다보지 않은 지아비에 대한 섭섭함일 테지? 몸은 성치 않아도 여자는 여자다. 그래도 우리 아씨는 복도 많으시지. 나리 같은 지아비가 또 어디 있을까?

부러움과 안도를 함께 느끼며 동이 어멈은 방을 나갔다.

정석은 동이 어멈이 두고 간 상을 당겨 수저로 죽을 저어 식혔다. 음식을 입에 대지 않은 지 사흘째, 정석은 결국 아침 일찍 관복을 차려입고 안채로 왔다. 사흘을 굶었다는데도 소령의 눈은 오히려 더 총명하게 빛나고 있었다. 눈빛을 보니 그녀가 이제 완전히 의식을 차렸음을 알 수 있었다. 소령은 안아 일으키는 정석의 손길을 온몸으로 거부했다. 그러나 움직임이 자유롭지 못한 몸으로는 어떤 의사표시도 할 수 없었다.

죽을 충분히 식힌 정석은 그것을 소령에게 내밀었다. 그러나 소령이 눈길조차 주지 않는 것을 보자 그는 다시 숟가락으로 퍼서 눈앞으로 가져갔다.

"드십시오."

숟가락이 입술에 살짝 닿자 소령은 고개를 흔들었다.

"드십시오!"

정석의 화난 목소리가 들리자 소령은 눈을 반짝 뜨고 그를 바라보았다. 그 눈에 흐르는 차가움과 경멸이 정석의 얼굴을 훑었다. 정석은 들고 있던 숟가락을 잠깐 떨다가 이해할 수 없는 표정으로 싱긋 웃었다.

"드시지요. 정희랑을 기다리려면 몸을 잘 보존해야 하지 않겠습니까? 저 또한 아가씨처럼 그를 기다리고 있습니다. 정희랑을 이곳으로 유인하자면 아가씨의 목숨이 필요합니다. 이렇게 굶어 죽게 버려둘 수 없다 이 말입니다."

정석은 비릿한 웃음을 흘리며 다시 수저를 소령의 눈앞에 들이밀었다.

"내 다음 계획은 정희랑입니다. 그의 행방이 아무리 묘연해도 살아 있다면 언젠가는 강릉대군을 찾아갈 테니 내 말 한마디면 그를 제거하는 것은 식은 죽 먹기 아니겠습니까?"

정석은 소령의 주먹 쥔 손이 가늘게 떨리는 것을 보며 다시 입을 열었다.

"그것은 내가 살기 위한 방편이기도 합니다. 그가 돌아오면 나를 가장 먼저 죽이려 들 것이니……. 그러나 섣불리 강릉대군의 이름을 들먹이진 않을 것입니다. 내 목표는 오직 정희랑일 뿐이니 말입니다. 그러니 우선 아가씨께서 자리를 털고 일어나 주셔야겠습니다. 아가씨께서 자리를 털고 온전히 일어나신 다음에 정희랑을 이곳으로 유인해 제거할 것입니다. 그 방법이 훨씬 재미있을 것 같지 않습니까? 그 후에 우리는…… 정식으로 혼인을 하는 겁니다."

나뭇등걸 같았던 정석은 어느새 가늘고 날카로운 눈으로 비릿한 웃음을 흘리고 있었다. 소령은 치 떨리는 분노로 구역질이 날 것 같았다. 앙다문 입술이 파르르 경련을 일으키는 것을 보며 정석은 들고 있던 죽 그릇을 소리나게 상 위에 놓았다.

"더 이상 고집 부리면 강제로라도 먹일 테니 그리 아십시오!"

바람을 일으키며 정석이 나가 버리자 소령은 그제야 참았던 숨을 토해내었다.

'저자를 내 손으로 죽일 것이다! 희랑을 어쩌기 전에 내 칼이 먼저 네놈의 심장을 찌를 것이다!'

소령의 얼굴은 파르르 경련이 일며 눈에서 불꽃이 일었다.

마당으로 내려선 정석은 큰 소리로 동이 어멈을 불렀다.

"동이 어멈!"

"예, 나리."

"아씨께서 아침상을 물리시면 점심에는 뭘 드시고 싶으신가 여쭙고 뭐든 얼른 기운을 차릴 음식으로 준비해서 자주자주 올리게."

"아씨께서 죽을 드셨습니까?"

동이 어멈은 놀란 듯 되물었다. 그렇게 빌고 빌어도 입을 꼭 닫고 있더니 정석이 한번 들여다보자 금방 음식을 먹는 것을 보니 확실히 지아비가 그리웠던 게 분명한 모양이다. 동이 어멈은 혼자 이런 생각을 하며 배실배실 웃음을 흘렸다.

"다시는 안 드신다 소리는 않으실 테니 잘 챙겨 드리게."

"예! 예, 나리!"

그 성질에 당장이라도 나를 죽이고 싶을 것이다. 그러자면 먼저 살아야 할 것이니 다시는 음식을 거부하지 않겠지. 가슴에 칼을 품었으니 그 칼을 갈 동안 그녀는 삶의 끈을 놓지 않을 것이다.

정석은 문득 하늘을 올려다보았다. 아침부터 눈부시도록 시린 하늘에 햇살이 뻗어 있었다. 그러나 저 햇살은 시린 하늘을 녹여주지 않을 것이다. 순식간에 바람에 실려 스쳐 가버릴 뿐, 자신이 스쳐 온 시린 하늘을 기억조차 못할 것이다. 찬 겨울 하늘이 쩡 소리를 내며 금이 갈듯 푸르렀다.

어제저녁, 관군의 기습
으로 백련교도의 군영과 조금 떨어진 곳에 무방비로 있던 부락
에서 아녀자들과 아이들 여럿이 목숨을 잃었다. 그들은 대부분
이 교도들의 가족이었고, 그 모든 화살은 신원 미상의 낯선 사
내인 희랑에게 돌아갔다. 그들은 희랑이 첩자일 것이라고 생각
했다. 아침부터 흥분해 몰려온 사람들의 험악한 눈을 보고 장평
은 더 이상 버틸 수가 없어서 아직 회복되지 않은 희랑을 그들
앞에서 취조하게 되었다.

그동안 유별나게 희랑을 감싸고 돌았던 장평에 대한 젊은 교
도들의 불만도 이참에 불식시켜 줄 필요가 있었다. 그러나 어떤

식으로든 희랑을 쉽게 죽이고 싶지 않은 것이 장평의 마음이었다. 무슨 연유에선지 모르겠지만 장평은 희랑에게서 풍기는 예사롭지 않은 인품에 마음이 끌렸다.

모래 바람에 거칠어질 대로 거칠어진 젊은 사내들이 병풍처럼 둘러싼 가운데에 희랑을 꿇어앉힌 장평은 잔뜩 긴장한 얼굴로 같은 질문을 반복해서 하고 있었다. 하루가 멀다 하고 전투에 참여하는 그들에게 낯선 사내가 같은 군영에 있다는 것은 마치 금방이라도 불이 붙어 그들을 집어삼킬지도 모를 장작개비 하나를 품고 있는 것만큼이나 불안한 일이었다.

"다시 한 번 묻겠다. 장사치가 분명한가?"

"그렇습니다. 규모는 크지 않았지만 개경에 조그만 상단도 가지고 있었습니다. 일 년의 반은 원에서, 또 반은 고려에서 생활했었습니다. 그러니 몽고어는 물론 한어도 능통할 수밖에 없지 않겠습니까?"

"그렇다면 국경에서는 왜 쫓겼느냐?"

"……."

"거짓은 통하지 않는다. 바른대로 말을 해라!"

"……물건이 탐이 나 동업하던 자를 죽였습니다."

그 말을 하는 희랑의 눈은 정말 탐욕에 눈먼 자의 어리석은 모습처럼 두려움에 떠는 듯 보였다.

"사람을 죽였다?"

날카로운 눈으로 희랑을 노려보던 장평의 입꼬리가 살짝 올라가며 희랑을 둘러싸고 있던 젊은 교도들을 둘러보았다. 몇은 고개를 끄덕였지만 몇은 여전히 의심에 찬 눈을 거두지 않고 있었다. 장평은 허리에 찬 칼을 뽑아 희랑의 턱을 들어 올렸다.

"그렇다면 쉽게 고려로 돌아갈 수는 없겠구나!"

두 사람의 눈이 공중에서 잠깐 부딪쳤다. 그는 희랑이 거짓말을 하고 있다는 것을 알고 있었다. 희랑의 눈에도 장평이 자신의 거짓말을 알고 있다는 것이 확연히 느껴졌다. 희랑은 장평의 눈에 알 수 없는 온기가 흐르는 것을 느끼며 그의 눈을 응시하다 몸을 떨며 머리를 조아렸다.

"예, 살려주십시오. 당분간이라도 이곳에 머물게 해주십시오. 제발, 제발 살려주십시오!"

머리를 바닥에 박은 채 눈물을 흘리며 떨고 있는 희랑의 모습에 험악한 얼굴을 하고 있던 교도들의 얼굴이 어느새 풀리기 시작했다. 따지고 보면 그들 한 사람 한 사람 또한 죄를 짓지 않은 사람이 드물었던 것이다. 굶주림을 견디지 못해 도둑이 되었고, 살인도 했다. 처음에는 그저 도적 떼의 무리였던 그들이었다.

장평은 동정 어린 눈으로 변하는 그들의 얼굴을 둘러보았다. 그러나 다시는 이런 일이 생기지 않게 하기 위해서는 좀 더 확실히 못을 박아둘 필요가 있었다. 그는 험악한 표정으로 자리에서 벌떡 일어나 다시 희랑의 목에 칼을 들이대었다.

"아주 버러지 같은 놈이 아니냐! 재물에 눈이 어두워 제 동업자를 죽여? 너 같은 놈은 단칼에 베어버리고 싶다만 내 칼에 더러운 피를 묻히고 싶지 않다. 이제 몸도 어느 정도 나았으니 살려준 보답은 해야겠지? 이제부터 널 내 수하로 둘 것이다. 넌 우리와 함께 모든 전쟁에 참가할 것이다. 교도들 대신 화살받이가 되어줄 놈이 필요하거든."

장평의 얼굴에 흐르는 섬뜩한 미소에 함께 있던 사내들마저 가슴이 서늘해지는지 하나둘 자리를 뜨고 있었다.

아진은 금방이라도 물같이 생긴 그 사내가 끌려 나와 사람들의 손에 죽어갈 것 같아 천막 밖에서 발을 동동거리고 있었다. 오랜 시간이 흐른 후, 시무룩한 얼굴로 나오는 사람들을 보고 급하게 뛰어들어 갔다. 손을 뒤로 묶인 채 고개를 숙인 희랑을 노려보던 장평이 잔뜩 부은 얼굴로 칼을 거두는 모습이 보였다.

희랑은 금방이라도 혼절할 듯 식은땀을 흘리며 이마를 찡그리고 있었다. 아직 온전하지 않은 허리에서 다시 통증이 오는 모양이었다. 아진이 뛰어와 묶인 팔을 풀고 그를 부축해 침상으로 옮기는 모습을 보고 있던 장평은 신경질적으로 아진을 불렀다.

"아진! 그자가 언제쯤이면 온전해지겠느냐?"

"몰라! 살 속에 든 뼈를 내가 어찌 알아? 아마 두어 달은 더 있어야 할 거야!"

장평의 신경질적인 목소리에 아진도 되받아치듯 짜증을 부렸다. 장평은 가까이 다가와 고통스럽게 눈을 감고 있는 희랑을 내려다보았다. 왜 아무것도 모르는 이자를 살렸는지 그도 스스로의 마음을 모를 일이다.

"칼을 쓸 줄 아느냐?"

"조금……."

"그럼 전장에 나가더라도 제 목숨 하나는 알아서 건사하겠구나."

그 소리에 아진이 화들짝 놀라 돌아보았다.

"장평! 이자를 전장에 데리고 나갈 생각이야?"

"형제들의 손에 맞아 죽지 않으려면 그 길밖에 없다. 앞으로도 살고 싶으면 거짓으로라도 우리 교도들에게 형제의 모습을 보여야 할 것이다."

희랑은 이마를 찡그리며 눈을 떠 장평을 바라보았다. 그의 얼굴에 흐르는 수십 가지의 생각을 감히 짐작할 수는 없지만 희랑은 자신을 살리고자 했던 그 순간의 고마움만은 감사하고 싶어 힘들게 입을 떼었다.

"고맙습니다."

"지난번에도 말했지만 어린 녀석이 아주 영악하더구나. 너의 그 영악함으로 훗날 내가 후회할 일이 없기를 바랄 뿐이다."

"은혜를 쉽게 잊어버릴 만큼 모난 사람은 아닙니다."

어느덧 찡그린 이마를 펴고 올려다보는 희랑의 눈에 맑은 기운이 흐르고 있었다. 장평은 그 눈을 보며 자신도 모르게 입가에 부드러운 미소가 지어졌다. 형제들 앞에서 칼을 뽑았을 때 장평이 그의 마음을 알고 있었듯, 희랑도 짧은 순간 장평의 마음을 꿰뚫어 보고 있었던 것이다.

열흘 후, 희랑은 처음으로 전투에 참가하게 되었다. 아직은
몸이 완전하지 않아 그저 장평의 곁에서 심부름이나 하며 지켜
보는 정도였다. 곁에서 지켜본 장평은 전광석화 같은 판단력으
로 부하들을 이끌었고, 적을 공격할 때는 무섭도록 포악함을 보
였다. 그는 칼을 내려침에 있어 단 한 순간도 망설임이 없었다.
그 상대가 노인이든 어린아이이든 원의 군복을 입고 있다면 상
관하지 않았다. 함께 출전한 어느 부대보다 일사불란하지만 무
자비한 약탈은 절대 하지 않는 것도 그의 부대였다.

노획품들을 마차에 싣고 자랑스럽게 돌아오는 그들을 맞으려
고 부락민들이 멀리까지 나왔다. 아진은 그들 틈에 끼어 말을
탄 채 군사들을 이끌고 오고 있는 장평부터 살폈다. 약간 지친
표정이지만 그는 역시나 무사하다. 그리고 이내 그 옆에서 군사
들 틈에 끼어 걷고 있는 희랑에게로 눈길을 옮겼다. 다른 사람
보다 목 하나는 불쑥 올라온 희랑은 걸음걸이마저 부드러워 보
였다. 반가운 마음에 다가가 옷자락을 잡았다.

"다친 데는 없어? 아직 허리가 온전치 않은데 힘들지 않았
어?"

갑작스럽게 다가와 팔을 붙들며 물어대는 질문에 희랑이 당
황하며 팔을 빼려는데 묵직하고 차가운 장평의 목소리가 들렸
다.

"아진! 무슨 짓이냐? 아직 우린 행군 중이다. 물러나!"

아진은 무안한 듯 희랑의 팔을 놓으며 장평을 쏘아보았다. 저 차갑고 무서운 돌덩이 같은 장평. 여기 부드럽고 물 같은 젊은 녀석 걱정하느라 너 따위는 어찌 되든 생각도 안 났다!

휙 돌아서 가버리는 아진의 모습을 바라보던 희랑의 입가에 싱긋 웃음이 흘렀다. 장평은 말 위에서 멀어져 가는 아진을 바라보다 희랑의 입가에 스치는 웃음을 무서운 눈으로 노려보았다.

"고려 여인들은 어때? 여기 여인네들이랑은 다르겠지? 나긋나긋해? 오랑캐 놈들이 그리도 탐을 낸다니 하나같이 아름답겠지? 사내들도 그래? 다들 당신처럼 부드러운가?"

허리가 아파 누워 있는 희랑의 곁에 앉은 아진의 입에선 호기심 어린 질문이 끊이지 않았다. 십여 년 가까이 가끔 출정에 따라 나가는 일 외에는 군영 밖을 나가보지 못한 아진이었으니 희랑의 입에서 나오는 아주 사소한 이야기들도 온통 신기한 이야기로 들리는 것은 당연한 일이었다.

"예, 다들 아름답고 고운 사람들입니다."

희랑의 눈이 문득 아련해지며 눈을 반짝이고 앉은 아진을 유심히 바라보았다. 뭐든 궁금하면 참지 못하던 성격이나 호기심 어린 반짝이는 눈이 너무나 소령을 연상시키는 아진의 모습이었다. 아진은 따뜻하고 아련한 희랑의 눈빛을 바라보며 자신이 얼마나 그런 눈빛을 그리워하고 있었는지를 깨달았다. 유아진은 원래부터 사내 같고 거친 여자라고 다들 생각하겠지만 말도, 행동도, 그리고 감정까지도 온통 거칠기만 했던 그동안의 생활이 그녀에게 얼마나 견디기 힘든 일이었는지 아무도 알지 못했을 것이다. 아진은 왠지 모를 힘겨움이 느껴지는 희랑에게 힘이 되어주고 싶다는 생각을 하며 아련한 눈빛에 보답하듯 따듯한 미소를 지어주었다.

"아진, 그만 나가봐."

아까부터 뒤에 앉아 칼을 손질하며 못마땅한 눈으로 아진과 희랑을 살피던 장평이 결국 짜증스런 목소리로 소리를 질렀다. 갑작스런 고함 소리에 놀란 아진이 동그란 눈으로 돌아보니 무엇인가에 잔뜩 화가 난 듯한 장평의 얼굴이 다가오고 있었다.

"왜? 오늘은 별로 할 일도 없고, 그리고 나도 쉬고 싶은 날이 있단 말이야."

"청소가 끝났으면 나가서 빨래를 하든지 약초를 캐러 가든지!"

그 소리에 아진은 섭섭한 마음을 이기지 못해 눈을 흘기며 나가 버렸다.

'나쁜 놈, 미련한 놈, 전쟁 외에는 도대체 아무것에도 관심이 없는 독한 놈!'

함께한 세월이 도대체 얼마인데 내 몸이 좋지 않다는 것도 몰라보고 저런 소리를 하나 싶어서 분하고 섭섭함에 눈물까지 찔끔 날 지경이었다. 사실은 며칠 전부터 몸살 기운에 열이 올라 움직이기도 힘든 몸을 겨우 이끌고 군영 내의 그 많은 허드렛일들을 해내고 있는 아진이었다.

아진이 샐쭉한 표정으로 나가는 것을 보며 장평은 다시 신경질적으로 손질하던 칼을 칼집에 꽂았다.

"도대체가 마음에 드는 구석이 없군!"

짜증스런 말을 내뱉곤 막사 안을 불안스럽게 오락가락하던 그도 수련장에 간다는 말을 남기고 거칠게 나가 버렸다.

八. 돌아눕다

밤 새 문밖에서 일렁이
던 그림자가 사라지더니 이내 요란한 말발굽 소리가 들렸다. 저
말발굽 소리가 다시 들려올 때쯤이면 해가 뜰 것이다. 밤새 몸
밖에서 뒤채던 잠이 그제야 속으로 스며들어 와 소령은 눈을 감
았다. 그녀는 순식간에 천 길처럼 깊고 달콤한 잠 속으로 빠졌
다.

동이 희뿌옇게 틀 무렵 정석은 집으로 돌아왔다. 밤새 소령의
그림자를 안았던 탐욕스런 사내의 눈은 말을 타고 달리는 동안
아침 이슬에 다 씻겨 나가 지금 그의 눈은 맑고 따듯했다. 마루
에는 동이 어멈이 준비해 둔 따듯한 물과 수건이 놓여 있었다.

소령은 벽에 등을 기댄 채 일어나 앉아 있었다. 들어서자마자 그녀의 차가운 눈이 정석을 쏘아보았다. 그러나 정석은 쏘아보는 그 눈이 이제 따갑게 느껴지지도 않았다. 오늘은 그녀의 눈이 얼마나 더 따가워졌을까? 그녀의 가슴에 품은 칼이 얼마나 더 날을 세웠을까? 그런 것을 생각하며 조금씩 회복되어 가는 소령의 몸 상태를 가늠했다. 오늘은 입가에 제법 경련이 이는 것을 보니 지난번 노루 뼈를 고아 먹인 것이 효과가 있었나 보다. 노루를 한 마리 더 사냥해 와야겠다.

"잘 주무셨습니까?"

정석의 나뭇등걸 같은 얼굴에 설핏 웃음이 스치더니 따듯한 물에 수건을 적셔 다가앉았다. 그리고 그의 행동이 싫은 듯 경직되어 있는 소령의 얼굴을 닦기 시작했다. 이것은 정동행성으로 온 후 줄곧 그가 손수 해온 일이었다. 이젠 눈을 감고도 그녀의 얼굴을 손끝으로 느낄 수 있을 것 같았다.

"많이 드십시오. 얼굴이 너무 야위셨습니다."

이것은 그가 그녀의 갸름한 턱 선을 닦을 때면 꼭 하는 말이었다. 그리고 다시 수건을 적셔 힘없이 처져 있는 손을 닦았다. 그녀는 안간힘을 쓰며 주먹을 쥐어보려 하지만 힘이 드는 듯 얼굴만 찡그리고 있었다. 정석은 손가락 하나하나 정성스럽게 닦아내었다. 그리고 손을 닦으며 꼭 하던 말을 잊지 않고 다시 되뇌었다.

"많이 드시고 어서 힘내십시오. 이 손으로 꼭 하실 일이 있지 않습니까."

그는 의미심장한 말을 하며 소령의 눈을 마주 보지 않았다. 손을 다 닦았지만 언제나처럼 쉽게 놓을 수 없었다. 그 손을 놓아버리면 다시는 잡을 수 없을 것 같은 두려움이 그를 떨게 했다.

언젠가 그녀는 이 손으로 가슴에서 갈고 있는 칼을 꺼내어 들 것이다. 정석은 뒷말을 잇지 못하고 잡은 손을 꼭 쥐었다. 그녀의 손에 힘이 오르고 나면 다시는 이렇게 잡을 수도 없을 것이다. 그는 바람에 떠는 갈잎처럼 잠깐 진저리치듯 몸을 떨고는 놀란 듯 손을 놓으며 나가 버렸다.

소령은 그의 손끝에서 전해오던 전율에 몸서리치며 입술을 깨물었다. 그 무엇도 자신의 의지대로 할 수 없는 것이 치욕이 되어 그녀의 살을 떨리게 했다.

그가 아침마다 물수건으로 닦아주고 나가고 나면 이상하게도 그의 손이 스친 기억은 하나도 없고 구석구석 그의 눈이 스쳐 간 기억만 또렷했다. 잠깐씩 머물다 가버렸지만 그 눈은 폐부를 파고들듯 소령의 의식에 무서운 흔적을 남겼다.

마치 소령의 속내를 다 알고 있는 듯한 말들을 중얼거리던 그의 눈은 담담했다. 그러나 오늘 그의 눈에는 두려움이 깔려 있었다. 그는 무엇을 두려워하는 것일까?

정말 두려움을 느껴야 할 사람은 바로 그녀 자신이라는 사실에 소령은 가끔씩 깜짝깜짝 놀라곤 한다. 그가 그녀를 살리려 동지들을 배반하면서까지 정말 원했던 것은 무엇일까 소령은 생각해 보았다.

내 몸이 탐이 났던가? 시체 같았던 그 몸이……. 소령은 머리를 가로저었다. 그는 지금 무엇이든 원하는 것을 가질 수 있고, 그녀의 몸은 그가 무엇을 해도 아무것도 거부할 수 없는 상태다. 그러나 그는 아침마다 물수건을 적셔 얼굴을 닦아주고 손을 씻어주는 일 외에는 아무 짓도 하지 않았다. 그렇다면 사랑했던가? 그녀는 단 한 번도 그를 살갑게 대해준 적 기억이 없었다. 눈길 한 번 제대로 주지 않았다. 내 몸도, 마음도 온통 희랑으로 물들어 있다는 것을 그도 알고 있을 것이다. 그런 내게 왜 사랑하는 마음이 생겼을까?

문밖의 그림자는 죽은 동지들의 눈동자처럼 소령의 방 안을 서성거렸다. 소령은 눈을 감고 죽을힘을 모아 벽을 향해 돌아누웠다. 그의 그림자에도 돌아누웠고, 그의 목소리에도 돌아누웠다. 보여줄 수 있는 거부의 뜻은 그것밖에 없었기에 돌아눕고, 또 돌아누웠다. 정석이 그것을 눈치챈 것은 보름이나 지나서였다.

"동이 어멈! 동이 어멈, 게 있는가!"

정석이 퇴청해 돌아온 것을 보고 잠깐 자리를 비웠던 동이 어멈은 정석의 고함 소리를 듣고 발바닥에 불이 나도록 마당을 가로질러 달려왔다. 부리는 노복들에게 후하디후한 상전이지만

소령과 연관된 일에서는 한 치의 실수도 용서하지 않는 정석이
었다.

"예, 나리!"

동이 어멈은 두려움에 눈까지 질끈 감으며 방으로 들어갔다.
정석은 상기된 얼굴로 소령의 귀 뒤를 매만지고 있었다.

"아씨의 귀가 이 지경이 되도록 도대체 무얼 하고 있었던 건
가!"

벽력같은 소리에 동이 어멈은 머리를 조아리며 엎드렸다. 정
석의 손이 떨리며 살피고 있는 곳은 짓물러 피가 나고 있는 소
령의 오른쪽 귀 뒷부분이었다. 혼자 일어나 앉아 있기도 했지만
그래도 아직은 하루의 대부분을 누워 지내는지라 혹시라도 짓
무르는 곳이 없나 날마다 이곳저곳을 빠지지 않고 살폈건만 귀
뒤가 그렇게 짓무른 것은 알지 못했다. 소령의 일에 관한 한 어
떤 변명의 말도 정석에게는 통하지 않는다는 것을 이미 여러 번
경험했기에 무조건 잘못했다 비는 수밖에 없었다.

"죽을죄를 지었습니다, 나리. 이년이 모자라 차마 그곳까지
확인을 못한 모양입니다. 죽을죄를 지었습니다."

납작 엎드려 빌고 있는 동이 어멈에게 다시 뭐라고 소리 지르
려던 정석은 무언가 손등을 스치는 느낌에 놀라 내려다보았다.
소령의 손가락이 느린 속도로 정석의 손등 위로 걸어 올라오고
있었다.

똑바로 올려다보는 소령의 눈은 정석을 원망하는 듯했다. 뒷

간 갈 시간도 없이 그녀에게 매달려 있는 동이 어멈이었다. 표현할 수 없었지만 그런 그녀가 꾸중 듣는 것을 소령은 원치 않는 모양이었다.

오늘 아침 소령의 얼굴을 닦아주던 나도 이것을 발견하지 못했지 않은가? 지금 누구를 나무라는 것인가? 정석은 끓어오르던 화를 가라앉히려 목소리를 낮췄다.

"가서…… 약을 가져오게."

그 소리와 함께 정석의 손등을 덮고 있던 소령의 손이 스르륵 떨어져 내렸다. 원망스럽게 바라보던 눈도, 고개도 어느새 다른 곳으로 돌려져 있었다.

동이 어멈은 들고 온 가루약을 내밀며 정석의 뒤에서 기어들어 가는 목소리로 오른쪽 귀 뒤가 짓무른 이유를 설명했다.

"아씨께서 자꾸 저쪽으로만 고개를 돌려 눕습니다. 쇤네가 고개를 돌려놓으면 다시 돌아누우시고 돌려놓으면 또 돌아누우시니 그쪽이 짓무른 모양입니다. 나리…… 이부자리를 돌려볼까요?"

정석은 그 소리를 들으며 소령의 얼굴을 망연히 내려다보았다. 귀가 짓무르도록 돌아눕고 싶었던 것인가? 그랬던가? 내 그림자조차 돌아보고 싶지 않았던가?

소령의 눈은 다시 벽을 향하고 있었다. 온몸에 장막을 쳐놓은 듯 그녀 몸에 흐르는 작은 온기마저 돌아누운 듯 보였다. 정석은 어깨를 떨어뜨리고 주저앉았다.

이부자리를 어느 쪽으로 돌려놓더라도 정석의 그림자가 문밖을 일렁이는 한 소령의 고개는 여전히 벽을 향할 것이다.

"알았으니 그만 나가보게."

상처를 살펴보니 살이 짓물러 갈라진 곳에서 피가 배어나오고 있었다. 정석은 그 맨살의 쓰라림이 견딜 수 없어서 고개를 잠깐 돌렸다.

"미안하오."

동이 어멈이 건네준 가루약을 뿌리며 정석은 미안하다고 했다.

살이 이토록 짓무를 동안 나는 그녀의 무엇을 보았던가? 아침마다 얼굴을 닦아주고 손을 닦아주며 나는 그녀의 무엇을 보았던가? 동지들을 배반하며 소령을 이곳으로 데려올 때 이미 그는 스스로를 죽었다고 생각했었다. 그러나 어느새 스멀스멀 일어나는 사내의 이기로 그녀를 보고 있었던 모양이다.

"……미안하오."

가루약이 생살을 파고드는 쓰라림에 소령은 머리 속이 따끔거렸다. 미안하다는 그의 말이 소금 가루처럼 상처를 건드려 현기증이 일었다.

상처에 바람이 들도록 고개를 돌려주며 정석은 소령의 눈을 진지하게 내려다보았다. 작고 어렸던 여인은 이제 작으나 어리지 않았고, 철없지도 않았다. 혼자만의 모종의 생각에 빠진 듯 눈을 마주하고 있으나 그를 보고 있다고 느껴지지 않았다.

정석의 젖은 눈이 깜빡하더니 작은 물방울 하나가 소령의 얼굴 위로 툭 떨어졌다. 따듯한 그 물의 정체가 무엇인지 소령이 확인을 하기 전 정석은 도망치듯 방을 나가 버렸다.

그날 이후, 그의 그림자는 더 이상 보이지 않았다. 그러나 여전히 불면의 밤을 서성이고 있는 그 그림자는 새벽녘이면 어김없이 말발굽 소리를 내면서 들판을 향해 달려나갔다. 푸르게 밝아오는 새벽빛에 온몸을 적시고 돌아온 그는 언제나처럼 동이 어멈이 마루에 준비해 둔 따듯한 물로 소령을 닦는 일로 하루를 시작했다.

이제 제법 힘이 올라 자꾸만 빠져나가는 소령의 손을 그는 놓지 않았다. 막무가내로 당겨서라도 자신의 손으로 씻기고 닦인 후 아침 식사까지 다 하는 것을 보고 난 후에야 집을 나섰다.

더 이상 살이 짓무르도록 돌아누울 이유도 없어졌건만 소령은 버릇처럼 자꾸만 벽을 향해 돌아누웠다. 희랑에 대한 그리움으로, 정석에 대한 분노로 불면의 밤을 뒤척이다 마당을 가로질러 달려나가는 말발굽 소리가 들린 후에야 잠깐 잠이 들었다. 그 짧은 잠이 어찌나 달콤한지 밤새 잠을 이루지 못한 채 뒤척였던 피로를 다 풀어주고도 남을 정도였다.

손에 힘이 오르면서 소령은 자꾸만 가려운 모양으로 가슴께를 긁었다. 동이 어멈은 가슴에 무엇이 생겼나 하여 살펴보았지만 속살은 멀쩡했다.

"아씨, 여기가 불편하십니까?"

걱정되어 묻는 동이 어멈에게 힘겹게 고개를 흔드는 그녀의 표정은 여전히 무엇이 불편한 듯 찡그려져 있었다. 퇴청해 들어온 정석은 먼저 소령의 방부터 들여다보았다. 그는 가슴께에 머물러 있는 소령의 손이 자꾸만 옷을 긁어대는 것을 보고 동이 어멈을 불렀다.

"아씨께서 저쪽 어디가 불편하신 게 아닌가?"

"아니시랍니다, 나리. 쉰네가 왜 저러시나 궁금하여 살펴보았지만 말짱했고 여쭤보아도 아니라고 고개를 흔드셨습니다."

"그래? 언제부터 저러시는가?"

"어제부터 조금씩 그러시더니 오늘은 유달리 심하신 듯합니다."

정석은 소령의 얼굴을 살피며 고개를 갸웃거렸다.

그동안 몸이 고통스러워 잠깐 잊고 있었던 그 초승달 목걸이가 어제, 오늘 갑작스럽게 떠오르면서 가슴이 터질 듯이 답답하여 정신을 놓을 것 같았다. 빼앗겨 버린 그 목걸이가 생사를 알 수 없는 희랑의 존재처럼 느껴져서 더욱 그녀를 견딜 수 없게 만들었다. 소령의 눈동자는 혼란스럽게 흔들렸고 찡그린 얼굴은 좀처럼 퍼지지 않았다. 마음대로 자신을 표현할 수 없는 소령이니 정석은 그저 답답한 마음으로 그녀를 살필 수밖에 없었다. 그녀의 손이 머무는 곳을 유심히 살피던 정석은 문득 생각나는 것이 있어 벌떡 일어나 사랑으로 갔다.

지난번 담장으로 달아나다 죽은 자의 몸에서 나왔던 그 초승달 모양의 목걸이를 문갑에 넣어두고는 잊고 있었다. 소령이 가슴을 긁는 것이 어쩌면 그 자리에 매달려 있던 목걸이를 찾는 건지도 모른다는 생각이 들었다.

급히 달려가 그것을 꺼내어온 정석은 소령의 앞에 다가앉았다. 그리고 가죽 끈을 소령의 눈앞에 들어 보였다.

"혹, 이것을 찾으시는 겁니까?"

소령의 눈앞에 빼앗겨 버렸던 초승달이 달랑달랑 흔들리고 있었다. 혼란스럽게 흔들리던 눈이 한순간 멈추어 버렸다. 잠깐 호흡조차 멈춘 듯하던 소령이 그것을 잡으려는 듯 힘겹게 손을 뻗었다. 정석은 그녀의 반응이 놀라워 반가운 듯 목소리까지 높아졌다.

"이걸 찾으신 거군요. 잠깐 계십시오."

그리고 그것을 그녀의 목에 걸어주었다. 뻗어오던 소령의 손은 순식간에 그것을 움켜잡고 몸을 오그렸다.

'희랑아! 희랑아! 너 무사한 거지? 무사하지?'

놓쳐 버린 희랑의 생명줄을 다시 잡은 듯 소령은 초승달을 움켜잡은 채 눈물을 쏟았다. 마치 목숨처럼 소중한 무엇을 되찾은 듯 전율에 떨며 눈물까지 흘리는 소령의 모습이 정석은 가슴이 아팠다. 저 물건이 어떤 의미인지는 모르겠지만 약해져 버린 그녀의 몸과 마음에 힘이 되어주고 희망이 되어주었으면 좋겠다.

"나는 됐어! 가서 저자
나 돌봐줘!"

상처를 살피려 옷을 벗기려는 아진의 손을 귀찮다는 듯 떨쳐
낸 장평은 다시 칼을 닦기 시작했다. 검붉게 물든 칼은 한 번씩
닦아낼 때마다 물수건 가득 검붉은 피가 묻어나왔다. 아우성치
며 공포에 떨었을 수십의 피들이 마른 흙처럼 가루가 되어 떨어
져 내렸다.

"괜찮긴 뭐가 괜찮아! 옷에 피가 배어나왔잖아! 나중에 빨래
하려면 힘들단 말이야!"

아진은 소리를 빽 지르며 팔을 거칠게 당겨 소매를 벗겨내었

다. 그 거침에 장평의 입에서 신음 소리가 새어나왔지만 그것은
앙다문 이 사이에 꽉 물려 금방 사라져 버렸다.

소매를 벗기고 보니 묶어놓은 상처에서 다시 피가 흥건히 배
어나와 있었다. 아진은 이마를 찡그리며 묶어놓은 끈을 풀어내
고 물을 적셔 피를 닦아내었다. 그리고 지혈을 위해 흰 가루약
을 뿌리고 새 천을 가져와 동여매었다. 그러는 동안에도 장평은
잠깐 이마를 찡그렸을 뿐 소리 한 번 내지 않았다.

모질고 독한 놈! 뼈가 하얗게 드러나도록 상처를 입고도 괜찮
단 소리가 나와! 그러고도 또다시 칼을 닦고 앉은 장평의 모습
에 아진은 다시 한 번 가슴이 서늘해졌다.

그들이 관군의 기습을 받은 것은 십 리쯤 떨어진 한족의 마을
을 수복하고 돌아오던 길에서였다. 그 근처는 이미 교도군이 전
부 장악하고 있는 지역이라 장평의 마음은 무방비 상태였다. 불
어난 계곡물을 피해 산비탈을 타고 건너던 중 갑자기 화살이 날
아들었다. 금방 전투를 치르고 난 뒤끝이라 모두들 지쳐 있었
고, 비탈을 타는 동안 대오는 이미 흐트러져 있었다. 갑작스런
공격에 우왕좌왕하며 삼삼오오 흩어진 교도들은 대책없이 아래
로 뛰어 내려가기 시작했다. 그 아래는 계곡의 끝, 그쪽으로 도
망쳤다가는 천 길 낭떠러지에 꼼짝없이 몰리고 만다.

"뛰지 마라! 돌아와! 나무 뒤에 붙어라!"

장평은 소리를 지르며 말에서 뛰어내려 바위 뒤에 바짝 붙었
다. 그리고 잠깐의 정적이 흘렀다. 어깨를 툭툭 치는 느낌에 돌

아보니 어느새 희랑이 몸을 낮추고 다가와 눈짓을 했다. 희랑이 가리키는 쪽으로 눈을 돌려보니 산비탈 위에 한 무리의 관군이 계곡을 둘러싸듯 몸을 낮추고 숨어 있는 것이 보였다. 그러나 그 숫자는 그다지 많아 보이지 않는, 그야말로 기습 매복임을 알 수 있었다. 저 정도의 숫자라면 충분히 대적할 수 있었다. 다만 문제는 그들은 위에서 이쪽을 훤히 볼 수 있고 이쪽에서는 그들의 움직임을 볼 수 없다는 것이다. 이런 위치에서 섣불리 움직였다가는 낭패를 볼 수 있었다.

어느새 나무 뒤로, 바위 뒤로 제각각 방어막을 찾아 몸을 숨긴 부하들이 장평의 명령만을 기다리고 있었다. 이쪽도, 저쪽도 서로를 경계하며 시간은 자꾸 흐르고 있었다. 여기서 밤을 맞을 수는 없었다. 부하들은 지쳐 있었고, 날은 아직 찼다.

그러다 그의 눈이 멈춘 곳은 굴 같은 모양을 한 넝쿨 길이었다. 그와 동시에 희랑의 손가락이 그곳을 가리켰다. 그리고 희랑은 잠깐의 망설임도 없이 칼을 빼어 들더니 넝쿨 속으로 기어 들어 갔다. 장평도 부하 서넛을 눈짓으로 불러 희랑의 뒤를 따랐다. 짧은 넝쿨 길을 지나니 숲이 우거져 있어서 위에서는 그들의 움직임을 볼 수 없을 것 같았다. 희랑은 빠른 속도로 비탈을 타고 올라갔다. 저자가 두어 달을 시체처럼 누워 있다 일어난 자가 분명한가 의구심이 들 정도로 날렵한 몸놀림이었다.

비탈을 뛰어오른 그들은 매복한 관군의 뒤쪽에서 순식간에 칼을 휘두르며 뛰어들었다. 갑작스런 공격에 당황한 관군은 몇

번 맞받아치다 시간을 끌어서는 안 되겠다 싶었는지 어느 쪽에
선가 대장의 공격 명령이 떨어졌다. 소리를 지르며 아래로 뛰어
내려가는 관군을 뒤에서 공격하는 숫자는 겨우 다섯이었지만
마치 수십 명의 공격을 받듯 그들의 대오는 순식간에 흩어지기
시작했다. 이미 홍건적에서는 칼 잘 쓰기로 소문이 나 있던 장
평은 혼자서 수십을 상대할 수 있는 장수였고, 희랑의 칼 솜씨
또한 그에 뒤지지 않았다.

갑작스럽게 공격해 오는 관군의 기세에 아래에 숨어 있던 교
도들은 잠깐 당황했지만 관군은 오랫동안 전장을 누빈 그들의
상대가 되지 못했다. 더군다나 뒤에서 공격해 오는 날랜 칼에
미리 겁을 집어먹고 제대로 싸우지도 못하고 포로로 잡혀 버리
는 자들이 대부분이었다.

장평의 칼날은 무서웠다. 아니, 잔인했다. 공포에 질려 달아
나는 관군의 등에는 어김없이 장평의 칼날이 내려쳤고, 누가 보
아도 싸울 의사가 전혀 없어 보이는 자들의 공포에 질린 눈앞에
서도 장평의 칼끝은 전혀 망설임이 없었다.

그에 비해 희랑의 칼은 항복해 오는 적에게는 언제나 관대했
다. 이미 반수가 도망쳐 버린 관군은 이제 도망조차 칠 수 없는
부상병들과 겁에 질린 포로들만이 남았다. 몇몇 관군들만이 아
직도 칼을 놓지 않은 채 마지막 발악처럼 칼을 휘두르고 있었
다. 이미 그들은 단 한 번의 호령과 회유만으로도 포로가 될 자
들이었다. 그러나 장평의 칼은 멈추지 않았다. 그의 눈에서는

여전히 무섭도록 차가운 살기가 흐르고 있었다. 칼을 맞고 쓰러져 가는 동료를 보며 두려움에 혼이 빠진 듯 떨고 있던 관군들을 향해 장평은 다시 바람 소리를 내며 칼을 휘둘렀다. 순간 희랑의 칼끝이 그것을 막았다.

"뭐 하는 짓이냐!"

맹수같이 소리 지르는 그의 눈빛은 피가 번지듯 붉어져 있었다. 몇 번의 전투에 따라다니며 보아왔던 대로 그는 다시 적 앞에서 이성을 잃어버린 듯 온몸에 살기가 번져 있었다.

"이자들은 이미 포로입니다."

"아직 칼을 놓지 않았다!"

"저 눈을 보십시오! 한 번의 회유면 당장 칼을 던지고 항복할 것입니다!"

단 한 번의 회유면 칼을 던질 것이라고? 그래, 그럴 테지. 그러나 장평은 자신이 왜 저들에게 그럴 기회를 주어야 하는지 모르겠다. 그런 관대함이 그에게는 없다고 생각했다. 눈에는 눈, 이에는 이. 본 대로, 배운 대로, 받은 대로 그는 행할 뿐이었다. 부모형제를 그렇게 잃었다. 그것은 그가 그들을 응징해야 할 분명한 이유였고 삶의 목적 또한 그것이었다. 스스로 무릎을 꿇어 오지 않는 한, 단 한 사람의 적도 살려 보내지 않는 것, 그것이 나의 원칙이다!

장평의 칼이 다시 허공에서 바람을 가르며 그들을 향해 살기를 뿜었다. 어느 전장에서나 그가 마지막 마무리를 해왔듯, 이번에도 부하들은 그의 마지막 공격을 위해 한 발짝씩 물러나 있었다.

그러나 쥐도 궁지에 몰리면 고양이를 문다고 했던가? 관군은 겁에 질려 있었지만 쉽게 물러나지 않았다. 장평은 무슨 이유에선지 평소보다 흥분해 있었고, 그것이 그의 칼끝을 흔들리게 하고 있다는 것이 희랑의 눈에 느껴졌다. 희랑은 순간적으로 칼 하나가 그를 향해 살기를 품고 뻗어오는 것을 직감하고 몸을 날려 그를 감싸듯 안고 뒹굴었다. 그러나 적의 칼은 이미 장평의 어깨에 깊이 파고들어 와 있었다. 그리고 또 다른 칼 하나는 희랑의 복부에 깊이 박혀 있었다. 그와 동시에 주변을 둘러싸고 있던 교도들의 칼이 관군을 포위하면서 매복했던 관군은 완전히 제압되었다.

희랑이 허리를 감아오지 않았다면 장평은 오히려 그 칼을 가볍게 피할 수 있었을 것이다. 부하들 앞에서 그의 쓸데없는 행동으로 몸에 상처를 입었다. 화를 내었지만 장평은 희랑의 행동에 뜨끈하고 울컥한 덩어리도 함께 올라왔다. 희랑을 싣고 군영으로 달려오는 동안 늘 차갑고 냉정하게 가라앉아 있던 그의 마음에 알 수 없는 소용돌이가 일었다. 장평은 누군가 자신을 보호해 주려 했다는 것이 야릇한 기분을 자아내었다. 이렇게 가슴이 뜨겁고 따뜻해지는 것은 실로 오랜만에 느껴보는 감정이었다.

아진은 피를 흘리며 들어서는 장평을 보고 하얗게 질린 얼굴로 옷을 벗기고 치료를 했다. 지금껏 장평이 이렇게 깊은 상처를 입고 돌아온 적은 없었다. 그는 언제나 출정할 때의 모습 그대로 돌아왔다. 그리고 그때마다 조금씩 더 강해지고 단단해졌다. 그런 그가 피를 흘리며 들어와 혼절한 것이 아진에게는 엄청난 충격으로 다가왔다.

장평이 쓰러질 수도 있다는 것, 장평도 아프고 슬픈 고통에 약해질 수 있다는 것이 아진을 놀라게 했다. 장평은 언제나 크고, 강하고, 태산처럼 높고 무거운 사내라서 아진은 자신의 마음속에서 들고나는 장평의 존재를 느끼지 못했다. 그러나 지금 이 순간 아진은 뿌리째 흔들리는 나무처럼 혼란에 휩싸여 장평을 내려다보고 있었다. 전쟁 외에는 무엇에도 관심이 없는 차갑고, 냉혹한 장평. 아진은 자신이 그토록 그리워했던 것이 바로 장평의 따뜻함이었다는 것을 깨달았다.

아진은 이틀 동안 한숨도 자지 못했다. 장평은 사흘 만에 눈을 떴다. 그리고 눈물을 글썽이며 내려다보는 아진에게 왜 눈이 빨갛도록 잠을 자지 않았느냐며 퉁명스럽게 물었다. 팔을 움켜잡고 일어나 앉으며 희랑의 상처는 어떤지 묻는 소리를 듣고서야 아진은 뒤편 침상에 다친 희랑이 누워 있다는 것을 인식했다. 장평을 치료하면서 간간이 들여다본 그는 고통 속에서도 여전히 물처럼 부드러운 얼굴로 눈을 뜨고 가끔 아진을 건너다보고 있었다. 아진은 왠지 그에게 미안한 마음이 들었다. 다시 고개를 돌리니 장평은 어느새 칼을 꺼내어 들여다보고 있었다. 아진이 어이없고 화가 난 얼굴로 다가와 칼을 빼앗자 장평은 무서운 눈으로 그 칼을 다시 빼앗아갔다. 남이야 걱정하든 말든 오로지 전쟁과 적을 베는 것밖에 관심이 없는 장평. 그것을 깜빡 잊고 있었다. 순간 아진은 상기된 얼굴로 홱 돌아서 버렸다. 이틀이나 눈도 제대로 붙이지 못하고 간호하며 걱정했던 자신이 바보 같아서 화가 났다.

그때부터 지금껏 아진의 손길은 곱지가 않았다. 그리고 쉼없이 툴툴거리며 장평이 다친 것에 대해 면박을 주고 있는 것이다. 그러나 희랑에게 다가가서는 표가 나도록 조심스럽게 상처를 살피고 치료를 했다.

피 묻은 칼을 손질하던 장평은 뒤에서 그 모습을 물끄러미 바라보았다. 허리를 구부린 채 상처를 들여다보고 있는 아진의 자태가 군영 밖에서 밥을 짓던 아낙들처럼 엉덩이도, 가슴도 봉긋봉긋하다.

어느새 아진이 저렇게 커버렸나? 봉긋봉긋한 아진의 몸도, 희랑의 상처를 매만지는 조심스럽고 부드러운 손길도, 빛나는 듯 보이는 저 눈도…… 낯설다.

이른 아침을 먹고 장평은 다시 칼을 매만지며 희랑에게 말을 걸었다. 며칠 막사 안에만 갇혀 있으면서 희랑과 애기를 나누는 것이 그의 유일한 즐거움이 되었다. 장평은 애기를 나누면 나눌

수록 정희랑이라는 이 어린 사내가 호감이 가고 궁금해졌다.

"칼 다루는 솜씨가 보통이 아니더군? 따로 무예를 익혔던가?"

"아버님께 조금 배웠습니다."

"그래? 허나…… 네 칼은 전장에 쓰일 칼 솜씨가 아니었다."

바람을 가르듯 날렵하게 움직였지만 매 순간 적의 급소 앞에서 머뭇거리던 희랑의 칼을 두고 하는 말이었다.

"칼을 잡지 않은 지 이 년이 조금 넘었습니다. 장사치로 살고자 마음먹은 후로는……."

장평은 희랑의 뒷말을 듣지 않은 채 자리에서 벌떡 일어났다. 며칠 희랑과 많은 이야기를 나누었지만 신분 이야기가 나오는 부분에서는 희랑은 여전히 거짓말을 하고 있었다.

"여기서 목숨을 부지하고 살려면 다신 그런 짓 하지 않는 게 좋을 것이다. 네가 잠깐 머뭇거리는 사이 적의 칼이 네 가슴에 박혀 버릴 테니까. 지난번 같은 행운은 자주 오는 게 아니다."

칼을 들고 막사를 나서던 그는 또다시 문 앞을 지키고 있던 아진에게 잡혀 버렸다. 아진은 며칠째 장평을 꼼짝도 못하도록 지키고 있었다.

"들어가, 장평! 상처가 다 낫기 전에는 절대로 전투에 참여할 수 없다고 했잖아!"

"비켜! 수련장에 가는 길이다."

"수련장도 안 돼!"

눈을 부라리면서도 장평은 어쩔 수 없다는 듯 아진에게 끌려 다시 자리로 와 앉았다.

"넌 네 몸이 네 것이라고 생각할지 몰라도 내겐 아냐. 넌 날 위해 해줘야 할 일이 있잖아? 그것을 하기 전에 네가 잘못되지 않도록 네 몸을 돌봐주는 게 내 일이고."

"그 약속…… 잊지 않고 있으니까 걱정 마."

장평의 목소리가 가라앉으며 잠깐 아련한 눈으로 아진을 살폈다. 혼인을 했으면 이미 아이를 서넛은 낳았을 나이에 아직도 군영에서 부상병을 돌보고 허드렛일을 하면서 지내는 아진. 십여 년을 거친 사내들과 부딪치며 거칠어질 대로 거칠어져 있는 아진이다. 품에 안고 사지를 빠져나왔던 작은 꼬맹이가 참 많이도 컸다.

해마다 추수철이면 관군들이 몰려와 약탈하듯 세금을 거두어 갔다. 이민족이 들어온 후 한족들의 생활은 너나없이 그와 같았다. 장평이 열다섯이 되었을 때, 결국 아버지는 대부분의 사람들이 그렇듯 식구들을 데리고 산으로 들어가 도적이 되었다.

풀뿌리를 캐 먹더라도 관군이 없는 그곳의 생활이 좋았다. 그러나 그것도 잠시, 관군의 대대적인 토포로 산채는 쑥대밭이 되었고, 그날 장평은 나무 위에 숨어 관군에 의해 처참하게 죽어가는 산채 식구들을 지켜보았다. 풀을 베듯 사람들을 향해 칼을 휘두르던 관군의 모습은 마치 피 맛을 본 짐승 같았다.

그 산채에서 유일하게 살아남은 장평을 거두어준 사람이 그 지방의 유일한 한족 부호였던 아진의 아버지 유협이었다. 아들이 없던 그에게 장평은 든든한 아들 같은 존재가 되었다. 그는 장평에게 글을 가르쳐 주고 검술을 가르쳐 주었다. 그곳에서 오 년간의 생활이 장평의 인생에서 가장 풍족하고 평화로웠던 기간이었다.

그 기간 동안 장평은 자신이 무엇을 하며 살아야 할지를 결정하게 되었다. 이민족에게 빼앗긴 나라를 되찾는 것, 중원에 다시 한족의 나라를 세우는 것. 그것이 그의 목표가 되었다. 또한 그것은 유협의 가르침이기도 했다.

몇 년간 지속된 가뭄과 관의 횡포에 피폐해질 대로 피폐해진 생활을 견디지 못해 도적의 무리가 되는 백성들이 늘어났다. 그들은 처음에는 단순한 도적의 무리였으나 점차 미륵불을 믿는 백련교를 중심으로 무리가 커지고 지휘 체계도 잡혀가면서 커다란 세력을 형성하게 되었다. 유협은 그들 무리에게 자금을 대어주었다.

한족으로서는 드문 부호였던 유협은 굶주린 한족들에게 구휼미를 나누어 주는 등 이미 여러 방법으로 한족들을 돕는 데 앞장서 오고 있었다.

도적의 무리를 소탕한다는 명목으로 그의 집이 쑥대밭이 되던 날, 장평은 별채에 홀로 잠들어 있던 유아진을 안고 그곳을 빠져나왔다. 관군이 유협의 집에 불을 지르고 그 일가족을 몰살

한 것은 도적의 무리를 소탕한다는 것이 이유였지만 사실은 그가 가진 재물을 빼앗으려는 것이 이유였다는 것은 누구나 짐작하는 일이었다.

장평이 아진을 데리고 숨어든 곳이 바로 진 장군이 이끄는 백련교도의 무리였다. 아진은 어렸지만 자신이 왜 갑자기 이곳으로 왔는지 충분히 인식하고 있었다.

"아저씨는 그자의 얼굴을 기억하고 있지요?"

"그래, 기억하고 있어."

"그럼 아저씨가 그자를 찾아 제 원수를 갚아주세요."

"그래……. 내가 너의 원수를 갚아줄게, 아진. 약속하마."

허리를 숙여야만 눈을 마주할 수 있었던 작은 아진을 다독여 안으며 장평은 약속했다.

그곳에서 지내기 시작하면서 아진은 아저씨라 부르던 장평에게도 어느 날부턴가 장평이라고 이름을 불렀고 어지간한 사내는 누구에게나 이름을 부르며 거칠게 대했다. 그것이 군영 안에서 여자가 견뎌내는 방법이라는 것을 스스로 터득한 듯했다.

그렇게 십여 년, 작았던 아진은 사내처럼 거칠어졌다.

"이제 됐어. 그만 해!"

꼼꼼히 상처를 살피고 약을 바르는 아진의 손을 밀쳐 내며 장평은 짜증을 내었다.

"이대로 두면 곪아서 벌레가 생길 거야! 그래서 팔이라도 잘

라내야겠어?"

"아! 아프잖아! 살살 좀 해."

"엄살쟁이! 진 장군 휘하의 최고의 장수께서 왜 이렇게 엄살이 심할까? 전장에서는 사람을 잘도 베면서."

그 말이 칭찬인지 타박인지 모르겠지만 장평에게는 그다지 기분 좋게 들리지는 않았다.

"내가 전장에서 적을 어찌 다루는가에 대해서는 상관하지 마! 죽이지 않으면 죽는 곳이 그곳이니까. 죽이고 오는 것이 죽어 오는 것보단 좋잖아?"

"죽든 말든 누가 상관이나 한데!"

마지막으로 천을 질끈 동이며 장평을 쏘아보는 아진의 눈에서 불꽃이 이는 듯했다. 홱 돌아서며 거칠게 던져 버리는 팔이 어찌나 아픈지 장평은 눈을 질끈 감으며 팔을 감쌌다.

희랑은 멀찍이 떨어진 침상에 앉아 그들을 지켜보다가 자신도 모르게 입가에 싱긋 웃음이 지어졌다.

소령은 유난히 희랑이 먹는 음식에 대해 신경을 썼었다. 갈밭에서 울컥 끌어안은 그날 이후, 그것이 더욱 심해져서 부엌에서 차려 나오는 밥상까지 꼼꼼히 살피는 것이었다. 그날도 검술을 익히고 들어오던 희랑은 마루 끝에 놓인 상을 두고 난감한 얼굴로 소령 앞에 서 있는 명아 어멈을 볼 수 있었다.

"왜 이 상에만 생선 구이가 없는가 묻지 않는가!"

"아씨, 아까도 말씀 드렸잖아요. 희랑 도련님은 생선 구이를 싫어하십니다."

"그래도 올려놓아야 한 점이라도 집어 먹을 것이 아닌가!"

"지난번에도 구워 올렸는데 말짱하니 그냥 내놓으셨기에……."

"어찌 이리 말이 많은가! 당장 가서 다시 상을 보아오게!"

말이 통하지 않을 정도로 막무가내인 소령을 보며 명아 어멈은 얼른 상을 들고 일어났다.

"예. 예, 아씨."

"굵고 실한 놈으로 구워 올리게!"

"예."

명아 어멈이 종종거리며 상을 들고 사라지자 소령은 제 딴에 분이 풀리는 듯 기분 좋게 돌아서다 마당에 선 희랑과 딱 마주쳤다. 이마에 송골송골 땀이 맺힌 희랑의 얼굴을 보며 안쓰러운 듯 다가왔다.

"힘들었어? 쉬엄쉬엄 좀 하지."

땀을 닦아주려 얼굴로 올라오는 소령의 손을 슬쩍 피하며 희랑은 화난 얼굴로 돌아섰다.

"왜 그래? 무슨 일 있어?"

달려와 팔을 잡는 소령의 손을 뿌리치며 희랑은 소리를 버럭 질렀다.

"내가 이 집에 빌붙어 사는 비렁뱅이야!"

좀처럼 화를 내는 일이 없던 희랑의 갑작스런 모습에 눈이 동그래진 소령은 놀란 얼굴로 우뚝 서버렸다.

"생선 구이는 내가 싫어하니 올리지 말라고 했단 말이야! 근데 네가 뭔데 나서서 올리라 말라…… 날 꼭 못 얻어먹는 사람처럼 만들어!"

장유경이 자식처럼 대하며 거두어주었지만 그동안 어린 마음에 알게 모르게 보아왔던 눈치들이 한꺼번에 터져 버렸다. 노복들 보기에도 지나치다 싶을 만큼 희랑을 챙겼던 장유경이었다. 그러나 부모를 잃고 남의 집에서 산다는 것이 어린 희랑에게는 말 못할 상처로 남아 있었던 것이다.

"왜 그래? 난 그저……."

난생처음 들어보는 희랑의 고함 소리에 소령은 제 서러움을 이기지 못해 눈물이 울컥했다.

"난 그저 네가 날마다 무 자라듯이 쑥쑥 자라는데 밥상엔 온통 푸성귀뿐이니 장대 같은 그 몸이 속빈 대나무 같아질까 그런 건데."

서러움을 이기기 위해 안간힘을 쓰는 소령의 목소리가 떨렸다. 자신을 걱정해 주는 소령의 마음이 좋기도 하고, 버럭 소리지른 것이 미안하기도 하다. 옆으로 돌아서서 목검으로 땅바닥만 긁어대던 희랑은 다시 마음에도 없는 소리를 버럭 질렀다.

"남이야 푸성귀만 먹든 말든! 그래서 속 빈 대나무가 되든 말든 무슨 상관이야!"

그 말을 내뱉으며 고개를 돌리던 희랑은 아차 싶었다. 금방이라도 눈물을 쏟을 것 같던 소령의 눈이 표독스럽게 변해서 노려보고 있었다.

"우리가 남이야? 그렇게 생각해? 남의 몸을 허락도 없이 울컥 안아놓고선 어떻게 그런 말을 해! 이 나쁜 놈!"

희랑이 들고 있던 목검을 빼앗아 든 소령이 사정없이 목검을 휘둘렀다. 등으로, 어깨로 마구 휘둘렀지만 희랑은 달아날 생각도 못하고 그저 몸을 오그린 채 맞고 있었다.

소령이 남이 아니라는 것, 이제 혼자가 아니라는 사실이 목검으로 두들겨 맞는 것마저 달콤한 아픔으로 느껴지게 했다.

"좀 어때?"

장평에게 찬바람을 일으키며 돌아선 아진은 유난히 상냥한 목소리로 상념에 잠겨 있던 희랑에게 다가왔다. 생긴 것부터 말소리까지 부드러운 이 사람에게 아진은 자신도 모르게 부드럽게 대해진다. 이제껏 아진이 이렇게 부드럽게 대했던 남자는 한 사람도 없었다. 누구에게나 버럭거리고 소리를 지르던 아진이었다.

"괜찮습니다. 덕분에 많이 좋아졌습니다."

싱긋 웃으며 상처를 걷어 보이는 희랑의 모습은 흡사 누이 앞에 상처를 내보이는 사내 동생처럼 편안해 보였다.

이렇게 고분고분하면 얼마나 예쁠까? 아진은 새삼 장평의 퉁명함이 화가 났다. 아무리 힘들어도 따듯한 말 한마디 해주는 법이 없으니 그러잖아도 있는 정, 없는 정이 다 떨어질 판이었는데 물같이 부드러운 이런 남자를 대하고 보니 장평에 대한 야속함은 더 커졌다.

약을 발라주면서도 아진은 몇 번이나 아프지 않느냐고 물었다. 희랑의 치료를 끝내고 돌아보니 장평은 어느새 칼을 들고 사라진 뒤였다.

그는 얼른 전장으로 달려나가 칼을 휘두르고 싶을 것이다. 핏발이 선 눈으로 다시 피 냄새를 맡고 싶은 것이겠지. 전쟁 외에는 무엇에도 관심이 없는 장평. 아진은 서둘러 약통을 챙겨 밖으로 나왔다. 진 장군을 만나뵈어야겠다. 당분간은 장평에게서 칼을 빼앗아 버릴 참이었다.

그들의 말에 의하면 희랑이 이곳으로 온 지도 얼추 일 년이 되어간다. 정신을 잃고 있었던 몇 달을 제외하고 의식을 회복해 허리 통증으로 고생했던 몇 달, 그리고 몇 번의 전투 참여를 한 것이 고작인데 시간은 잘도 흘러갔다.

'소령은 잘 있을까? 내가 잘 있으니 소령이도 잘 있을 것이다. 이제 몸도 다 나았으니 이곳에서 빠져나갈 방도를 찾아봐야겠다. 우선은 연경으로 가서 대군마마부터 찾아뵈어야 할 것이다. 이 불충을 어떻게 다 씻을까?'

희랑은 군영과 부락으로 나뉘어져 있는 언덕 아래의 지형을 내려다보고 있었다. 이곳은 몇 겹의 산으로 둘러싸여 천혜의 요새와 같다. 어느 방향으로 길을 잡더라도 가파른 산이 가로막고 있어서 지형을 모른다면 쉽게 빠져나갈 수 없는 곳으로 보였다. 게다가 몇 번의 전투에 참가하며 드나들었던 산길에는 곳곳에 망을 보는 군사들이 숨어 있었고 덫이 숨겨져 있다는 것을 알 수 있었다. 그러나 희랑은 무슨 방법을 쓰든 그는 이곳을 빠져나가야만 한다.

"탈출을 할 계획인가?"

방금 막 도착한 듯 아직도 갑옷 차림의 장평이 다가와 물었다. 얼마 전 관군에 의해 점령당한 한족 마을을 수복하러 간다며 떠났던 것이 사흘 전이었는데 이제 도착한 모양이었다.

"가신 일은 어찌 되셨습니까?"

대답 대신 전투 결과를 묻는 희랑을 말없이 내려다보던 장평은 지친 몸을 그 곁에 털썩 앉혔다.

돌아오자마자 군막으로 뛰어들어 가 보니 희랑도, 아진도 눈에 보이지 않았다. 알 수 없는 불안과 두려움이 몰려온 그는 희랑을 데리고 가끔 올라와 앉았었던 이 언덕으로 한달음에 달려왔다. 전투에 참여해서도 단 한 번도 하지 않았던 실수를 두어 번이나 했다. 그렇게 집중이 되지 않았던 전투는 이제껏 없었다. 무엇이 그를 불안하게 했는지 그는 아직도 그 이유를 알 수 없었다.

"누가 이곳까지 혼자 움직여도 된다고 하던가?"

"그분께서 부락에 가신다고 혼자 바람이라도 좀 쏘이라 하셨습니다."

"아진이 부락에 갔어?"

안도인지 반가움인지 장평의 목소리가 순간 높아졌다. 희랑은 그가 왜 돌아오자마자 지친 몸을 이끌고 이곳까지 한달음에 달려왔는지 짐작이 갔다. 희랑은 요즘 들어 장평과 아진이 마음의 큰 변화를 겪고 있다는 것이 느껴졌다. 그것은 지난번 함께 부상을 입고 돌아온 후부터였던 것 같다. 가끔 장평이 보는 앞에서 희랑에게 지나치다 싶을 정도의 친절을 베푸는 아진이나 그것을 무섭도록 질투 어린 시선으로 쏘아보는 장평이나 아직은 마주 보며 서로를 느끼지 못하고 있었다. 아마 희랑도 소령과 한때는 그랬던 것 같다. 희랑은 자신을 바라보는 장평의 마음이 얼마나 복잡할지 짐작이 갔다.

이마에 땀이 맺힌 장평의 얼굴을 보던 희랑은 싱긋 웃으며 품에서 무언가를 꺼내어 보였다. 그것은 그가 이곳에 왔을 때 몸을 수색하다 잠깐 보았던 고려 여인의 머리 장식용 꽂이였다. 희랑은 그것을 피가 맺히도록 꼭 쥐었다가 다시 펼쳐 보였다. 파르르 떨리는 장식의 끝을 바라보며 희랑의 눈동자도 가늘게 떨렸다.

"제 아내 겁니다."

"아내?"

"고려에 아내가 있습니다. 세상에서 저를 가장 믿는 여인이지요. 그 믿음이 저를 살게 합니다."

희랑은 다시 손에 들고 있던 머리꽂이를 부서지도록 움켜잡았다. 손바닥에 전해지는 아릿한 통증이 핏줄을 타고 올라왔다. 서걱이던 갈밭의 바람 소리가 가슴을 거칠게 비볐다. 희랑은 견딜 수 없는 쓰라림에 떨리는 한숨을 토해내었다. 어디선가 아이처럼 흐느끼는 소령의 울음소리가 들려오는 것 같아 머리를 감싸고 무릎에 얼굴을 묻었다. 장평은 희랑의 모습을 놀란 눈으로 바라보았다. 희랑이 이토록 감정을 추스르지 못하는 모습은 일찍이 보지 못했다. 게다가 자신보다 열 살이나 어린 희랑에게 아내가 있다는 것이 신기하게 느껴진 장평은 호기심이 생겼다. 희랑의 눈은 고려에 있을 그의 아내를 그리는 듯 멀리 산자락을 향하고 있었다. 이곳에 온 후 처음으로 속내를 드러내고 있는 희랑을 정평은 안타까운 마음으로 바라보았다. 그를 수하에 둠으로써 목숨을 건지게는 했지만 그는 여전히 이 군영의 요주의 인물이었다. 조금의 의심스런 행동에도 그의 목숨은 낙엽처럼 떨어질 수가 있었다. 그러나 희랑을 위한 장평의 힘은 여기까지밖에 미치지 못한다.

장평은 문득 고개를 들어 그들의 군영을 둘러싼 지형을 살폈다. 아무리 봐도 이곳은 천혜의 요새다.

"원은 이제 곧 끝이 날 것이다. 전투 때마다 느끼는 거지만 그들은 아무 의지가 없어. 관군들 말이야."

"예……."

원이 끝이 나면 고려의 운명은 어찌 되는 것일까? '예' 라고 대답하는 희랑의 눈동자가 잠깐 흔들리는 것을 장평은 놓치지 않았다. 희랑은 여전히 무언가를 깊이 숨기고 있었다. 희랑에게는 원과 연관된 무언가가 있는 듯 보였다. 그러나 다그쳐 묻고 싶지는 않았다. 언젠가 희랑 스스로 털어놓을 때가 있을 것이다. 장평은 궁금증을 뒤로하고 일어섰다.

"다음 전투부터 너도 다시 참여한다. 아진이 알면 속이 상하겠지만…… 네가 의심받지 않기 위해서는 어쩔 수 없다."

어깨를 툭 치며 일어서는 그를 올려다보며 희랑은 다시 싱긋 웃음을 흘렸다. 그 웃음을 대할 때마다 장평은 희랑이 자신이 알고 있는 것보다 한참은 더 나이 든 사람이 아닐까 하는 착각을 하곤 했다. 희랑은 장평이 알지 못하는 무언가를 안다는 듯한 표정으로 먼 산을 바라보며 지나가는 듯한 말을 중얼거렸다.

"닮으셨습니다."

"……?"

"제 아내와 그분 말입니다."

"아진을 말하는 것인가?"

장평의 목소리에 약간의 화가 묻어났다. 이제껏 희랑은 고려에 두고 온 아내를 그리워하며 아진을 바라보았던가? 희랑의 눈과 마음이 가끔은 자신의 아내를 찾듯 아진을 훑은 것은 아닐까 생각하니 얼굴이 화끈해지고 가슴에서 불이 날 것 같았다.

희랑은 먼 산을 바라보며 회한에 잠겼다. 가슴이 터지도록 소령을 사랑했지만 한 번도 제대로 표현해 주지 못했던 것이 이렇게 아플 줄 몰랐다. 그저 내가 소령의 마음을 알듯, 소령도 내 마음을 다 알 것이다 생각했었다. 그러나 아무것도 자신할 수 없는 처지에 이르니 그것이 가장 후회스러웠다.

다 보여주지 못했다. 얼마나 사랑하는지, 내 가슴에 있는 소령의 자리가 얼마나 큰지, 나를 지탱해 주는 힘은 고려에 대한 희망에서보다 실은 장소령이라는 이름에서 비롯된 것이 더 컸다는 것을 소령은 알지 못할 것이다. 희랑은 다시 화가 난 듯한 표정으로 서 있는 장평을 돌아보며 진지하게 물었다.

"제 아내의 믿음이 저를 지탱하게 했듯이 그분의 믿음이 당신을 지탱하고 있는 것이 아닌가요?"

장평은 희랑의 말을 이해할 수 없었다.

"당신이 전장에서 누구보다 용감해질 수 있는 것은 바로 그분의 믿음 때문이 아닌가 생각했습니다. 어떤 경우든 당신은 무사할 거라는 그분의 믿음 말입니다. 제 아내가 그랬습니다. 어떤 경우든 제가 무사할 거라고 믿고 기다립니다. 그래서 전 늘 무사했습니다. 그리고 이번에도…… 여전히 그럴 것입니다."

장평은 희랑의 알 수 없는 말을 들으며 아진을 떠올렸다. 아진은…… 교도군 중 가장 용감한 장수는 나라고 생각한다. 적에 대한 두려움 따위도 없고 언제 어디서든 가장 냉철한 지휘관. 그래서 나는 두려움 따위도 모르고 전장에서는 가장 냉철한 사람이 되었을까?

"장평!"

아진의 화난 목소리가 잠깐의 상념을 깨뜨리듯 들려왔다. 언덕을 급하게 뛰어올라 온 듯 아진은 숨을 헐떡이며 얼굴까지 상기되어 있었다.

마을에 잠깐 내려갔던 아진은 부대의 귀환 소식을 듣고 부리나케 부대로 올라왔다. 그러나 다른 부대원들은 모두 돌아왔는데 장평의 모습만 보이지 않았다. 노랗게 변하는 아진의 얼굴을 보고 병졸 하나가 장평이 언덕으로 올라갔음을 알려주어 달려 올라오는 길이다. 아진은 자신도 모르게 또 짜증스러운 목소리를 내었다.

"여기 올라와 있으면 어떡해! 온 군영을 다 뒤졌잖아!"

"온 군영을 왜 뒤져?"

"진 장군님이 찾으시잖아! 귀환했으면 전투 보고를 해야 할 거 아냐!"

퉁명스런 장평의 말에 아진은 다시 팩 쏘아붙였다. 그리고 옆에서 미소 짓고 있는 희랑에게로 눈을 돌렸다. 희랑은 부드러운 눈으로 아진에게 미소를 지어 보였다. 저 무뚝뚝한 장평에게 이 남자의 따뜻함을 기대하는 내가 바보지! 희랑의 부드러운 미소 앞에 아진의 짜증은 어느새 수그러들었다.

"바람은 잘 쏘이셨소?"

"예, 덕분입니다."

"그럼 이만 내려가서 상처를 한 번 더 살펴봅시다."

희랑의 팔을 끌어당겨 앞세우고 언덕을 내려갔다. 그 거칠음은 어디에 가버렸는지 제법 말까지 높이며 희랑을 대하는 아진의 태도에 장평은 부아가 나서 휘적휘적 앞서 언덕을 내려가 버렸다.

『소령아素鈴兒』 제2권으로···

『프로젝트 드러스티』 1, 2

『드러스티—희망.』

적으로 만나 친구가 되고 마침내 연인이 되었다.

그 남자의 희망, 사랑. 그 여자의 희망, 진실.

사랑을 위해 진실을 감춘 남자는

연인의 사랑을 획득할 수 있을까?

● 이지환 지음 값 각 9,000원

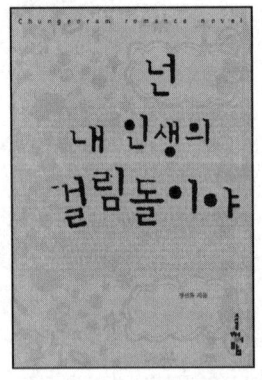

『넌 내 인생의 걸림돌이야』

열 살 때, 옆집으로 이사와 내 생활을

어둡게 만들고 있는 걸림돌 하나, 백무익.

정말 이름처럼 백해무익하다.

그런 놈이 언제나 나를 방해하고 있다.

어떻게 하면 나 강인혜,

이름처럼 강하게 홀로 설 수 있을 것인가!

● 정선화 지음 값 9,000원

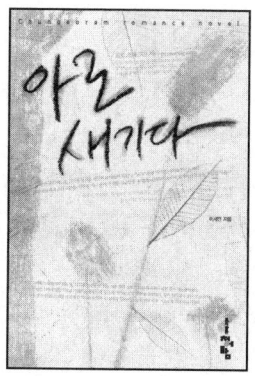

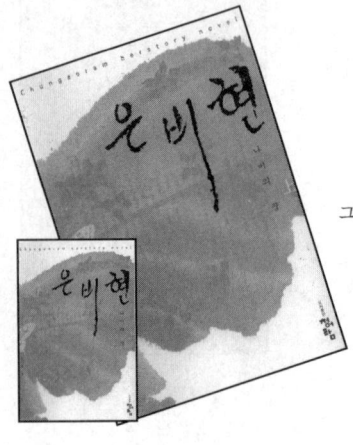
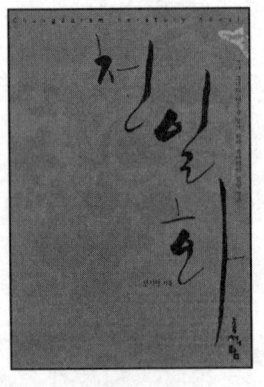